© 2020, Florian Hueber
Éditeur : BoD-Books on Demand
12-14 rond-point des Champs-Élysées, 75008 Paris
Impression : Books on Demand, Norderstedt, Allemagne

ISBN : 978-2-3222-2398-5

Dépôt légal : Mai 2020

La douceur d'une larme

Florian Hueber

À l'adolescence et ce qu'elle nous apprend,
Ce qu'elle nous fait endurer,
À toutes celles et tous ceux qui se sentent perdus,
Seuls, incompris et qui se retrouveront dans ce livre.

À ceux qui ont envie de se rappeler le goût de la jeunesse
Et les valeurs qu'elle peut enseigner
Au croisement des âmes.

Aux Ninon, aux Greg, aux Chloé,
aux Chavy, aux Ben, aux Abbie, aux Audric.

Merci à ceux qui m'ont tant inspiré,
Que je revois encore rire, apprendre, vivre
Et qui rappellent au monde toute la douceur d'une larme.

I

Un été qui se termine

Le soleil se cachait progressivement derrière les immeubles plantés au fond de la ville. On voyait jusqu'à la zone commerciale, à l'extrémité du Nouveau Centre. Le quartier était récent, tous les immeubles du Nouveau Centre étaient présents depuis moins de trois ans. Plus loin, dans la zone commerciale, on apercevait surtout le casino et la façade du bowling, collé au Grand Quart, un centre commercial gigantesque et fraîchement bâti.

Les lumières de la ville, de l'Avenue et des grandes places venaient doucement remplacer celles du soleil, mais les voitures ne cessaient d'avancer et les gens ne cessaient de vivre. La ville continuait de respirer. Et Ninon admirait ce spectacle du haut de son rocher, figé sur la petite colline qui surplombait la ville. Assise en tailleur, elle écoutait sa musique les écouteurs dans les oreilles, en pensant à tout et à rien. À ces choses auxquelles pense une adolescente qui observe une ville danser, juchée en son sommet. Elle était de nature à se poser mille et une questions, parfois pour pas grand-chose. Et en même temps, elle avait cette tendance à se laisser guider par ce que lui dictait son cœur plus que par ce que lui disaient les gens. Elle avait une aisance à lâcher prise parfois déstabilisante et vertigineuse.

Son regard était fixe, pas vraiment perdu, mais concentré. La musique la transportait et ses réflexions la maintenaient sur Terre. Elle portait un pantalon très légèrement troué et déchiré à certains endroits et un sweat rose trop large, dont elle avait mis la capuche. N'en dépassait qu'une mèche de ses cheveux courts, qui flottait paisiblement avec le vent frôlant son visage. Ses mains étaient blotties dans la poche centrale du pull et les ficelles qui pendaient s'agitaient sur le rythme des bourrasques. Il y avait un banc à quelques mètres du roc, mais elle a préféré l'inhabituel au confort de l'évidence. Elle était comme ça et elle ne changerait pas.

Ses yeux marrons se levèrent un moment en direction de l'avion qui survolait les gratte-ciels, puis sursauta à la vue d'un hérisson qui sortait de l'arbuste séparant le caillou et le banc. Elle sourit un moment. Un sourire envoûtant et apaisant, qui faisait se redresser le bout de son nez et bouger ses oreilles. Puis elle partit, sautant jusque sur le sol vêtu de terre et de caillasses.

Elle aimait la solitude, juste assez pour se sentir libre.

En atterrissant, elle se frotta rapidement les fesses pour enlever les quelques saletés qui s'accrochaient, puis essuya avec le côté de sa manche ce qui semblait avoir été une larme. Elle n'avait pas pleuré, n'était pas triste non plus. Mais parfois, une larme coule sans qu'on ne puisse l'empêcher. Une larme tranquille, presque douce. Celle-là eut suffi pour faire briller ses cils et pétiller ses yeux, comme un éclat de perle.

Sa démarche était naïvement maladroite, ce n'était pas une fille très grande. Ses jambes étaient assez courtes. Mais elle avait dans le ventre bien plus de force et de courage que beaucoup d'autres. Nous vivons tous dans le même monde, mais ce que chacun affronte sans cesse, c'est la façon dont il le perçoit. Et il fallait un courage titanesque, une force innommable pour que Ninon affronte le sien.

En descendant jusqu'à la ville, elle s'alluma une cigarette, refit les lacets de sa chaussure gauche et s'arrêta le temps d'observer un nuage passer devant la lune. Elle retrouva Abbie au Jane&Tonio, un café brasserie branché de la ville.

Il était situé dans un quartier plutôt vivant, dans lequel les boutiques restaient ouvertes très tard les saisons chaudes. Il comptait plus d'une vingtaine de bars et de fast-food, une discothèque, un petit cinéma et un parc. Le quartier portait le nom de Neuf Pays, mais tous les habitués et les gens du coin abrégeaient à « Neuf ». On disait qu'il était l'étincelle de vie dans l'obscurité de la nuit à des kilomètres à la ronde. Et l'enseigne du Jane&Tonio brillait tout autant. Les lettres J et T scintillaient toutes les deux d'un néon vert, faisant office de bordure extérieure, et d'un autre rouge, plus petit, épousant l'intérieur des formes. Sur la terrasse, certains fumaient et discutaient autour de quelques tables, au-devant du bar sous une tonnelle fine. A l'intérieur, d'autres néons rouges et violets pour la plupart orchestraient l'ambiance que l'on y retrouvait, joviale et branchée, au style old school, aux musiques rock et au décor tout droit sorti des années seventies.

Abbie était assise plus loin, à une table accolée à la baie vitrée donnant sur la terrasse. « Eh bah enfin ! T'en a mis, du temps ! », lui fit remarquer Abbie lorsqu'elle vit sa copine s'approcher de la table. Ninon lui répondait en riant qu'attendre avec un banana split, ce n'était pas la pire des situations, puis elle prit place en face de la jolie blonde, sur la banquette rouge bordeaux. Elles se partageaient habituellement un dessert, et ce soir-là, Abbie avait commencé à le grignoter. Abbie était une fille vraiment belle, typiquement de celles qui font chavirer les cœurs et fondre les garçons dans la cour des lycées. Elle avait attaché ses cheveux de façon à en faire une queue de cheval et portait de grandes lunettes de vue, presque rondes, qui enveloppaient quasiment tout son visage. Ses lèvres fines et son minuscule grain de beauté sur le bout du nez lui donnaient un charme qui pouvait rendre folles de jalousie certaines de ses copines. Ninon s'étonnait souvent de la façon dont la présence d'une fille pouvait faire de l'ombre à tant d'autres, jusqu'à faire oublier à quel point elles sont belles. C'est drôle, parfois, elles-mêmes l'oublient.

Pourtant Abbie n'avait pas un mauvais caractère et n'était pas détestée. Ce n'était pas son but, de faire de l'ombre aux autres filles et elle ne jouait pas à être la peste. Elle n'était ni irrespectueuse ni insolente, mais plutôt sociable, souriante et pas bête du tout. C'était sans doute aussi cela qui la rendait belle, aux yeux des autres. En fait, elle était enviée pour ça ; elle était simple, naturelle et intelligente, même si elle s'amusait beaucoup à jouer celle qui ne savait pas. Ninon l'adorait, et admirait ses qualités. On lisait le respect qu'elle avait pour Abbie dans le regard qu'elle lui portait. Là, par exemple, la cuillère de banana split dans la main, du chocolat sur la lèvre et ses yeux pleins de vie rivés sur elle. Et ces regards étaient bourrés de contemplation. Ninon et Abbie n'étaient pas meilleures amies pour rien. Abbie aimait Ninon plus que personne d'autre, elle était comme sa sœur, bien qu'elle n'était pas aussi sage qu'elle. En vérité, les deux étaient différentes pour bien des choses. Sans doute qu'Abbie trouvait chez sa copine les interdits auxquels elle n'avait pas goûté, faits de bêtise et de liberté, et Ninon un peu de raison, d'équilibre et de sécurité chez Abbie. Ce qu'elles ne pouvaient vraiment avoir. Tout ce qu'elles étaient silencieusement terrifiées d'affronter.

« T'as reçu le message de Greg ? demanda Ninon, en buvant son jus d'orange la paille en bouche.

– Le message de Greg ? Non, pourquoi ? s'étonna-t-elle en se relevant légèrement d'un coup, sa queue de cheval se balançant derrière sa nuque.

– Il fait une soirée mercredi. Il a envoyé des messages à un peu tout le monde, et il m'a demandé de voir avec toi et Audric. Mais je pensais qu'il t'avait aussi demandé, c'est bizarre.

– Oui ça m'étonne, grimaça Abbie.

Peut-être qu'il n'osait pas te demander ? suggéra Ninon avec un brin d'humour.

– Oui, peut-être ! On ne l'a pas vu des vacances, ça va être cool de le revoir.

– C'est clair ! Il y aura du monde, d'après ce que j'ai compris. Ça sera sympa. »

L'été touchait à sa fin et Greg organiserait chez lui ce qui serait pour la bande de copains du lycée la dernière fête des vacances. Ninon et Abbie étaient plutôt étonnées de cette nouvelle car ce n'était pas du genre de Greg. Il était habituellement calme et les filles le voyaient comme le dernier à avoir envie de faire venir du monde chez lui. Il avait beaucoup d'amis, mais son caractère n'était pas celui de la fête. Pour eux, Greg était celui qui prenait soin de lui, sans excès ni débordement dans quoi que ce soit. Il n'avait jamais fumé et buvait avec modération. Il était quelqu'un de posé et se montrait parfois brillant, et les autres le savaient. C'était comme cela qu'ils le voyaient. Gentil sportif châtain qui s'entendait avec quasiment tout le monde, beau guitariste aux yeux marrons, Greg avait tout pour plaire.

La soirée passait tranquillement. Les deux copines riaient ensemble, comme elles le faisaient déjà depuis des années. Elles se connaissaient par cœur, puis elles avaient cette détente et ce naturel qu'ont toutes les meilleures copines du monde. Elles avaient leurs signes et leurs secrets, leurs noms de code qu'elles inventaient et leurs souvenirs qu'elles partageaient. Ensemble, elles parlaient des garçons, des copines, des parents et des amis. Elles parlaient de tout et de rien. Autour du banana split, elles se racontaient ce qu'elles avaient pu voir ou pu vivre pendant leurs vacances. Ninon lui confiait ce qu'elle avait appris sur certaines personnes ou par d'autres, Abbie lui montrait les photos de la mer, des falaises et des bars branchés de sa semaine à la plage. C'était souvent comme ça ; Abbie passait souvent à côté des nouvelles ou des rumeurs, trop tête en l'air pour y faire attention, et Ninon partait rarement en vacances. Elle ne connaissait pas les moments en famille qu'Abbie vivait depuis toujours. Sa mère vivait loin et son père n'avait ni argent à dépenser, ni temps à consacrer, ni amour à offrir.

Au cours de cette soirée, Ninon avait appris qu'Abbie avait dansé avec un garçon lors d'une fête en vacances, qu'elle a dû racheter un maillot de bain deux-pièces parce qu'une bretelle avait cassé, qu'elle reparlait à Marc puis qu'elle allait sûrement avoir un chiot, mais Ninon trouvait stupide de ne pas adopter un chien placé dans un refuge. Les filles avaient aperçu Lucas et Fanny ensemble, alors elles en conclurent qu'ils s'étaient mis en couple pendant l'été.

« Toi aussi t'as l'impression qu'en été, tout va plus vite ?
– Comment ça ? demanda Abbie.
– Bah, que c'est un peu l'effervescence, qu'il se passe plein de choses par rapport au reste de l'année.
– Clairement, oui. Déjà, il fait plus chaud, tout le monde est quasiment nu, puis y'a des fêtes de partout, répondit-elle assez naturellement, les yeux rivés sur l'écran de son portable.
– Oui, ça aussi », affirma Ninon en riant et en baissant la tête, les bras croisés sur la table et les fesses au ras-bord de la banquette.

Elle se tenait droite, le bas de son dos était légèrement courbé vers l'intérieur mais cela ne se voyait pratiquement pas à cause de son pull. Les gens autour lui donnaient vingt ans et certainement dix-neuf à sa copine aux cheveux blonds.

« Ça doit être cet esprit de fête qui fait que tout le monde est plus proche et plus souriant. J'apprécie bien ça, ça donne le sourire puis ça réchauffe un peu. Quand je dis que ça va plus vite, c'est un peu pour dire qu'on ose plus les choses, genre parler aux gens et oser des trucs, tu vois ? La preuve, tu reparles à Marc.
– Ouai, soupira-t-elle en souriant discrètement. Il m'a envoyé un message l'autre jour, il était en soirée avec ses potes je crois, moi j'étais encore en vacances. Je ne lui ai pas répondu tout de suite mais il forçait.
– Et du coup, vous vous reparlez ?
– Oui.
– Tu retiens vraiment aucune leçon, t'es pas possible Abbie !
– Mais il m'a dit plein de choses, plusieurs fois on a parlé jusqu'à super tard dans la nuit. Il m'a dit qu'il s'excusait, qu'il avait changé et tout.
– Et tu le crois ?
– Bah... j'sais pas. Il a l'air d'avoir changé en tout cas.
– Tu l'as revu au moins, depuis que t'es revenue de vacances ? On le connaît, Abbie, et je crois le connaitre mieux

que toi visiblement. Marc est un vrai con, on le sait tous. Je ne sais pas pourquoi tu t'obstines à réchauffer du café froid, tu vaux bien mieux que ça.

– Écoute on verra, hein. Pour l'instant y'a rien, on parle juste, c'est tout.

– Et on va changer de sujet, surtout, parce que ça me gonfle déjà. Je ne supporte pas ce mec ».

Ninon était fâchée de cette nouvelle. Puis elle n'aimait pas quand Abbie se comportait de cette manière, l'air innocente et crédule. Au fond d'elle-même, Abbie savait que Marc n'était pas quelqu'un de parfait, mais elle se laissait emporter par cette envie de lui parler malgré tout. Elle ne voulait pas penser à la façon dont ça évoluera, ne plus penser à la façon dont ça s'était terminé, quelques mois auparavant.

Les filles rentrèrent, contentes de s'être revues. Ninon prit le tramway au centre-ville pour rejoindre son immeuble. Le quartier qu'elle habitait était ancien et peu fréquenté. D'une manière générale, les gens ne s'y rendaient pas. Ils se contentaient de le traverser en tramway ou en bus pour atteindre le Nouveau Centre, peuplé d'immeubles modernes et de commerces attractifs. Ninon habitait un immeuble de fortune qu'elle partageait avec son père. Sa mère était partie depuis quelques années déjà, elle avait décidé de se construire une nouvelle vie, plus stable et plus saine. Ninon était encore jeune à cette époque et sa maman l'avait quittée brusquement. Elle n'avait pas bien compris ; pour elle, la situation était floue et son père lui avait dit que sa mère avait pris des vacances et que ce n'était pas sûr qu'elle revienne, et qu'elle l'aimait beaucoup. Et Ninon était d'accord avec ce qu'elle avait compris de tout ça.

L'immeuble se trouvait entre deux autres, qui étaient entourés de grands parkings qui n'étaient jamais pleins. Quelques petits espaces de verdure prenaient place entre les rangées de voitures, mais Ninon voyait ça comme un semblant d'esthétisme et de nature, parce que les gens ne s'en servaient que pour y faire déféquer leur chien et qu'on y trouvait comme dans toutes les pelouses et autour de chaque poubelle des sachets en plastique, des cannettes, des restes de nourriture dans des cartons à pizza ou à kebab, des tickets à gratter et tout ce qu'elle pouvait voir quand elle rentrait chez elle. Elle n'aimait pas réellement ce quartier mais elle y avait grandi, et qu'on le veuille ou non, ce qui nous construit et nous façonne fait partie de notre vie, et c'était comme cela qu'elle le prenait. C'était son quartier, son immeuble, ses pelouses aux crottes et ses déchets qui volent partout, rien de plus.

La nuit était bien présente déjà et certains lampadaires du parking n'éclairaient plus. Il lui fallait marcher trois minutes pour rejoindre l'arrêt de tram le plus proche depuis chez elle. Le second se trouvait à cinq minutes, de l'autre côté, aux abords du quartier du Nouveau Centre. C'est à celui-ci qu'elle décida de sortir. Elle aimait bien ce quartier parce qu'il était neuf et lumineux et que la verdure était belle. Les nouveaux immeubles avaient même des potagers à leur rez-de-chaussée, dans une de leur cour commune. De nouveaux commerces s'y implantaient, ces nouveaux restaurants et fast-food à l'intérieur sobre et moderne et au mobilier en bois. Aucun n'ouvrait dans son quartier parce que personne ne le fréquentait. Le döner-kebab en bas de chez elle n'avait pas changé depuis une dizaine d'années, et son père faisait toujours les courses à la supérette derrière le premier immeuble. Mais là, tout était neuf, tout changeait, tout était vivant. Les lumières du centre commercial brillaient puissamment et les couples marchaient au bord de l'eau, main dans la main. Le cours d'eau passait entre les immeubles et séparait le centre commercial en deux immenses bâtiments qui se joignaient par un large pont, sur lequel il y avait d'un côté la terrasse du Brets, un café réputé. L'été, on y buvait un monaco jusqu'à la nuit en observant le soleil se coucher, l'hiver un chocolat brûlant avec le cours d'eau gelé et les illuminations faisant office de décor. Le Nouveau Centre accueillait de nombreuses boutiques, parfois de très grandes marques, dans lesquelles Ninon ne mettait jamais les pieds.

Elle fit donc un tour dans ce quartier qu'elle connaissait encore peu. L'air était frais mais la vie qui y régnait réchauffait largement les esprits. Elle se rendit jusqu'au bowling et repensait à toutes les parties qu'elle avait pu jouer avec Abbie et Audric en fixant la façade éblouissante et les lettres qui clignotaient depuis toujours. Elle connaissait mieux cet endroit mais s'avouait un peu déconcertée par l'arrivée de tous les nouveaux bâtiments sur le chemin. Sur le retour, elle croisa Lucas et Fanny. Elle les avait vus s'embrasser une minute avant, de l'autre côté de l'eau, ce qui confirmait ce qu'elle et Abbie s'étaient imaginé. Elle sourit à Fanny de ses petites dents blanches en les saluant. Son sourire était beau, mais elle ne l'aimait pas. Elle n'avait pas l'habitude de sourire, de toute façon.

Elle marchait tranquillement, les mains dans les poches de son pull, ses écouteurs emmêlés entre ses doigts. Elle souriait encore. Elle pensait à Lucas et Fanny et était heureuse. Heureuse pour eux. Elle connaissait un peu Lucas grâce à ses proches amis Audric et Greg, mais connaissait mieux Fanny puisqu'elles avaient été dans la même classe l'année précédente. Fanny était une fille réservée et discrète. Ninon l'appréciait bien, même si elle ne parlait pas beaucoup et restait encore assez mystérieuse à ses yeux. Elle l'appréciait bien parce qu'elle n'était pas comme toutes les autres filles du lycée, à parler sans cesse de mode, de bêtises ou de garçons. Elle ne se maquillait pas beaucoup, si ce n'était le contour de ses yeux et pour s'éclaircir légèrement le teint. Fanny utilisait peu les réseaux sociaux et les quelques fois au cours desquelles Ninon avait pu discuter avec elle, Ninon avait trouvé ça drôle, intéressant et que dans le fond, c'était une fille mignonne et gentille. Elle jouait aux jeux vidéo et c'était original, pensait-elle. Elle n'était pas grande non plus et n'avait pas la silhouette fine que toutes les autres voulaient à tout prix – quand elles ne l'avaient pas déjà. Elle portait souvent un gilet gris et s'était fait une teinture blonde peu avant le début de l'été. Ninon aimait bien sa personnalité et était heureuse pour elle. Elle se dit aussi que Lucas devait être heureux d'avoir une copine, une copine comme elle. Il n'était ni le plus grand ni le plus « beau gosse » des garçons mais avait sa façon d'être drôle et d'être « cool », pensa Ninon. Ses boutons sur les joues et sa silhouette svelte n'était pas ce que les filles que Ninon connaissait recherchaient vraiment. Mais en pensant à Lucas, Ninon se disait que ces filles auxquelles elle pensait ne savaient sûrement pas que Lucas jouait terriblement bien de la guitare et était véritablement quelqu'un de drôle. Puis elle pensa que c'était mieux comme ça, que lui et Fanny s'étaient très bien trouvés et qu'il n'existait pas de critère pour être heureux. Elle souriait encore, et se réjouissait à penser qu'ils s'aimaient l'un l'autre.

En se quittant au centre-ville, Abbie était partie dans le sens opposé, en direction de la banlieue pavillonnaire. Ses parents avaient de l'argent et ils vivaient avec sa petite sœur dans une admirable maison blanc crème. Ninon aimait y venir et elle y avait déjà passé beaucoup de temps. Les deux amies se fréquentaient depuis le collège et ont depuis ce temps tissé une sincère amitié. Ses parents étaient assez stricts avec elle et parfois, Abbie se voyait obligée de rester chez elle ou contrainte à travailler ses cours, ses parents ne voulant pas l'habituer de trop aux sorties. Ninon savait cela, alors quand Abbie ne pouvait pas sortir, Ninon comprenait.

En rentrant chez elle, Ninon croisa son père qui était posté devant la télévision, avachi dans son fauteuil, une bière à la main. Il ne lui fit aucun reproche à propos de l'heure à laquelle elle rentrait ; elle ne se souvenait même pas s'il lui en fit déjà. Trop occupé à fixer le poste qui diffusait les informations, il entendit à peine la porte se fermer et les pas légers de sa fille. Elle se rendit directement à la cuisine pour piquer un biscuit qui restait dans le placard et rejoignit sa chambre. Elle se coucha sur le lit juste après avoir ôté ses chaussures de deux vifs coups de pieds en l'air et sortit son téléphone. Elle avait des cernes, ce soir-là, et cela se remarquait considérablement sur ses petites joues et sa peau lisse. Elle se tourna sur le dos et porta son téléphone à l'oreille.

« Ouai, Audric ?

– Oui, Ninon ! Attends juste deux petites secondes »

Le garçon au bout du fil criait quelque chose à sa mère, qui semblait se trouver dans une autre pièce.

« Voilà, c'est bon ! soupira-t-il. Tu vas bien ?

— Ouai ça va, un peu fatiguée... Je me suis baladée au Nouveau Centre en revenant, ce soir.

— Ah ! Tu étais où ?

— Au Jane, avec Abbie. C'était cool de la revoir ! On s'est partagée un banana split, mais c'est elle qui a dû finir le dessert parce que c'était trop pour moi !

— Oh... j'en ai mangé une ou deux fois, de ce truc-là. C'est trop sucré puis ça me bourre, olala ! se plaignait-il.

— Au fait, tant que j'y pense, Greg fait une fête mercredi. Il m'a envoyé un message pour me demander de vous prévenir, toi et Abbie.

— Oui je l'ai croisé au Parc, aujourd'hui. Il m'a dit de venir, et qu'il t'avait déjà informé. Par contre, je ne savais pas pour Abbie.

— Ah d'accord, j'savais pas.

— Mais Greg qui organise une soirée, c'est surprenant, s'étonnait Audric.

— Oui, ça ne lui ressemble pas.

— Mais c'est vraiment cool. Il m'a dit qu'il y aura du monde, j'attends de voir !

— Oui... bah attends-toi à voir du beau monde...

— C'est-à-dire ?

— Abbie parle de nouveau à Marc, alors ça ne m'étonnerait pas qu'elle le ramène chez Greg. Connaissant Greg, il n'osera pas dire non, soupira-t-elle en baissant les yeux.

— Tu plaisantes ?! Marc... Marc ? Le gars le plus stupide du lycée ?

— Marc « Marc », exactement, affirma Ninon.

— Elle me désespère, vraiment. Je pensais qu'elle en avait fini avec lui... En plus, Abbie, quoi. C'est Abbie, c'est pas genre... Julia ou Amel, purée !

— Oui bah de toute façon, Julia y est déjà passée.

– Ouai, bon, ça fait longtemps maintenant. Mais c'est vrai qu'il s'est déjà fait Julia, apparemment. Non mais Abbie ne comprend vraiment rien à rien.

– « Ouai il est gentil gnagnagna », elle tombe dans le panneau complètement, elle ne retiendra jamais la leçon ! désespérait-elle.

– Bon, bref, sinon, à la fête, y'aura qui ?

– Je n'en sais vraiment pas plus que toi. Des gens du lycée, surtout, pensait Ninon.

– Y'aura des mecs ? rigolait Audric.

– J'ai dit que j'en savais rien ! rit-elle à son tour, et ceux du lycée, tu les connais déjà !

– Bah déjà, y'aura Lucas et Niels puisque Greg m'a dit qu'ils feraient un petit concert dans l'après-midi.

– Ah mais oui, c'est vrai qu'il a un groupe avec eux. Lucas à la guitare et Niels joue de la batterie, non ?

– Ouai c'est ça, confirma Audric.

– D'ailleurs j'ai aperçu Lucas avec Fanny, ce soir. A priori, ils sortent ensemble !

– Oh c'est chou, je savais pas ! Bon, tant que Niels est encore célibataire, ça me va ! rit-il.

– Tu m'étonnes ! rebondit-elle, Niels est parfait, il pourrait même se taper des mecs s'il le voulait », rit Ninon.

Audric était un garçon plein de vie et toujours à l'affût des nouvelles et des rumeurs qui circulaient au lycée et autour de lui. C'était son centre d'intérêt le plus important, avec celui des réseaux sociaux. Il était de cette génération qui connaissait toutes ces nouveautés et qui maîtrisait sans difficulté les smartphones et leurs applications. Il était aussi de cette génération qui annonçait avec de moins en moins de peur et de doute autour de soi ce qui faisait sa sexualité et ses particularités. Lui était heureux de vivre son homosexualité sans complexe, puisque c'était comme cela qu'il pensait qu'il faille le vivre, et puis aussi parce que ses parents l'ont accepté sans mal. Il était de cette génération qui mettait l'accent sur la mode et les vêtements, le style et l'apparence, les réseaux sociaux et l'image de soi, tout cela primait sur le reste. S'il aimait être informé de tout, c'est parce qu'il parlait beaucoup avec Ninon et était aussi très proche de Lola, une autre amie de classe qu'il connaissait depuis longtemps. Il faisait alors beaucoup l'intermédiaire et le confident et aimait donner des conseils.

★★

Des hauts parleurs posés sur la terrasse diffusaient la musique dans le jardin. La chaleur de l'été enthousiasmait encore les jeunes qui fêtaient la fin des vacances dans une certaine euphorie persistante. Dans le jardin, il y avait des couvertures sur lesquelles certains s'étaient assis et couchés. Un grand bac d'eau froide contenait les bouteilles de bière et d'alcool et était censé maintenir les boissons à la fraîcheur désirée. D'autres jeunes avaient sauté dans la piscine et s'amusaient avec les bouées gonflables, ou bien occupaient les balançoires, la table sur laquelle on se servait en nourriture ou le salon dans lequel l'air était plus frais. L'ambiance était décontractée, tous avaient passé un été riche en émotions.

Ninon s'était posée dans une chambre avec Audric pour discuter tranquillement de tout ce qu'ils aimaient se dire, à se raconter les potins, s'avouer les secrets et parler d'un peu de tout et de tout le monde. Il lui racontait les histoires d'amour de Lola, qui se confiait beaucoup à lui et qui n'arrêtait jamais de se prendre la tête avec les garçons. Et cet été n'y avait pas échappé pour elle. C'était toujours un peu la même musique. Elle tombait folle d'un garçon d'un seul coup, s'attachait à lui puis lui trouvait finalement tous les défauts du monde.

Lola passait la majeure partie de son temps avec ses deux acolytes, Julia et Amel, quand elle ne la passait pas avec les garçons. Les trois filles avaient la même mentalité. Elles aimaient beaucoup parler puis avaient l'air hautaines et forgées de roublardise. Elles étaient celles à qui on ne se confiait pas vraiment et n'étaient pas appréciées de toutes et de tous. Toutes les filles savaient qu'elles parleraient dans leur dos, alors on s'en méfiait. Malgré ça, Ninon et Audric savaient bien qu'elles représentaient le centre d'attraction de presque tous les garçons du lycée, et Ninon avaient le sentiment plutôt amer que les plus jeunes filles prenaient souvent exemple sur elles, en matière d'apparence, de tenue ou de comportement.

De la chambre, les deux amis apercevaient Marc, Ben, Niels et Johan ensemble. Ils tenaient tous une bouteille de bière, Johan et Marc avaient en plus une cigarette accrochée à leurs doigts. Eux aussi, on s'en méfiait. Niels était le seul qui s'entendait bien avec tout le monde, les trois autres n'étaient que guère appréciés. Ninon ne supportait pas leur attitude, envers les autres, envers les filles ni envers Audric, qui avait déjà eu droit à une poignée de remarques homophobes. Tout comme les trois filles, ces garçons étaient un peu les « beaux mecs » de la génération. Tous sportifs, leur carrure était plus large que celle des autres garçons, et attiraient le regard des filles sans trop de problèmes. Il n'y avait que leur réputation et leur comportement qui repoussaient.

Les enceintes rythmaient la fin d'après-midi et annonçaient, sur l'air de *Popular* de Nada Surf, la soirée à venir, que les adolescents, l'esprit encore à la fête, n'allaient pas hésiter à entamer. Audric était assis sur la chaise à roulettes du bureau de Greg. Il avait posé aisément ses pieds sur le lit et jouait avec la lanière du volet. Il portait un t-shirt court à rayures blanches et bleu foncé. Ninon était assise en tailleur sur le lit et tenait ses jambes avec ses mains, fines et rapprochées l'une de l'autre. Elle portait un t-shirt trop grand et trop large pour elle, sur lequel on percevait Anthony Kiedi, Flea, Chad Smith et Josh Klinghoffer, les membres des Red Hot Chili Peppers.

Audric regardait amusé ses amis dans la piscine. Greg faisait des bombes avec Chavy, ce qui agitait fort l'eau et le calme d'Abbie, couchée tranquillement sur le matelas gonflable. Elle criait de rage à chaque saut dans l'eau et levait les bras pour protéger son chignon et ses lunettes de soleil des éclaboussures provoquées par les deux gaillards. Lucas et Fanny étaient assis sur le rebord du bassin, les pieds dans l'eau. Ils riaient aux bêtises des deux trouble-fête. Norton s'amusait dans l'herbe avec Nord, le chien de Greg. Il avait trouvé un vieux ballon de rugby avec lequel le Golden Retriever aimait jouer. Il courait partout, à la fois intéressé par le ballon et excité par tous les invités dans le jardin. Il effrayait les filles assises sur les couvertures qu'il avait déjà bien salies, filait entre les jambes des garçons debout à qui il avait fait renverser de la bière et sautait dans les plantes ou se faufilait dans les buissons, la bouche grande ouverte et la langue pendant jusqu'au sol.

Greg était un jeune garçon très tranquille et respectueux dans la manière d'être. Ce n'était pas le plus beau ou le plus populaire des garçons du lycée aux yeux des filles, mais cela ne l'intéressait pas vraiment. Le rugby lui donnait malgré tout une allure plutôt robuste et carrée. Il a toujours eu les cheveux blonds et assez courts et des yeux bruns châtaigne. Ce qui avait changé durant l'été, c'était sa barbe, apparue en quelques mois seulement. Il la portait légère et courte, d'un blond foncé, qui ajoutait de l'allure et du charisme à son visage. C'était un des premiers chez qui elle était aussi apparente, taillée et affirmée.

Ce n'était pas dans son habitude de boire beaucoup d'alcool, ni de faire la fête en général, puis il ne connaissait pas grand-chose aux filles ni à l'amour. Mais depuis l'été, cela semblait avoir changé. Il avait plu à des filles, pris ses premières cuites, fumé ses premières cigarettes. Il semblait avoir mûri, pris de la confiance et du ferme. Il avait changé, en bien, en mieux, d'après les autres qui étaient d'ailleurs assez étonnés qu'il eut l'idée d'organiser une fête chez lui. Ses parents absents, il jugea bon de marquer le coup. Aussi, c'était l'occasion de donner un petit concert avec Niels et Lucas, ses compagnons du groupe.

Il jouait de la guitare et son poste était au micro. Niels était le batteur du groupe, tandis que Lucas jouait de la guitare et de la basse. Niels faisait du rugby et de la natation à haut niveau, ce qui lui sculptait des épaules solides et un dos large. Lui était un garçon plutôt grand, norvégien d'origine. Son charme ne laissait presque aucune fille indifférente, puis il avait le sourire facile, le teint mat et des yeux d'un turquoise perçant. Lucas, lui, était un garçon réservé. Il ne parlait pas à grand monde et de ce fait on en savait peu sur sa vie. Les autres ne voyaient rien d'étonnant à ce qu'il soit en couple avec Fanny, puis cela ne les intéressait pas plus que cela. Ni le plus populaire ni le plus souriant, Lucas était un peu dans son monde et avec sa copine, ils se sont bien trouvés, pensaient Greg et Ninon.

Les garçons avaient placé plusieurs amplis sur la terrasse et sortirent les instruments. Le groupe commença à jouer en cette fin d'après-midi. Les autres étaient impatients de les entendre et appréciaient ce qu'ils jouaient ; des reprises et des compositions. Greg appréhendait un petit peu de jouer devant du monde, ou plutôt appréhendait-il le fait de jouer devant Marc ou bien Johan, des garçons qu'il appréciait peu. Mais Greg était heureux malgré tout, il chantait devant ses amis, devant Abbie, et c'était un peu sa réussite. Peu de ses amis l'avaient déjà entendu chanter auparavant, alors tous se réjouissaient de l'entendre désormais.

Ninon et Audric étaient descendus au jardin et s'étaient couchés sur une couverture, à côté d'autres camarades de classe et du lycée. Il y avait aussi Lola, Julia et Amel assises dans l'herbe, pas loin d'eux. Les autres jeunes se tenaient debout sur la pelouse. Johan et Marc fumaient de leur côté, Chavy se séchait avec sa serviette au bord de la piscine. Le soleil retombait peu à peu et cela ajoutait de la douceur à la soirée, de la quiétude et de la chaleur.

« On se fait un peu chier, nan ? remarquait Marc à Ben et Johan, à l'écart des autres.

– Ouai carrément, puis j'pensais qu'il y aurait plus d'alcool que ça, c'est dommage, ajouta Ben.

– T'inquiètes, y'a un pote du rugby qui passe après, il nous file des bouteilles.

– J'vais voir Amel, je reviens, fit Johan en rejoignant sa copine.

– Il ramène quoi ton pote ? demanda Ben à Marc.

– Il a du Jack et du rhum je crois, mais t'inquiètes. Après j'vais voir Greg et j'lui dis que j'ai juste un pote qui vient, ça va passer. S'il peut s'incruster, il pourra ramener plus d'alcool.
– Tu crois que Greg va le laisser venir ? s'interrogea Ben.
– Mais je lui dis qu'il sera seul et qu'il est tranquille.
– Ouai... ça devrait le faire », rit-il. Puis entre deux morceaux, Marc alla voir Greg pour l'informer de la venue de son ami. Greg ne voulait pas passer pour un rabat-joie, et accepta, peut-être aussi dans l'euphorie du moment.

Les minutes passaient et tous profitaient de la soirée dans le rythme de la musique. Les coups de cymbales retentissaient et le groupe entamaient désormais *Creep* de Radiohead. Aux premières notes, toutes les filles crièrent de joie – évidemment, c'était la seule et unique chanson du groupe qu'elles connaissaient – et jouaient aux groupies. Elles chantaient les paroles en accompagnant Greg. Certaines s'étaient levées, d'autres se balançaient en cœur en se tenant par l'épaule, mais toutes chantaient. Les garçons s'amusaient sur la terrasse et Chavy bougeait sa tête au rythme de la musique et fermait les yeux en s'imaginant Thom Yorke devant son micro. Johan, énervé et agacé de voir sa copine chanter aussi, plaqua d'un coup rapide sa main sur celle d'Amel. « Arrête de chanter putain, tu veux le sucer aussi ou quoi ? ». Amel était surprise, puis elle lui enleva vivement la main, énervée elle aussi. Autour, personne n'avait rien remarqué, tous emportés par l'amusement et l'engouement pour le morceau.

Marc et Ben revinrent avec leur ami. Le morceau était fini et le centre d'attraction s'était vite déplacé vers Marc et ses copains, et les bouteilles d'alcool. Ninon et Audric, rejoints par Abbie, étaient les seuls à ne pas s'être levés pour les rejoindre. Fanny n'était pas très loin d'eux.

« T'as pas été super proche de Marc, aujourd'hui ! remarqua Ninon.
– Non... il était beaucoup avec Ben, répondit Abbie, agacée. Puis là il me saoule à ramener son pote et son alcool,

là. C'est la soirée de Greg, quoi ! Il pourrait respecter ça un petit peu, quand même.

— Je crois qu'il est allé demander à Greg avant, fit Audric.

— Mais même, il veut faire venir son pote pour incruster de l'alcool, ça ne se fait pas. Même s'il demande, continua Ninon.

— Oui, par principe, c'est vrai que c'est limite... » confirma Audric.

Peu après, les garçons s'étaient arrêtés de jouer. Niels se précipita chez Marc et profita de l'alcool en se remplissant un gobelet de rhum-soda. Lucas rejoignait sa copine, qui l'applaudissait fièrement, le félicitant d'un large sourire et d'un baiser sincère. Greg retrouvait Ninon, Abbie et Audric sur une couverture, plus loin dans le jardin. Il semblait agacé du comportement de Marc et de la venue de l'inconnu, même s'il avait maladroitement acquiescé à la demande de Marc.

Ils restèrent longtemps de leur côté à discuter et rire ensemble. Greg n'était plus énervé et cela lui faisait du bien de se changer les idées avec Ninon et Audric, et surtout avec Abbie. Il semblait être très proche d'elle. Quand elle lui parlait, il la regardait dans les yeux et se perdait dans son sourire. Et quand elle riait, il la fixait, admiratif. Il aimait ses manières, il aimait quand elle lui touchait le bras en s'adressant à lui, quand elle baissait les yeux, gênée, quand elle souriait la bouche fermée en penchant la tête sur le côté, faisant virevolter sa queue de cheval. Peut-être était-ce le cadre qui plongeait Greg dans ce sentiment d'admiration ; ceux qu'il aimait réunis chez lui, assis sur une vieille couverture, les autres qui riaient fort et qui s'amusaient franchement, le concert donné avec Niels et Lucas. Il ne pensait plus à grand-chose, ce qui le tracassait auparavant ne le gênait plus désormais. Il voulait que le temps ne passe plus, que cette soirée dure toujours et que les choses soient plus simples. Les mots plus légers et plus faciles à dire.

Il faisait nuit, plus d'une heure était passée depuis la fin du concert et peu à peu, les jeunes partaient. Greg était soulagé de voir que Marc, Ben et leur ami n'étaient plus là. Ils s'étaient rendus à une autre soirée, chez un de leurs coéquipiers du rugby. Chavy et Norton jouaient avec le chien, toujours excité de voir du monde dans le jardin. Niels et Greg bâchèrent la piscine et rangèrent le matériel à l'intérieur. L'air commençait à se rafraichir, il n'y avait presque aucun nuage dans le ciel clair pour retenir la chaleur de la journée. Le gazon était un peu humide et quelques moustiques s'invitaient à la fête, mais cela ne dérangeait pas les adolescents. Niels ne pouvait pas rester très tard car la natation l'attendait le lendemain. Ninon et Audric restaient sur leur couverture, ils parlaient de vêtements et du lycée et d'autres choses encore. Lucas et Fanny étaient assis plus loin, ils parlaient doucement et regardaient le ciel et parfois riaient quand le chien venait les embêter.

Greg ne voulait pas que cela se termine. Il voulait qu'Abbie reste, et il était heureux parce qu'elle restait. Pour passer du temps avec Ninon, aussi peut-être avec lui. Mais ça, Greg ne pouvait pas le savoir, voilà pourquoi il voulait que les choses, parfois, soient plus simples. Il proposa à Lucas et Fanny de rester encore et ils acceptèrent. Alors il chercha d'autres couvertures à l'étage, pour les regrouper dans le jardin et ainsi que tout le monde puisse s'assoir ensemble.

« Je crois qu'il me reste des pizzas au congélateur, se rappela-t-il. Qui en veut ? demanda-t-il excité.

– Bien sûr mon pote ! s'empressa de répondre Norton.

– Oh oui ! Mais quelqu'un devra prendre mes champignons si y'en a, ajouta Chavy.

– Ouai il y en a, je crois, désolé pour toi, annonça Greg en souriant. Lucas ?

– Ouai, on se la partage avec Fanny.

– Ok, donc quatre pizzas. Et les autres ?

– Moi j'en prends pas, j'ai abusé sur les biscuits apéritifs, je suis plein ! Se plaignait Audric.

– Et nous, on en prend une pour deux », répondit Ninon en regardant Abbie.

Il était tard, et tous étaient heureux de manger un bout de pizza. Ils étaient tous assis sur les couvertures qui recouvraient une grande partie du jardin. Des bouteilles de soda et les cartons de pizzas était posés dessus. *Not Just a Girl* de She Wants Revenge résonnait de la petite enceinte portable d'Audric. L'air était frais mais il y avait des plaids pour leur couvrir les jambes et des pulls pour se blottir à l'abri de la fraîcheur. Greg était couché contre Abbie, et elle semblait apprécier sa présence. Il appréciait l'instant comme s'il en avait rêvé toute une vie. Comme si jamais il n'en connaîtrait d'autre. Tous regardaient le ciel, il n'y avait qu'Audric qui naviguait sur son téléphone.

Parfois, de la musique plus ancienne passait, de vieux groupes comme Oasis et The Police et les jeunes appréciaient. En réalité, la musique bourdonnait en fond. Ils ne l'écoutaient pas attentivement. Chavy racontait des blagues et Norton renchérissait. Chavy était un garçon d'origine sri lankaise. Il avait des cheveux noirs qui descendaient jusqu'aux épaules et une bouche large avec laquelle il souriait énormément. Il n'était pas très grand, pas très maigre mais il était cultivé, plus cultivé que tous ses camarades. Il aimait la musique et la politique, l'environnement et la photographie. Il s'intéressait à tout ce qui l'entourait et avait une ouverture sur le monde que peu de ses amis possédaient. Ninon l'aimait beaucoup parce qu'elle savait que derrière l'air bête, juvénile et naïf qu'il aimait prendre souvent, c'était quelqu'un de mature et de réfléchi, quelqu'un d'intelligent. Mais il était de ceux qui le sont silencieusement et réellement. Il ne faisait pas semblant de s'intéresser aux choses et n'en avait que très peu à faire du paraître, de l'apparence qu'il donnait aux yeux des autres. Ninon l'appréciait parce qu'il n'essayait pas, comme tous les autres, de ressembler à « ce à quoi il faudrait ressembler », il n'essayait pas de prouver qu'il était le plus intelligent, le plus cultivé ou quoi que ce soit d'autre. Il savait la valeur des choses et disait souvent que « ceux qui sont convaincus que la force brutale fait le poids face à la force des mots sont ceux qui pensent qu'une liasse de billets vaut mieux qu'un seul gramme de connaissance ». Voilà pourquoi Ninon l'appréciait ; elle aimait le recul qu'il avait sur les choses et le monde, et le regard qu'il portait dessus. Chavy avait cette réputation de posséder une vision très critique de la société.

Alors de temps en temps, entre deux boutades, il aimait ajouter un trait de sérieux, un petit message engagé et subliminal, et bien souvent raccroché par l'ironie de Norton, qui évitait ce genre de sujets sérieux et constructifs, sans doute parce qu'il savait qu'il ne possédait pas les connaissances nécessaires pour ce type de discussions. Alors il répondait par la blague et la dérision, c'était sa façon de participer au débat.

Greg était couché sur le dos et Abbie avait posé sa tête sur la poitrine du garçon. Ils regardaient les étoiles. Eux ne disaient rien. Ils se contentaient de maintenir leur regard au ciel, appréciant la musique, le moment, la lune tendre et vivante qui se dressait à eux comme un tableau à contempler, un parfum à sentir dans la brise légère du soir.

★★

Le parc de l'Hirondelle se trouvait près du campus central. C'était un vaste domaine sur lequel les arbres recouvraient d'ombre les nombreux chemins gravillonnés. Le site était très fréquenté, les pelouses toujours tondues et les bancs ne manquaient pas. Les écureuils vivaient avec les hirondelles, les martres et les ragondins et, par moment, les cygnes. Au lendemain de la soirée, Greg y promena Nord. La matinée était déjà chaude mais le soleil n'agressait pas ceux qui marchaient à travers le parc, protégés par le feuillage des arbres.

Il s'assit sur un banc, silencieux et pensif, ne regardant rien de particulier. Il semblait légèrement tourmenté. Il avait les mains dans les poches et la laisse était enroulée autour de son poignet droit. Face à lui, l'étang demeurait calme et reposant et il y perdait ses pensées comme il les perdait déjà depuis des années à cet endroit. C'était une de ces habitudes que de venir s'y ressourcer, se confier à lui-même ou à quelqu'un d'autre, se questionner sur tout, et nombreuses ont été ces fois où il s'était contenté de n'avoir pas de réponse. Mais il aimait squatter ces bancs. Ces bancs sur lesquels il avait pu passer des journées entières avec ses copains, ces « gars ». Ces bancs sur lesquels il aimait s'assoir seul et rester un temps, jusqu'à ne plus apprécier la dureté du bois contre son dos et les gamins crier sur les pelouses.

La raison de sa tourmente n'était pas bien sérieuse, mais quand on a dix-sept ans, on se laisse vite submerger par le chaos que provoque un doute ou un regret plutôt que de tenter d'y remédier. Sans doute parce qu'à cet âge-là, on ne connaît pas bien la raison, et on se fait vite tout un monde à partir de quelques petits détails, même insignifiants.

Il pensait à la soirée de la veille. À Abbie. Il pensait à ce qu'il aurait pu dire de mieux, à ce qu'il aurait dû faire de plus intelligent vis-à-vis d'elle, pendant la soirée. Il avait ce sentiment d'avoir gâché des occasions d'avancer un peu plus, de devenir plus proche d'elle. Puis il trouvait ce tracas ridicule. Mais il ne pouvait pas s'empêcher d'y penser, de se rejouer les scènes, de se reprocher certaines paroles, de se sentir bête. Comme un acteur cherche ses répliques, lui cherchait obstinément quelles auraient été les meilleures choses à dire. Il regardait son chien courir et les canards flotter sur l'eau, et sans trop savoir pourquoi, il reprit ses idées et se convint qu'il fallait rester naturel. Rester naturel avec Abbie – comme il fallait l'être avec n'importe qui – puisque s'il lui plaisait, c'était pour ce qu'il était et non pas pour ce qu'il tentait de laisser paraître. Rien ne servait de s'en mordre les doigts, ce qu'il s'était passé était révolu et rien ne pourrait y changer, il fallait désormais laisser les choses se faire. Se contenter du temps qu'il passerait encore avec elle et arrêter de se lamenter des heures sur les bancs. Est-ce qu'Abbie se posait autant de questions ? Est-ce qu'elle jouait une fille qu'elle n'était pas réellement ? Sûrement pas. S'il devait se passer quelque chose entre eux, alors il se passera quelque chose. Mais forcer les choses n'aide pas et trop se questionner n'est pas la solution. Voilà ce que Greg concluait de sa situation. Voilà ce qu'était la réponse à sa tourmente.

★★

Les cours ne tardaient pas à reprendre, mais il restait quelques jours encore avant la fin des vacances d'été et les jeunes voulaient en profiter encore pleinement. Ils décidèrent de se retrouver au bowling en fin d'après-midi, dans le Nouveau Centre. Ninon, Abbie et Audric se rafraîchissaient au Brets, le bar réputé du Grand Quart, le tout récent centre commercial, dont la terrasse donnait directement sur l'eau. Greg, Niels et Chavy sortaient, eux, du cinéma. Ils étaient allés voir un film d'action, plutôt destiné au jeune public. Mais ils aimaient ce genre de films et ne voyaient aucun mal à cela, ils n'avaient ni gêne ni honte d'aller au cinéma pour les voir et appréciaient tout autant que lorsqu'ils étaient gamins.

Les six amis se rejoignirent devant le Grand Quart. Audric et Abbie étaient joyeux après avoir bu quelques verres au bar. Ils marchèrent ensemble jusqu'au bowling. Ninon était heureuse de retrouver les garçons, elle semblait fatiguée de devoir supporter seule ses deux amis pompettes. Niels et Chavy ne manquèrent pas de les taquiner et tous avaient le sourire. Les garçons étaient contents du film, même si Chavy avait trouvé l'humour trop léger. « C'est un film pour gamins, je te rappelle ! » lui lança Ninon, mais pour lui, ce n'était pas une raison pour tourner le scénario au ridicule pour certaines scènes.

Arrivés au bowling, ils retrouvèrent Norton et le jeune couple. Lucas et Norton s'affrontaient au jeu du palet, sur une des tables disponibles. Fanny souriait en voyant Audric et Abbie rire à gorge déployée en se tenant la main et en se pliant dans tous les sens.

Une fois la partie réservée et les chaussures spéciales mises aux pieds, la partie commença. Lucas, Niels, Chavy et Abbie affrontaient Ninon, Greg, Fanny, Norton et Audric. L'ambiance était bon enfant et cela leur plaisait beaucoup de passer du temps ensemble. Abbie avait même fait un Strike et tous ont salué l'exploit. Les boules terminaient souvent dans les gouttières avant même qu'elles n'atteignent les quilles, mais ils en riaient. Ils firent une partie de billard après avoir fini celle de bowling puis commandèrent à boire et à manger, et finirent par y passer la soirée. Ils faisaient les pitres au photomaton, souvent motivés par Audric ou par Niels. Ninon avait remarqué à la table de billard à côté de la leur un groupe de garçons, plus âgés. Le genre de personnes qu'Audric évitait, puisqu'il en était souvent victime par des jugements, des insultes ou des coups. Ninon savait qu'en général, le comportement d'Audric, ses gestes et ses manières efféminées, sa façon de parler particulière se remarquaient beaucoup et dérangeaient ceux qui le relevaient et qui n'aimaient pas. Souvent, cela concernait les groupes de garçons comme ceux qui jouaient sur la table à côté, alors dans ces moment-là, Audric se faisait discret parce qu'il avait peur. Mais joyeux comme il l'était, Audric n'avait ni remarqué le groupe de garçons, ni changé son comportement. Ninon en était surprise mais redoutait le pire, alors elle décida de faire plus attention et expliqua discrètement la chose à Greg.

Mise à part quelques regards, il n'y eut aucune confrontation ni problème avec le groupe d'à côté, et cela n'empêcha personne de jouer tranquillement et s'amuser sans gêne. Ninon appréciait la façon dont Audric se détachait du regard des autres et la façon avec laquelle il considérait son homosexualité. De la dérision, de l'acceptation, de la maturité. Elle était aussi contente de voir comment se comportaient ses amis vis-à-vis de ça, sans jugement, sans critique puis avec de l'humour et beaucoup de maturité aussi.

Ils commençaient à tous avoir chaud à l'intérieur du bâtiment, et le bruit imposant de la musique, des boules qui tapaient dans les quilles, des gens qui criaient et riaient tout autour d'eux les gênaient peu à peu. Alors ils décidèrent de sortir, peut-être d'aller au Neuf Pays, le quartier des bars et de la fête. Ils ne savaient pas encore où se rendre mais ils attendaient d'être dehors, à l'air frais, pour en discuter. Audric les abandonna car il reçut un appel de Lola qui n'allait pas au mieux et qui voulait le voir pour discuter. Elle l'attendait près du Brets. Les autres marchèrent plus loin à travers le Nouveau Centre.

La nuit était tombée mais on avait l'impression qu'il faisait encore et toujours jour dans le Nouveau Centre. Les affiches et panneaux publicitaires et les lampadaires illuminaient les rues, les enseignes des bâtiments brillaient dans le ciel, et puisque les soirs d'été ne finissent jamais, il y avait toujours des gens qui y déambulaient. On marchait le long de l'eau, d'un côté ou de l'autre. Le cours était calme, certains venaient y pêcher le jour, d'autres s'y posaient le soir et la nuit pour y discuter, comme s'apprêtaient à le faire Lola et Audric. Ils s'installèrent sur un des bancs qui faisaient face au canal et entamèrent une de ces discussions que l'on a avec un ami dans la volupté nocturne. La lune comme témoin éternel des aveux, des secrets, des rêves et le calme de la nuit venait apaiser leurs esprits. C'était une de ces discussions que l'on aime avoir, que l'on souhaite ne jamais voir se terminer. Où l'on laisse parfois les silences remplacer les mots. Où l'on s'avoue les choses et que l'on confie ce qui demeure trop lourd pour le cœur. Où l'on rêve, où l'on se remémore, où l'on s'imagine.

La petite boucle d'oreille qui pendait à l'oreille gauche d'Audric ne virevoltait plus comme elle le faisait au bowling. Le garçon s'était calmé. Il avait des cheveux noirs très courts, des lunettes rondes et un léger pull noir à col roulé. Il avait des Converses aux pieds et l'on distinguait à peine les carreaux de son pantalon. Lola portait un haut blanc et un jean bleu foncé taille haute. Ses cheveux étaient attachés et formaient une queue de cheval châtain sombre.

Quelques éclats de rires, de nombreux silences, des confidences réelles. La nuit restait douce et agréable mais la fatigue se faisait ressentir. Ils n'avaient pas regardé l'heure et n'ont pas senti le temps passer. Mais quand les paroles sont sincères et que l'oreille est attentive, le temps n'est qu'un faible détail, abstrait et secondaire.

Le reste de la bande s'est rendu au quartier du Neuf Pays. Ils ont fait un tour au Jane&Tonio puis dans d'autres bars du quartier. À minuit passé un jour de semaine, le quartier restait bondé, les bars pleins et les rues vivantes. Ils ont bien profité de leur soirée, leur dernière soirée de l'été. Les cours allaient reprendre dans quelques jours et tous étaient prêts à se retrouver au lycée, à découvrir leur classe et à vivre les aventures que l'on connaît à cet âge.

II

De peine et de réflexion

Les cours avaient repris depuis plusieurs semaines qu'aucun élève n'a vu passer. Les emplois du temps se mettaient peu à peu au clair, les classes se faisaient et le lycée commençait à rentrer dans le rythme de l'année scolaire. Ninon ne s'étonnait plus de voir Julia pleurer, qui se retrouvait séparée d'Amel et Lola, et insister auprès de l'administration pour pouvoir changer de classe et retrouver ses copines. Ninon avait l'impression de la voir pleurer tout le temps et se fatiguait de voir ces filles se mettre dans ces états pour un rien. « C'est une pourrie-gâtée, de toute façon », disait-elle quand elle en parlait avec Abbie ou Audric.

Norton et Chavy avaient décidé de s'inscrire au club de basket du lycée. Chavy n'en pratiquait pas auparavant mais Norton était un vrai fan. C'était un garçon de grande taille et à l'allure élancée, métis aux cheveux crépus et courts et autour de son nez s'étalaient de petites tâches plus foncées. Greg disait qu'il aurait pu être le fils de Morgan Freeman mais Norton préférait Stephen Curry. Greg, Chavy et Norton s'entendaient bien. Ensemble ils avaient de vraies discussions et abordaient de nombreux sujets. Avec Audric et Ninon, ils étaient plus matures que la plupart de leurs camarades de classe, plus réfléchis que les autres. C'était certainement pour cette raison qu'ils se sentaient aussi distants de Marc, Ben, Amel ou bien encore Julia, qui n'avaient pas autant de discussions. Ninon les voyait d'un œil quelque peu déprimant mais toujours très réaliste. « Ils font partie de ces gens qui se contentent de ce qu'on leur donne. Ils ne cherchent pas plus loin parce qu'ils ne font pas d'effort, ils n'ont pas l'habitude d'en faire. Ils se contentent d'être à la mode et n'ont pour plaisir que la satisfaction de se sentir populaires, mais au fond d'eux, ce sont des coquilles vides. Ils ne savent pas réfléchir ». Ninon avait un avis bien tranché sur eux. Elle ne les appréciait guère et avait cette façon de classer les gens dans des cases qui fâchait parfois Audric. Quand elle faisait attention à ce qu'il se passait autour d'elle, elle ne faisait pas qu'uniquement regarder ; elle observait. Elle analysait, elle notait, elle comprenait. Cela renforçait son idée selon laquelle sa génération manquait quelque chose et partait dans un sens mauvais.

Après un cours de maths, elle fut la première à sortir et attendait Audric devant la salle. Postée en face de la porte, elle voyait tout le monde sortir au compte-goutte et elle était stupéfaite de n'en voir aucun porter son regard et son attention autre part que sur l'écran du téléphone. Elle désespérait aussi de voir combien de photos et de vidéos étaient prises pendant les cours, en salle de classe. C'était un réel fléau selon elle, car elle voyait dans ces comportements une sorte de mauvaise habitude, le mode de vie des jeunes de sa génération prenait à son goût une tournure à laquelle cette génération ne devrait pas s'attacher. En fait, elle voyait tout cela d'un œil méfiant et inquiet et avait du mal à en tirer le positif, le bien, l'encourageant. Toutes ces technologies et ces réseaux sociaux, Ninon en avait fait un objet de réflexion important et elle s'en méfiait. Elle restait distante à tout ça, peut-être trop « vieux jeu » aux yeux des autres mais finalement bien raisonnable d'après elle. « L'écran du téléphone et les profils internet, ça coupe du monde, mais ça t'enlève aussi les sentiments, de la liberté et paradoxalement, le rapport et la proximité avec les autres », disait-elle à propos de tout ça.

Ninon était comme ça. Elle n'était pas pessimiste de nature, elle était réaliste. Elle aimait apporter une note de mélancolie au goût de la vie, comme si elle appréciait la douceur d'une larme qui lui coule sur la joue ou le noir de la solitude des soirs d'hiver et des jours de pluie. Elle ne voyait pas la négativité partout, elle savait juste les risques de chaque chose et que dans chaque chose résidait une part d'ombre ou d'ignorance. Son fort caractère lui valait la peine d'être perçue comme une fille froide la plupart du temps et peu de personnes la savaient mature et intelligente. Inconsciemment elle semblait n'accorder sa confiance qu'à ceux qui la connaissaient et qui l'acceptaient telle qu'elle était réellement. Elle n'appréciait guère de monde, justement parce qu'elle voyait chez chacun les défauts que personne d'autre n'arrivait à percevoir. Puis souvent elle écrivait et gribouillait des notes au brouillon, des phrases dans ses cahiers, témoins de sa réflexion longue et silencieuse vis-à-vis de sa génération, des gens qui l'entouraient et de tout ce qu'elle en pensait, parce que pour elle, écrire était garder une trace précise de sa pensée en lui attribuant une forme, un corps. Et elle écrivait beaucoup, et partout. Un soir dans le cahier de notes qui traînait dans sa chambre, elle gratta quelques lignes d'un de ses vieux stylos à billes qui erraient sans capuchon.

« Cette jeunesse ne pense désormais plus qu'au reflet d'elle-même, avec cette façon d'être qui n'est qu'une facette de chacun, une hypocrisie omniprésente et une manière de penser similaire à tous mais, faussement, paraissant propre à chacun. »

C'était ça. Parfois, elle était dégoûtée de sa génération, des jeunes de son âge vêtus de cette « hypocrisie omniprésente » et ce semblant de « façon de penser ». Elle était dégoûtée de voir l'attachement de certains à des choses qui lui semblaient vaines et sans importance. Mais maintenant l'apparence comptait plus que tout pour la majorité des jeunes et ceux à qui on accordait le plus d'importance, de popularité et d'attention étaient en réalité ceux qui en faisaient le moins, les « gâtés », les « cons », les « profiteurs ». C'était la conclusion qu'elle en tirait le plus souvent. Alors pour elle, le lycée n'était pas l'endroit le plus intéressant et passionnant du monde et laissait plutôt place à la désolation et au ridicule, l'incompétence, au narcissisme ambiant.

Au fur et à mesure du temps qui passait, tout ce qui l'entourait l'attristait de plus en plus. Son père, avec qui elle ne s'entendait sur quasiment rien et qui ne faisait, depuis bien longtemps, plus aucun effort pour elle, les élèves de sa classe qui avaient tous à ses yeux des « comportements de gamins », les adultes fermés d'esprit et les enseignants bourrés de mauvaise foi. Alors elle apprenait à apprécier les petits détails de la vie et comprenait que certains d'entre eux pouvaient occuper une place importante dans le cœur. Cela lui faisait plaisir de voir de nouvelles têtes au lycée puisque les plus jeunes venaient d'y rentrer. Elle connaissait désormais Luann et Chloé, deux copines de première année. Luann était la petite sœur de Marc, avec qui elle avait deux ans d'écart, mais semblait pourtant bien différente de lui. Plus posée et mature. Elle et Chloé intriguaient beaucoup Ninon, qui voyait chez elles autant de sagesse que d'ouverture d'esprit et de calme, mais elles avaient encore beaucoup à découvrir, à apprendre, à vivre.

Chloé semblait aussi discrète que Luann, mais plus renfermée sur elle-même. Elle avait ce style gothique qu'avaient souvent les filles réservées et généralement mal dans leur peau. Petite et ronde aux cheveux noirs mi-longs, elle commençait à mettre un peu de maquillage mais toujours très sombre. Ninon ne voyait pas chez elle un manque de goût ou de classe. Elle voyait seulement ce style comme une façon de se sentir bien et du peu qu'elle avait pu constater, une grande douceur et une riche sensibilité. Voilà pourquoi Ninon la trouvait belle, et elle savait qu'elle était bien la seule à voir cela.

Les semaines passaient et Abbie se rapprochait de plus en plus de Marc, au grand désespoir de Ninon. Audric continuait d'écouter Lola et acceptait bien ce rôle de confident. De toute manière, Audric avait toujours été de bon conseil, une bonne oreille à qui parler, une bonne personne à qui se confier. Ninon vivait chaque jour tranquillement et machinalement, une routine dans laquelle elle ne se sentait pas forcément à l'aise. Elle passait simplement les jours dans un confort élémentaire et ses journées se ressemblaient toutes plus ou moins. Elle n'avait pas grand-chose à faire de ses journées et faisait passer ses cours en second plan, préférant laisser son cœur la guider comme elle aimait si bien le faire. Alors elle écoutait sa musique, naviguait de temps en temps sur les réseaux sociaux mais jamais avec grand intérêt, elle sortait marcher ou boire un coup au Jane&Tonio ou bien restait chez elle, à dessiner ou écrire. Elle vivait simplement, silencieusement, avec ce lâcher prise qu'Abbie enviait parfois, et depuis peu, Ninon parlait à une fille. Elle lui parlait parce qu'elle était intéressée et voulait la connaître un peu plus. Elle n'avait jamais rencontré cette fille et ne la connaissait qu'à travers Instagram. Mais elle n'était pas pressée de la voir et n'exprimait pas vivement ses sentiments, elle était comme ça. Peut-être avait-elle peur d'affronter quelque chose qu'elle ne connaissait pas, de laisser quelque chose qu'elle ne maîtriserait pas lui dicter ses émotions et de perdre le contrôle d'elle-même. Pour ça, elle devait encore se préparer, attendre encore un peu.

Les jeunes sont ainsi ; certains ne prennent rien au sérieux et leurs peines ne sont qu'illusoires et fausses, ils ne jouent rien d'autre qu'un jeu, qu'un rôle. D'autres éprouvent les sentiments réellement et s'arrachent une partie d'eux-mêmes à travers ce qu'ils ressentent. Est-ce sans doute une différence de sensibilité, néanmoins beaucoup se font avoir. Ainsi, les plus grandes peines naissent d'injustice et de candeur ; ce sont les plus sensibles qui paient pour la violence des plus stoïques. La séparation de deux êtres d'une sensibilité trop différente n'aboutit qu'au chagrin du plus sensible des deux. Mais à cet âge-là, les cœurs sont bien trop naïfs pour avoir ce recul, bien trop jeunes pour se faire cette raison.

Entre les histoires de cœur et la routine du lycée, les jeunes cherchaient à s'amuser et à sortir de ce rythme monotone. L'automne était installé depuis plusieurs semaines, calmant un peu les sorties en ville et amenant avec lui la douceur des jours plus froids et du ciel plus gris.

Marc et ses coéquipiers du rugby organisaient une soirée dans la maison de leur capitaine. Ninon et Greg avaient accepté, bien parce qu'Abbie s'y rendait. Mais ils savaient à quoi la fête ressemblerait et la tournure qu'elle allait prendre. Depuis la fête qu'avait organisé Greg chez lui à la fin de l'été, il ne s'était plus rien passé entre Abbie et lui. Ils se voyaient au lycée et rigolaient ensemble, mais cela s'arrêtait là. De son côté, Greg ne pensait pas qu'Abbie parlait aussi bien à quelqu'un d'autre et ne la savait pas aussi proche de Marc, alors il se rendait à la fête sereinement et motivé par l'envie de se rapprocher à nouveau d'elle. Il n'y avait pas beaucoup d'événements au courant de la période scolaire, alors l'occasion était venue pour lui d'en profiter.

La maison était énorme et du monde était déjà là. La musique résonnait fort entre les murs et la fumée occupait l'entièreté de l'air du rez-de-chaussée. On avait du mal à respirer correctement dès le moment où l'on pénétrait dans la maison. Alors les moins frileux restaient sur la terrasse, au froid mais dans l'air pur extérieur, d'autres squattaient les pièces et le couloir de l'étage. Ninon et Greg restaient à proximité, ils ne connaissaient pas grand monde et étaient un peu déstabilisés par l'ambiance de la soirée. La table basse et celle du salon étaient pleines de bouteilles vides, de biscuits apéritifs et de drogue. Les gens occupaient les canapés, les chaises, la cuisine, la terrasse, l'étage. Ça fumait, ça buvait, ça consommait. Greg et Ninon avaient croisés plusieurs amis du lycée et Ninon fit la connaissance d'Élodie, venue avec une amie à la soirée. Elle ne connaissait personne non plus mais Ninon la trouva plutôt sociable. Elle portait un tatouage sur l'avant du bras gauche, très simple et très sobre. Elle avait les cheveux très courts et avait une teinture blonde sur les mèches du haut des cheveux, qu'elle coiffait vers l'avant. Ninon adorait sa coupe, elles avaient tout de suite sympathisé.

La soirée passait et Ninon et Greg ne s'y plaisaient pas. Greg n'avait pas passé beaucoup de temps avec Abbie, collée à Marc et à plusieurs filles avec qui elle avait fait connaissance plus tôt dans la soirée. À une heure du matin, Greg décida de rentrer et abandonna Ninon, qui se mit à chercher Abbie dans le brouhaha de la fête. Fatiguée et transpirante, elle avait mal à la tête et bien trop chaud. *Post Blue* de Placebo vibrait puissamment dans les enceintes du salon et les quelques bières descendues lui fermaient les yeux plus facilement qu'à l'habitude. Elle cherchait dans la cuisine puis sortit sur la terrasse. Elle en apprécia la fraîcheur et accepta la cigarette que Ben lui proposa. Elle discuta rapidement avec lui, mais il était ivre et avait du mal à mener la conversation. Il fit vivement allusion à Abbie et Marc dans ses propos délirants, mais Ninon avait fini sa cigarette et rentra à nouveau dans la chaleur étouffante de l'intérieur. Elle croisa Élodie dans le salon et lui demanda si elle avait aperçu Abbie quelque part. Élodie l'informa qu'elle était partie avec Marc, sans doute dehors. Mais Ninon revenait de la terrasse et n'avait jusqu'alors aucun signe d'elle. Alors elle monta à l'étage après être retournée dans la cuisine une seconde fois. En montant, elle évita un couple qui s'embrassait et deux garçons saouls qui partageaient un fou rire à l'étage, une bouteille de vodka et l'autre de whisky à la main. Elle inspecta une première pièce, puis une deuxième, et vit de la lumière dans la suivante. Elle ouvra la porte et vit Marc et Abbie assis sur le bord d'un lit. Ils s'enlaçaient, s'embrassaient. Abbie était dos à la porte, elle ne pouvait pas voir Ninon. Marc croisa son regard rapidement et lui fit un sourire moqueur. Ninon avait compris : il avait réussi à avoir Abbie. Elle ne portait déjà plus de haut, elle n'avait plus que son soutien-gorge. Ninon ne pouvait pas dire si Abbie était consciente de ce qu'elle faisait avec Marc, si elle n'était pas trop ivre, pas droguée. Mais elle restait là, au pas de la porte, immobile et suante pendant plusieurs secondes. Elle ne savait plus quoi faire. Le regard de Marc lui jeta une étincelle de stupeur et cela l'avait refroidi. Puis elle fit un pas en arrière et claqua la porte. Évidemment que Ninon avait compris qu'Abbie et Marc allaient coucher ensemble. Elle savait son amie saoule mais elle se força à ne rien faire, ne pas agir. Elle en était dégoûtée mais c'était la vie d'Abbie et même pour ces décisions-là, Ninon n'avait pas son mot à dire. Son crâne bourdonnait et son cœur battait fort. Elle était décontenancée et brisée et n'avait plus la force ni l'envie d'aller la raisonner. En se retournant, elle piqua la bouteille de whisky au garçon du couloir et rejoignit la terrasse en quelque pas. Une bouteille de soda presque vide se trouvait sur la table, qu'elle transvasa entièrement dans le whisky. Elle était achevée intérieurement et une larme lui dévalait la rondeur de sa joue gauche puis celle de sa joue droite. Même dans sa peine la plus totale et cruelle, elle n'appréciait pas l'alcool pur. Puis elle s'isola dans le jardin, son mélange à la main et ses yeux débordants de larmes. À sa droite se tenait un escalier qui atteignait directement l'étage. Elle monta et escalada une rambarde pour s'installer sur le toit du porche, quasiment plat. Elle n'avait jamais de mal à trouver ce genre de malice. Elle s'assit en tailleur, la bouteille coincée entre ses jambes et quelques larmes qui y tombaient. Elle fixait devant elle comme elle fixait l'horizon de la ville lorsqu'elle s'assied sur le rocher. Quelques arbres plantés dans les jardins avoisinants vacillaient doucement de leur sommet par le vent froid qui les caressait. Mais Ninon ne sentait plus le froid. Elle entendait juste les vibrations des enceintes et un chien aboyer au loin, de temps à autres. Des cris essoufflés et exténués. Puis elle s'effraya d'une chouette qui la survola de près. C'était la première fois qu'elle en voyait une, aussi vraie et sauvage.

Sa notion du temps était vague et elle se sentait trahie, abandonnée. Quelques minutes passèrent puis elle aperçut Élodie qui arrivait dans le jardin, seule, d'un pas perdu. « Ninon ? » appela-t-elle d'un air soucieux. « Je suis là », répondit Ninon d'une petite voix lourde. Élodie se tourna mais ne semblait pas étonnée de la voir postée sur le toit. Sans trop hésiter, elle la rejoignit en trouvant le chemin du premier coup aussi. Elle vint poser ses fesses à côté d'elle, les genoux collés et pliés contre sa poitrine auxquels elle s'accrochait avec ses bras.

« Je t'ai vue partir en trombe dehors y'a dix minutes. Tu ne semblais pas au top, ça va ?

– Non... »

Ses larmes coulaient sur son visage et marquaient la peine qu'elle avait.

« Eh... Ninon, qu'est-ce qui ne va pas ? Elle sécha les larmes de sa copine avec la manche de son pull, et ses yeux se remplissaient en même temps.

– Je me sens nulle, j'en ai marre. Puis Abbie qui fait n'importe quoi... je sais plus quoi faire. »

Sa gorge était lourde et sa voix fatiguée. Alors Élodie leva son bras gauche et entoura les fragiles épaules de Ninon, qui posa sa tête contre elle.

Ninon était remuée et Élodie avait beaucoup de peine. Elles ne se connaissaient pas depuis bien longtemps mais les circonstances faisaient qu'elles se sont rapidement rapprochées l'une de l'autre. Cela ne coûte jamais grand-chose d'ouvrir son cœur, et cela permet souvent de gagner du temps. Élodie était âgée d'un an de plus que Ninon et sans trop savoir pourquoi, cela rassurait cette dernière de savoir que désormais elle avait une amie en plus. Cela faisait beaucoup dans le peu de personnes qu'elle appréciait. Sa tête était toujours blottie contre le sein d'Élodie, mais ses larmes avaient séché. Elles parlaient de tout, des garçons, des filles, de l'été passé, de William qui était la seule personne qu'elles connaissaient toutes les deux avant de se rencontrer. C'était un garçon simple et mystérieux. Il ne parlait pas beaucoup mais on le voyait partout parce qu'il connaissait beaucoup de monde, alors il se retrouvait à chaque fête qui était organisée, dont celle dans laquelle Ninon et Élodie se trouvaient. Il s'entendait bien avec quasiment tout le monde, il écrivait des romans fantastiques et des pièces de théâtre et Ninon disait qu'il ressemblait comme deux gouttes d'eau à Jack Mulhern. C'était un garçon intelligent et elles l'appréciaient beaucoup, sans doute aussi parce qu'il sortait de l'ordinaire et qu'il n'était pas comme tous les autres garçons. Cela le rendait spécial et véridique. Puis elles abordaient des sujets sur tout, sur la société et sur le monde. Elles partageaient le même avis sur énormément de choses et cela rajoutait bien du corps et de l'intérêt à la discussion.

« Tout ça me fascine et me dépasse à la fois, fit Ninon. Maintenant, tout le monde utilise ces réseaux sociaux et chacun possède un compte quelque part. Comme si on avait besoin de ça pour vivre, tu vois ?

– Oui, comme si tout le monde avait besoin d'y être présent pour se sentir vivre ou accepté, comme si ça faisait partie de leur identité… je ne comprends pas l'intérêt que tous portent à ça.

– Puis ça me fait rire cette espèce de jeu dont tout le monde veut faire partie, où chacun joue un rôle, enfin… je ne sais pas comment le dire mais, sur internet, on ne se comporte pas comme on se comporte dans la vie réelle.

– Non, c'est clair. On n'est pas nous-même, confirma Élodie. On veut tous paraître d'une certaine manière, en rentrant dans les codes et les tendances. Sinon on n'est tout simplement pas accepté. Malgré tout, il y a toujours ce besoin de se sentir accepté à travers ces réseaux, et ça, c'est apparu peu à peu dans notre génération.

– Ça me rend triste mais parfois, ça me fait rire. Enfin, j'en ris de pitié. Par exemple, l'autre jour, Amel a posté une photo sur Instagram. Tu vois qui c'est, cette fille ?

– Euh… non pas vraiment.

– Elle est à la fête, ce soir. La copine de Julia, elles étaient toutes les deux vers le canapé, toute la soirée.

– La brune et la blonde ?

– Oui. Amel, c'est la brune. L'autre jour, elle a posté une photo d'elle sans maquillage, « au naturel » comme elle disait. Mais j'ai trouvé ça ridicule qu'elle veuille l'afficher comme ça, en le montrant à tout le monde. Tu sais, comme si elle se devait de poster une photo d'elle au naturel pour faire savoir que parfois, elle ne met pas de maquillage.

– Oui bah tu sais, ceux qui font ça sont dans une sorte de délire constant, toujours là à jouer un rôle, à se donner un genre. Moi, je me suis détachée de tout ça depuis longtemps, ça me gave que la majorité veuille imposer une manière de penser, de parler, de se comporter. Puis à force de vouloir imiter les autres, on n'est plus soi-même. On n'aime plus vraiment, on ne profite plus vraiment parce qu'on ne fait plus les choses réellement, pour soi, on les fait pour les autres et c'est ce qui nous fait perdre notre propre liberté et notre propre identité. Le regard, l'acceptation et le jugement des autres, ça colle à la peau de ces gens-là. Ils ne vivent que pour ça. »

Ninon apprit qu'Elodie faisait partie d'une association engagée pour l'environnement et d'une autre dans l'aide et la défense des animaux. Elle aimait ces discussions profondes et réfléchies. Celles qu'on faisait sous un ciel nocturne légèrement éclairé et une lune discrète et bienveillante. Celles qu'aimaient avoir Audric, Élodie, Ninon, Lola et toute cette jeunesse du monde, tous les esprits ouverts et affamés de rêves.

Après la discussion qu'avaient eues les deux filles sur le toit de la terrasse, Ninon était convaincue d'une chose : on peut apprendre énormément sur soi-même grâce aux autres, à ce qui nous entoure ; les expériences nous forgent et notre esprit se charge de mettre des mots dessus et de leur donner une forme.

La routine des cours et croiser les visages qu'elle n'aimait pas n'aidait pas son moral, et depuis quelques temps, Ninon avait perdu foi en l'humanité. Elle n'arrivait plus vraiment à voir le bon côté des choses et écrivait ses pensées et sa réflexion beaucoup plus qu'elle n'avait l'habitude de le faire. Mais la discussion avec Élodie lui fit du bien. Elle était une fille optimiste et savait prendre le recul qu'il fallait sur les choses de la vie, et pour cela Ninon l'admirait beaucoup. Peut-être était-ce aussi parce qu'Élodie était plus âgée. Mais elle ne retenait pas cette idée. Selon elle, l'âge était abstrait et la maturité dépendait de bien d'autres éléments que celui-ci. « On est comme on est, la nature fait les choses », pensait-elle. Elle voyait cela comme un don plutôt qu'un lien à l'âge. Toutes les âmes sont différentes, certaines sont plus spéciales que d'autres, certaines sont plus grandes que d'autres, toutes ont la richesse qu'elles méritent.

III

Capuccino

« Oh, tu sais, t'as rien loupé, dit Greg à Norton en parlant de la soirée chez le copain de Marc.
– Ah ouai ? Y'avait du monde, ça avait l'air cool pourtant !
– T'inquiètes, c'était qu'une impression. Il y avait du monde mais je me sentais vraiment mal à l'aise.
– Pourquoi ? Il y avait trop de filles ? ironisa Norton.
– Non, non, c'est l'ambiance qui ne m'a pas plu. J'étais pas du tout dans le même délire que les gens, certains prenaient même de la drogue... enfin, j'étais vraiment pas à l'aise. Pourtant je suis resté longtemps, quand même ! J'ai essayé de m'intégrer au groupe malgré tout, mais ça n'allait pas du tout.
– C'est sûr que si même en faisant les efforts pour essayer de profiter de la soirée, ça ne t'a pas plu, c'est que ça ne devait vraiment pas t'amuser, parce que t'es bon public comme gars, j'te connais assez pour le dire ! » affirmait Norton.

Les deux copains étaient sortis en ville et discutaient dans un des cafés branchés du quartier Neuf Pays après avoir passé le début d'après-midi sur un banc au Parc de l'Hirondelle. Ils étaient assis l'un à côté de l'autre sur des sièges en hauteur et face à la baie vitrée qui donnait sur la rue pavée piétonne. Leurs coudes reposaient sur une tablette en bois et un lustre au style industriel était suspendu au-dessus de leur tête.

« Je vais te dire, les efforts, je n'avais aucune envie de les faire, alors tu vois comme ce soir-là était ennuyeux pour moi !

— Yep, finalement c'était pas si mal de ne pas avoir été invité, se rassurait Norton, et Abbie du coup ? Elle était bien à la soirée, je me trompe ?

— Oui... enfin, je ne l'ai pas vu beaucoup, grimaça Greg en baissant la tête.

— Comment ça ?

— Bah... incompréhensible. Elle s'est laissée emporter par l'ambiance et par l'alcool, en même temps Ninon l'avait un peu lâchée et discutait avec d'autres personnes. Au final, je l'ai perdue de vue et en partant je l'ai vue collée à Marc.

— Aïe, dure soirée.

— J'te cache pas que j'étais assez dégoûté, mais bien content de partir...

— Ouep, je veux bien te croire ! » conclut Norton en vidant son gobelet de capuccino.

Eux deux rigolaient bien ensemble et parlaient des choses avec beaucoup de dérision. Ils avaient fini leur café et marchaient maintenant tous les deux dans le quartier. Au-devant d'un des fast-foods du Neuf Pays, Norton se moqua discrètement d'un groupe de filles, qui semblaient plus jeunes qu'eux de plusieurs années. Elles faisaient du bruit et avaient toutes un téléphone en main. « Elles font ça pour se faire remarquer », critiquait Norton. Greg en riait et se disait qu'à cet âge-là, on commence à plaire et tous ces jeux de séduction, d'attraction, d'apparence font partie de l'adolescence. Eux étaient aussi passés par là en se comportant parfois comme elles.

« Ça, c'est quand on squatte en bande, ajoutait Norton. Dès qu'on est tout un groupe, comme elles, on se comporte différemment.

— Ouai, on devient carrément plus bête qu'à l'habitude.

— C'est l'effet de groupe et rien d'autre. Enfin j'pense, pensa Norton. En tout cas, elles sont toutes habillées pareil et je trouve ça ridicule. Elles ont aucune personnalité, c'est grave, argumentait-il en levant les sourcils et en haussant la voix, elles doivent avoir genre... deux ans de moins que nous ! c'est encore des gamines, et pourtant... ça me fait grave bizarre de les voir comme ça, là, toutes maquillées et maniérées comme jamais !

— Bon après, tout le monde est plus ou moins passé par là, nan ?

— Peut-être, mais à l'époque on n'était pas autant... on n'était pas comme ça, quoi.

— Je sais pas. On fréquentait des gens relativement calmes et réservés, du moins sur ces points-là. Mais si tu prends la brochette des trois « drôles de dames », tu retrouves les mêmes phénomènes qu'on voit là ! remarquait Greg.

— Tu parles de Amel, Julia et Lola ?

— Ouai ! elles sont aussi calées tout le temps sur les réseaux sociaux, elles étaient les premières à se maquiller et leur comportement n'est pas toujours exemplaire et studieux... je dirais qu'il se rapproche quand même de celui des filles qu'on vient de croiser, tu crois pas ?

— Si... t'as raison. Je crois que chaque génération a son quota de gens insupportables !

— Oui ! riait Greg, faut juste savoir les différencier ! Moi, par exemple, je trouve que Lola est malgré tout différente de Julia et Amel.

— Tu trouves ? J'sais pas, je vois pas de différence moi.

— Bah, c'est pas flagrant, mais disons qu'elle est plus supportable que ses copines. Moins égocentrique, plus respectueuse vis-à-vis des autres, et franchement... »

Une tape sur l'épaule le stoppa dans sa phrase, et c'était justement Lola qui se tenait derrière eux, toute contente de voir les deux garçons. Ils se regardèrent furtivement en se disant qu'ils avaient bien fait de ne pas avoir parlé trop fort et Norton grimaça honteusement dans son coin. Elle portait plusieurs sacs de vêtements achetés plus tôt dans l'après-midi. Elle avait les moyens de se payer des vêtements de marque, tout comme Julia et Amel. C'est aussi à cause de cela que les autres les classaient directement dans une certaine catégorie de personnes ; celles qui ne se cachaient pas d'avoir les moyens d'acheter sans trop regarder. Comme était en train de le dire Greg, Lola était celle qui s'en vantait le moins, et cela la rendait plus appréciable que ses copines.

« Hey vous ! Vous faites du shopping, aussi ? les interpella Lola.

– Hey ! Oh, on se balade tranquillement, entre gars, répondit Greg.

– On vient du café, là. On est sorti y'a genre... cinq minutes, ajouta Norton.

– Sérieux ? Cool ! Moi, je rejoins Amel et Julia sur la place de la Liberté et je pense qu'on ira manger un morceau au Jane&Tonio. C'était bien la soirée ? demanda-t-elle à Greg, toute curieuse.

– Oh... bah, sans plus. Je me suis pas mal ennuyé, on va dire. Je suis rentré avant Ninon, je crois que ça lui a bien plu, à elle. Mais moi, j'pense pas que j'irai encore à une soirée comme ça. J'étais pas à l'aise du tout, fit-il en souriant difficilement, l'air un peu gêné.

– Ah... décidément, cette soirée n'a vraiment pas plu à beaucoup de monde ! déclara-t-elle en grimaçant.

– Ah bon ? s'intéressa-t-il.

– Oui, Ninon n'était vraiment pas bien quand elle est rentrée, d'après ce que m'a dit Audric.

– Ah ouai ? Greg regarda rapidement Norton, puis se tourna à nouveau vers Lola. Comment ça, « pas bien » ?

– Bah... j'sais pas, elle était assez mal, je crois. Enfin, c'est ce qu'Audric m'a dit. Elle ne lui a même pas raconté en détail. Je sais juste qu'elle ne parle plus à Abbie, mais je pensais que tu savais pourquoi, confia-t-elle en riant.

– Même moi, j'savais pas, s'étonnait Norton.

– Ouep, là tu m'apprends quelque chose ! assura Greg. Attends, tu me dis qu'elle ne parle même plus à Abbie ?

– C'est ce que m'a dit Audric, continua Lola. Même lui ne sait pas comment ça se fait. Elle est muette depuis l'autre soir, et en cours elle ne dit rien.

– C'est que ça doit être du sérieux ! Honnêtement, j'en sais rien, doutait Greg. Ninon parlait à quelques personnes de la soirée qui avaient l'air vraiment sympa, en plus. Puis je suis resté avec elle un bon bout de temps. Abbie, je ne l'ai pas beaucoup vue, juste en partant je l'ai vue collé à Marc, mais c'est tout.

– Collée à Marc ? le coupa Norton.

– Ouh, à mon avis Marc est dans l'histoire ! conclut Lola.

– Ça ne m'étonnerait pas, assura Greg.

– Il est dans toutes les histoires, ce mec, de toute façon, s'accordaient Norton et Lola en riant.

– Bon, je dois rejoindre les filles. À plus ! »

Lola partait en direction opposée des garçons, encore surpris de ce qu'elle leur a appris. Ils la regardaient marcher et Norton s'adressait en même temps à Greg, à propos de Marc. Mais Greg avait l'esprit ailleurs. Il avait repéré un groupe de garçons qui avait croisé Lola et plusieurs d'entre eux se retournèrent et la fixaient de haut en bas pendant quelques secondes. Greg trouvait ce genre de comportement irrespectueux et humiliant. Mater quelqu'un et, de plus, le faire en pleine rue, pensait Greg, c'est juste stupide et impoli. « À croire que ces mecs ont besoin de ça. C'est pire que des chiens », critiqua-t-il avec le soutien de Norton.

Les deux garçons prirent le tramway pour rentrer chez eux. Ils n'habitaient pas loin l'un de l'autre et descendaient au même arrêt. Debout et adossés contre une des parois du wagon, ils se tenaient à une des rambardes. Trois garçons qui semblaient plus jeunes qu'eux étaient assis sur les sièges à côté. Tous étaient penchés sur leur smartphone et Greg et Norton se regardèrent discrètement en pensant à la discussion qu'ils avaient eu plus tôt, par rapport aux nouvelles générations et à leur rapport aux smartphones, aux écrans, aux réseaux sociaux. Ils trouvaient cela dommage que l'on passe aujourd'hui tant de temps sur tout ça, même s'ils savaient que tout n'était pas vain et inutile et que beaucoup les utilisaient comme un outil de travail ou un moyen d'agir. Mais en y pensant, Greg avait du mal à le visualiser, à le comprendre, et percevait surtout le côté négatif, le fait de manquer des choses, la dépendance, les mauvaises utilisations, l'ampleur que peuvent prendre les propos. Il avait ce sentiment que tout ça prenait bien trop de place dans la vie de tous alors que ce n'était que du virtuel.

Un arrêt avant le leur, ils se décalèrent pour laisser entrer une dame âgée. Courbée en avant, elle peinait à avancer avec sa canne en se balançant de chaque côté à chacun de ses pas, et chaque pas était pour elle un effort acharné. Sans hésiter, un des trois garçons lui laissa une place assise et Greg, témoin de la scène, était ravi de voir que le savoir-vivre n'était pas totalement perdu et se dit alors que la technologie ne remplace pas tout ; on apprend juste à vivre avec, de plus en plus au fil du temps, c'était comme ça. C'est vrai que cela lui faisait bizarre, puisqu'au même âge qu'eux, toute cette technologie n'était pas aussi répandue, et ils n'avaient pas encore de smartphone dans les mains, c'est pourquoi le contraste était parfois considérable.

IV

Orage au gymnase

Greg, Norton et Audric arrivaient tous les trois au gymnase du lycée. Audric était le seul des trois qui n'avait pas de sac de sport, il mettait ses affaires dans un Tote Bag en tissu. En entrant dans les vestiaires, Marc et Ben discutaient déjà entre eux et débattaient avec d'autres garçons de la puissance des personnages du jeu de combat auxquels ils jouaient tous à cette période. Audric n'était jamais très à l'aise dans ces moments. Il n'avait jamais joué à ce genre de jeu alors il ne participait pas à ces discussions. Puis la façon d'être et le discours de la majorité des garçons du vestiaire étaient marqués par une franchise ridicule et une fierté affligeante, selon lui. Et là où le machisme et la virilité étaient maîtres, Audric restait en apnée, en spectateur désarmé. Au début, il l'avait subi, mais il avait appris au fil du temps à l'éviter simplement et faire abstraction de ce qui le dérangeait. La plupart des autres garçons ne voyaient pas cela et aucun n'y faisait vraiment attention, voilà pourquoi Audric s'attachait peu aux personnes et marquait souvent une distance avec ceux qu'il ne connaissait pas ou qu'il appréciait peu. Seuls Greg, Norton, Lucas ou Chavy comprenaient ce genre de choses, peut-être parce qu'ils savaient que la loi du plus fort était une idée absurde et sans valeur.

Très vite les discussions que les autres garçons avaient viraient au grave et au sensible, et Audric aimait mieux partir plutôt qu'entendre de telles idioties. Ça ne le blessait plus, il ne voulait juste plus se réduire à des discours aussi fermés et des esprits aussi stupides. Lui, Norton et Lucas préféraient partir mais la plupart du temps, Chavy et Greg aimaient rester pour entendre ce que les autres pensent, pour débattre ou s'y intéresser. Chavy ne s'étonnait plus d'entendre Marc rabâcher le fait que « les pédés sont pas normaux », qu'il faut « garder les étrangers utiles et à peu près gentils mais virer les autres » et d'autres bêtises de ce genre. Chavy et Greg trouvaient ces paroles désolantes et savaient qu'ils répétaient bien souvent bêtement le discours des parents.

Tranquillement, les élèves de la classe arrivaient à l'intérieur du gymnase, plus ou moins tous en tenue de sport. Pour Audric, le style primait sur l'utilité et il n'était pas question de mettre quelque chose qui ne lui plaisait pas juste pour être « à l'aise ». C'était logique pour lui, mais c'était aussi pour cela qu'il n'aimait pas le sport et surtout quand il s'agissait de mettre une chasuble ou de transpirer après l'effort. Greg et Norton s'en moquaient et aimaient beaucoup le charrier sur ça. Ce jour-là, c'était bien une des seules choses qui faisait rire Greg. Encore tourmenté par le comportement d'Abbie, il se posait depuis quelques jours beaucoup de questions, comme il avait l'habitude de le faire. Il savait que Marc était dans l'histoire et ça le préoccupait énormément. En plus de cela, le comportement et les propos de Marc depuis les vestiaires commençaient fortement à l'agacer, alors il n'était pas de très bonne humeur.

Il avait le cœur lourd, et les émotions sont réelles peu importe l'âge que l'on a. Tout ce qui s'accumule autour de nous est invisible et inflige une pression sur le moral et sur la conscience, alors parfois l'esprit proteste et il agit sur l'humeur, sur les sentiments, sur la préoccupation.

Ninon en voulait encore à Abbie et elle ne lui avait pas adressé la parole depuis la soirée. Elle avait simulé un mal de genou pour ne pas faire sport mais elle était obligée d'assister au cours, alors elle s'était assise sur une chaise, dans un coin du gymnase. Elle ne parlait quasiment à personne et lisait un bouquin tout fripé d'Orwell qu'elle avait ramené de chez elle.

La séance commençait et sans trop savoir pourquoi, une certaine tension régnait au sein de la classe. Greg était de mauvaise humeur et beaucoup d'élèves restaient assez silencieux depuis qu'ils étaient arrivés. Marc était, lui, pris par une sorte d'entrain exécrable et condescendant et ne se gênait pas pour embêter les autres. Se moquer des plus faibles, provoquer ses ennemis. Peut-être était-ce le plaisir de se faire remarquer ou l'excitation de faire cours avec une autre classe. Après un court speech du professeur, les élèves s'échauffèrent en courant dans la salle pendant qu'il préparait les équipes. Concentré sur son travail, les plus dissipés en profitaient pour faire ce qui leur passait par la tête et savaient que le professeur ne pouvait à lui seul pas surveiller sans difficulté plus de quarante élèves. Les garçons se faisaient des croche-pattes entre eux, et Marc en abusait trop selon Greg et Lucas. Il zigzaguait entre les autres et bousculait tout le monde à tout-va, ce qui ne manqua pas d'énerver Greg. Quelques minutes plus tard, Marc s'était calmé et sorti son téléphone, bien que le prof l'interdit pendant le cours. Amusé, il photographiait discrètement et avec les rires de Ben les filles qui s'étiraient autour d'eux.

« J'peux savoir ce que tu fais ? le surprit Greg, qui se trouvait à quelques mètres d'eux.

– De quoi ? répondit Marc en prenant un air dérouté.

– Je te demande juste ce que tu fous avec ton phone, là », répéta Greg avec un ton plus fort et plus sérieux.

Il n'y avait pas énormément de bruit, l'ambiance au sein de la classe était même plutôt froide. Dehors, il faisait sombre et les baies vitrées montraient un temps lourd et orageux. Et comme un lien psychique, le temps extérieur semblait traduire l'ambiance tendue de l'intérieur du gymnase. Quelques personnes faisaient désormais attention à ce que se disaient les deux garçons. Certaines filles regardaient la scène avec un regard inquiet, d'autres se regardaient perplexes.

« J'fais rien, pourquoi ? assura Marc en rangeant discrètement son téléphone qu'il avait gardé dans sa main jusque-là.

– J'sais pas, moi j'aurais dit que tu prenais en photo les gens, déclara Greg en se relevant. Son visage commençait à rougir mais il restait calme.

– Y'a un problème avec ça ? enchérissait Marc en se relevant à son tour.

– J'sais pas, ça t'excite de prendre les filles en photo à leur insu, comme ça ?! fit Greg, le ton montant rapidement crescendo.

– De quoi tu m'parles gros je répondais juste à un message », sourit Marc en sachant qu'il mentait.

Greg se tut après avoir marmonné un dernier commentaire à propos de Marc. Leur altercation avait jeté un froid au sein de la classe, qui restait plus silencieuse encore. Le prof décida de calmer les deux jeunes hommes et d'entamer les matchs de volley. Les élèves se remirent à discuter entre eux mais Greg et Marc prenaient soin de s'éviter en maintenant tout de même quelques regards de travers.

Les matchs de volley commençaient et les élèves jouaient dans le calme. Seul Marc faisait n'importe quoi. Il ne respectait ni les points ni les adversaires et heureusement pour lui, il n'avait pas encore joué contre Greg. Lui préférait jouer sérieusement et se taire au lieu de crier à travers la salle, puis il savait qu'il perdrait son calme face à Marc.

Greg, Norton et Lucas devaient affronter Abbie, Audric et Lola, et c'était au tour de Marc d'arbitrer le match. Les trois garçons de l'équipe de Greg ne disaient rien à cela et débutaient le match en silence, en parlant avec le regard. Ils savaient que Marc y mettrait son grain de sel. Et ce fut le cas. Dès le début de la partie le garçon se permettait des remarques et des moqueries, puis il ne prêtait pas attention au score, ce qui énervait les joueurs.

« Bon Marc, suis un peu le match s'teuplaît ! insistait Audric qui en avait marre de son comportement.

– « suis un peu le match, s'teuplaît », se moqua Marc d'Audric en prenant une voix efféminée et en se courbant comme Audric le faisait parfois.

– Olala, commenta Audric en levant les yeux au plafond.

– C'est un vrai gamin, ajouta Lola. Marc, Tais-toi un peu.

– Ouai mec, allez, on essaie de jouer un peu sérieusement, là ! continua Norton.

– Oh, ça va, répondait Marc en faisant mine de parler pour lui, j'ai vraiment pas envie d'arbitrer.

– T'en as pour dix minutes, c'est noté en plus, l'informa Norton.

– Oh eh dis donc mon petit negro, déjà je sais pas ce que tu fous là, tu devrais pas faire du basket comme tous tes cousins ? lança Marc avec son ton insolent et condescendant que tout le monde détestait.

– Mec, ferme ta gueule, t'es sérieux là ?! s'énervait Greg, laissant complètement de côté le match.

– Il t'arrives quoi en fait ?! s'indigna Abbie, en appuyant les propos de Lola qui réagissait elle-aussi à la provocation de Marc.

– Eh mais j'ai le droit à la révolte de tout le monde, là ? se moquait Marc en faisant de grands yeux.

– Il me fatigue, putain, marmonna Audric en quittant le terrain.

– Au revoir ma petite pédale », le salua Marc en remuant sa main droite.

Audric se retourna vivement et rouge de colère.

« Attends, t'as dit quoi, là ? s'exclama Audric.

– Marc, arrête, j'crois qu'on a compris, déclara Norton.

– Je n'ai absolument pas d'ordre à recevoir de Mamadou, chantait le garçon en faisant mine de se boucher les oreilles, avec un large sourire et en se balançant d'un côté et de l'autre, contre le pilier qui tendait le filet.

– Répète ce que tu viens de dire, pour voir ?! s'énervait Greg en se rapprochant vivement de Marc.

– Eh ! le puceau et les deux salopes, proclama Marc à Greg et aux deux filles, ça sert à rien de s'énerver, vous êtes assez ridicules comme ça déjà !

– Fils de pute ! » lâcha Greg avant de pousser Marc en arrière et de lui asséner un violent coup de poing dans la mâchoire.

Marc tentait de retenir le garçon mais Greg avait le dessus et sa rage maintenait son adrénaline à l'apogée, pendant quelques secondes qui parurent longues pour Marc. Lucas, qui était le plus près de la scène, courut séparer les garçons juste avant que le professeur n'intervienne. Audric était allé s'asseoir à côté de Ninon, dégoûté par Marc et le moral au plus bas. Abbie s'était mise à pleurer et Lola la rassurait et la consolait du mieux qu'elle pouvait.

Marc saignait du nez et sa mâchoire était devenue bleue et enflée. De toute évidence, il n'était pas dans son état normal et ça se voyait, même si les autres savaient qu'il était capable de tenir ces propos à n'importe quel moment. Cette fois-ci, il avait abusé. Il était allé trop loin et son comportement avait été suspect, alors très vite, certains élèves avaient deviné qu'il avait fumé avant le cours. Ben ne disait rien et semblait aussi absent que Marc, et après la bagarre entre Marc et Greg, il se fit encore plus discret et semblait être envahi par un sentiment de honte, mais il ne disait rien.

Greg avait explosé sa rage sur son camarade. Celle qu'il retenait depuis longtemps déjà. Il était en rage à cause de ses propos, de son comportement, à force d'accumuler les mécontentements et les hostilités. Il était en guerre contre cette attitude sadique envers lui, envers Norton et tous ses autres copains, envers Lola, Abbie, Ninon et tout ce monde qui l'entourait. Sous le coup de la colère et de la frustration, il décocha une droite et frappa Marc sans savoir pourquoi. Tout se mélangeait dans sa tête, la tête de celui qui ne s'est jamais battu pour de vrai, de celui qui était jusque-là le « gentil » du groupe. Greg pensait qu'au fond de lui, s'il avait réagi ainsi, c'était pour calmer Marc une bonne fois pour toute, pour montrer que peu importe à qui on s'adresse, la méchanceté reste violente et inutile. Il voulait prouver que tout se paie un jour, prouver qu'il n'était pas uniquement le « gentil garçon » qui aimait tout le monde, prouver qu'il tenait à Abbie, à Audric ; prouver au monde qu'il ne se laisserait plus jamais faire. Il ne savait pas si le lendemain, Marc retiendrait la leçon. Il ne savait même pas s'il se souviendrait clairement de ce qui s'était passé. Une chose était sûre : les deux garçons seraient sévèrement punis, mais Greg ne craignait pas la sanction. Pour lui, son acte était juste et nécessaire et rien n'allait le faire regretter.

V

Rencontres

Ninon prit un train dans l'après-midi. Elle n'avait pas payé le billet, elle ne le faisait jamais, de toute façon. Écouteurs dans les oreilles, tête contre la vitre, elle s'évada le temps du trajet. Une demi-heure passa, mais elle eut le temps de vivre bien des choses, de penser à tout ce qui la tracassait, à tout ce qu'elle aimerait dire à Abbie, avouer à Élodie, balancer à son père, confier à Audric. Prise par ses pensées et emportée par l'émotion qu'elles lui donnaient, elle versa même une larme timide sur le bord de son nez. C'était une larme de surcharge d'émotions, un trop-plein de sentiments perdus et vains, une accumulation de faits, de scènes, de regrets. Elle descendit du wagon en sautant adroitement sur le quai depuis la première marche, comme elle le faisait toujours, puis alla retrouver Élodie dans le hall de la gare. Elles avaient échangé de nombreux messages depuis la soirée durant laquelle elles se sont rencontrées, et Ninon lui confiait tout ce qu'elle avait sur le cœur comme à une grande sœur. Et c'était un peu comme cela qu'elle la voyait. En arrivant, Ninon se jeta contre la poitrine d'Élodie et elle la serra fort, Élodie savait ce que Ninon endurait et elle voulait lui montrer qu'elle était présente pour elle. Et Ninon ne pouvait pas s'empêcher de déverser une larme encore, qui mourut sur l'épaule de son amie. Une larme de sérénité peut-être, de soulagement sûrement.

Elles passèrent la journée ensemble à se balader en ville, à discuter au café, à s'amuser un peu à l'appartement d'Élodie. Ninon découvrait de nouvelles choses même si elle donnait souvent l'impression de tout savoir, de n'être jamais impressionnée ou inquiétée. Cette journée lui avait fait du bien, en oubliant un peu son mal-être et ses peines. Son cœur lui semblait plus léger à présent, et s'ouvrait certainement à nouveau. Loin de la routine et de tout ce qui la tracassait, passer ces quelques heures avec Élodie lui avait vidé la tête et changé les idées, et elle apprit que c'était la meilleure chose à faire quand ça ne va pas. Prendre de la distance, du recul, penser à autre chose, voilà ce qu'il faut quand la tourmente déborde l'esprit.

Élodie prit des affaires et décida de passer le week-end chez Ninon qui était heureuse à nouveau. Le courant passait magnifiquement bien entre les deux filles et cela leur permettait de parler de tout, avec aussi beaucoup de réflexion, et de dévoiler par moment ce qui trotte sur le cœur, le douloureux, le sensible. Une simple après-midi, quelques heures ou un simple moment seulement permet parfois d'ouvrir des portes nouvelles et d'entrevoir de meilleures issues, des horizons neufs et des solutions heureuses. Ninon savait qu'en passant le week-end avec Élodie, elle oublierait tout ce tracas inutile et trop pesant pour elle ; elle voulait en profiter pour mettre une croix sur le vain et sur ce qui la freinait. Pour elle, on avait trop empiété sur sa vie et il était temps d'y faire de la place.

Après un court trajet en train qui ne parut que quelques minutes pour chacune d'elles, les deux copines arrivèrent en ville et prirent une navette pour rejoindre le quartier dans lequel Ninon habitait. Elles descendirent à l'arrêt le plus proche et croisèrent Luann, la petite sœur de Marc, et Chloé, sa copine au style gothique et assez introvertie. Ninon les salua d'un sourire vivant en marchant avec Élodie, heureuses et main dans la main. « Idiotes ! », entendirent les quatre filles. La voix provenait de l'arrêt de bus juste derrière elles, une voix grave et lourde. Dans la seconde, Élodie et Ninon se retournèrent, surprises. Luann et Chloé s'étaient arrêtées de marcher, juste au niveau de l'homme qui les avait insultées. « Pardon ? » interpella Élodie l'homme debout sous l'arrêt de bus. Elle était devenue rouge rapidement.

« Bande d'idiotes, répéta l'homme.

— Je peux savoir pourquoi vous nous insultez ? insista Élodie.

Ninon tenait toujours la main d'Élodie et la serra de plus en plus fort.

— Je peux savoir pourquoi vous vous tenez la main comme ça ?

— Mais ? En quoi ça vous regarde ?! s'exclama Élodie en riant nerveusement. Elle monta rapidement dans les tours et les quatre filles semblaient toutes choquées de la situation.

— Ça me regarde si je veux, et ça m'dérange, sales races !

Le vieil homme se tenait debout en appui sur sa canne de ses deux mains et grimaçait bizarrement en parlant.

— Calmez-vous, monsieur ! Ça va pas, ou quoi ? s'irrita Luann.

— Vous dites n'importe quoi, vieux con ! ajouta Chloé. Votre remarque est indécente, et quand bien même vous en seriez fier, sachez que ça ne nous touche absolument pas. Vous êtes ignoble.

— On se tient en face, là, mais retenez-bien ça, on ne vit pas dans le même monde, ajouta Élodie d'une voix franche et assurée.

— Allez, allez, c'est bon mesdames, assez de vos discours ridicules, leur marmonna le vieillard en tournant la tête et en se redressant lentement.

— Non c'est pas bon, non, continuait Chloé, vous et vos valeurs à deux balles, vous êtes ridicules. Vous me dégoutez, vous dégoutez le monde qui vous entoure. Vous n'avez aucune dignité, pauvre con. »

Un jeune garçon penché sur son téléphone était assis sur un banc, deux mètres plus loin, et releva la tête au moment de l'altercation.

« Je pense ce que je veux, pauvres filles, insistait l'homme qui ne les regardait même plus dans les yeux.

– Et ça s'appelle la liberté, tout comme on aime qui on veut, n'en démordait pas Chloé. Ce qui est honteux, c'est votre comportement et votre condescendance de merde, et balancer votre opinion et votre jugement à la tête des autres, ce n'est pas de la liberté, c'est juste une bassesse sans nom ».

Le bus arrivait à l'arrêt et Chloé et Luann devaient y monter, laissant le vieillard seul et grimaçant dans l'ombre sous l'abribus. Élodie et Ninon continuèrent leur marche après cette altercation, discutèrent deux mots avec les filles et saluèrent une dernière fois les deux copines d'un grand sourire, rassurant et chaleureux, avant de monter dans l'autocar.

Elles ont eu de la chance d'avoir été plusieurs à pouvoir se défendre des propos du vieillard, pensaient Luann et Chloé en discutant pendant le trajet. On peut ignorer ce genre de choses, mais les mots heurtent parfois plus que certains gestes et il n'est pas tout le temps facile de passer au-dessus. Ignorer les faits, se défendre seul, combattre un plus fort que soi ; peu importe qui l'on est ou bien qui cela touche, l'acte ingrat et la violence demeurent indignes et conséquents.

Chloé le savait, aucune insulte n'est justifiée et les jugements sont trop souvent déloyaux et ne sont jamais fondés sur la raison. Depuis petite elle subissait des remarques sur son poids, sur son style et s'était au fil du temps forgée cette carapace qui lui permettait de passer à travers ces choses-là, de ne pas tenir compte des propos affligeants que ses camarades tenaient d'elle, de répondre avec une maturité et un recul saisissants à la provocation des autres. Elle avait appris grâce à cela la justesse du monde, celle où prône la raison et la sensibilité, et savait que les mots avaient un poids, que la bêtise n'appartenait qu'aux ignorants, que la méchanceté n'était pas justifiable, autant de valeurs qui la rendaient belle et honorable.

Beaucoup n'acceptent pas ces personnes-là parce qu'ils ne voient pas cette force et cette intelligence qu'elles possèdent. Leur aspect, leur style, leur façon de faire est différente de la majorité, alors elles sont considérées comme marginales, inférieures, trop différentes, nulles. Mais Chloé savait que cette manière de penser s'attachait à des principes ridicules et des aspects matériels, et elle n'en avait que faire. Pour elle, être acceptée dans la majorité et inscrite à part entière dans le groupe, la tendance, c'était suivre bêtement les autres, s'accrocher au superficiel. Ça ne valait pas grand-chose.

VI

Une journée grise et vertigineuse

La musique *See Thru*, de l'album Hunger Pains de Merkules, résonnait de dessous les draps. Marc était couché de travers, étendu dans le lit la couverture coincée entre les jambes, la bouche à moitié ouverte, laissant ruisseler sur le bord de sa joue un filet de bave. La gauche, elle, était fortement marquée sur toute sa largeur par l'oreiller qui s'apprêtait doucement à tomber du matelas. Son bras gauche longeait son corps, l'autre était plié en angle droit au-dessus de sa tête.

Ses yeux commençaient faiblement à s'ouvrir. Il renifla, essuya instinctivement avec sa manche le coulis de salive qui dévalait son visage et bascula sa tête de l'autre côté. Son téléphone passait maintenant *Trouble* de Copywrite. L'appareil avait joué la playlist toute la nuit, qui lui avait d'ailleurs semblé bien trop courte pour Marc. Il mit un bout de temps à émerger de son sommeil et un autre tout aussi conséquent à chercher de sa main droite le téléphone perdu au milieu des draps. La lumière du jour pénétrait à peine à travers le volet de la seule fenêtre de la chambre. La pièce était encore très sombre, et la luminosité de son portable enfin retrouvé lui poignardait les yeux lourds de fatigue. « Merde, soupira-t-il, quinze pourcents ». La batterie s'était vidée durant la nuit. Il ne se souvenait plus quand ni comment il s'était endormi ; une chose était sûre, ce fut assez soudain et imprévu pour qu'il laisse le téléphone allumé. Il se demandait aussi pourquoi il portait ce pull qui lui donnait bien trop chaud. Il se gratta sous le caleçon puis s'étira, en se cognant le poing contre le mur, qu'il enchéri d'un « Putain ! »

Il n'avait pas arrêté la musique mais prit soin de brancher l'appareil pour le recharger, du moins assez pour tenir la journée, avant de partir en cours. Il s'asseyait sur le bord du matelas, bailla en posant ses mains de chaque côté des cuisses sur le bord du matelas, et souffla en ramenant ses coudes sur ses genoux. Il réfléchit quelques minutes, qui lui semblèrent aussi courtes que sa nuit. Des bouteilles de bière vides traînaient sur le bureau en désordre et près du lit et un joint reposait sur le haut d'une canette de soda siégeant visiblement depuis longtemps sur la table de chevet.

L'odeur de cigarette était incrustée dans les murs et sur les vêtements et lui collait à la peau, mais il ne la distinguait même plus. Elle habitait depuis longtemps ses narines et ses poumons. Ses dents jaunissaient un peu, mais ça non plus, il n'y faisait pas attention.

Il passa aux toilettes puis s'étala de l'eau sur la figure. De retour dans sa chambre, il enleva son pull, s'assit à nouveau et saisit son téléphone pour relever les notifications auxquelles il n'avait pas prêté attention en se réveillant. Un message de Ben : « ramène-moi mon chargeur après stp jlai oublier ». Un autre d'Abbie : « 10h faut qu'on parle. ». Il reposa le portable et pris le premier t-shirt qui venait, dans son armoire. La porte ne se fermait pas bien et l'intérieur était d'un désordre sans nom mais c'était comme ça depuis toujours, puis il alla se brosser les dents. En se regardant dans la glace, il se demanda s'il lui restait des cigarettes et se programma une séance de musculation après les cours en contractant son biceps face au miroir.

Les cours reprenaient après une semaine de vacances, alors pour les élèves, la routine reprenait, et la déprime avec. Mais Marc n'avait ni pression ni fatigue du quotidien, il passait les jours les uns après les autres sans grande conviction. Il ne travaillait pas, quand bien même il se rendait en cours. Son sac n'était jamais lourd, ses feuilles jamais remplies. Rien ne le tracassait réellement. Il vivait son train de vie sans trop d'encombres, sans trop de problèmes, sans trop d'efforts. Il se laissait guider calmement par la vie, malmenait plus ou moins consciemment sa santé et la vie des autres par une fierté incommensurable et une insouciance profonde.

« Tu diras à Ben de faire moins de bruit la prochaine fois qu'il part, lui balança Luann en entrant dans la salle de bains, la brosse à dent nageant dans sa bouche.

– Ça va ! On a à peine rigolé quelques fois, répondit son grand frère.

– Ouai, bah rigolez moins fort. En tout cas, tu vas moins rire au lycée, je pense que tu vas te manger de belles baffes.

– Des baffes ? Pourquoi ? s'étonnait Marc.

– Tu sais très bien pourquoi, gros con », termina-t-elle en quittant la pièce.

Ils parlaient calmement et très doucement. Leur voix était fatiguée et le ton montait rarement, même s'ils ne s'appréciaient pas et qu'ils se prenaient souvent la tête. Ils discutaient souvent de manière monotone, puis ils n'étaient pas de ces enfants qui avaient depuis toujours l'habitude de se coucher tôt et de respecter les règles instaurées chez leurs camarades. Ils s'insultaient pour un rien, alors leurs propos n'avaient plus aucune importance ni valeur mais c'était rentré dans l'usage et leur vocabulaire.

Arrivé au lycée, Marc remarquait qu'on le regardait plus qu'à l'habitude. Il se disait que c'était sûrement dû à son cocard, mais depuis le temps les gens s'étaient habitués à cette figure. Marc n'était pas du genre à passer inaperçu. Il était un grand gaillard et sa réputation le suivait partout comme un vieux baluchon froissé. Mais ce matin-là, le garçon relevait des regards plus perçants et appuyés de certains autres élèves du lycée. Il n'était pas encore totalement bien réveillé, la soirée de la veille avec Ben fut intense pour les deux copains. Ben avait ramené une bouteille de rhum à moitié pleine qui traînait chez lui depuis plusieurs semaines, et les garçons avaient fumé en plus de ça. Ils avaient l'habitude d'improviser ce genre de soirées, même en semaine, et ça ne dérangeait aucun des deux de traîner le lendemain, de ne pas être en forme ou bien de manquer le réveil. C'était pour eux une habitude. Puis ils n'avaient pas besoin d'être en forme, faire acte de présence en cours leur suffisait amplement. Ils avaient les pires notes et avaient droit à de vives et poignantes critiques de certains professeurs. D'autres ne faisaient plus aucun effort pour les remettre en question et sur le droit chemin. Ils estimaient qu'ils n'en avaient plus à fournir étant donné que Marc et Ben n'en faisaient aucun non plus de leur côté, alors leur relation avec le corps enseignant était entrée dans une sorte de gouffre de non-retour, après avoir longtemps été conflictuelle.

Marc marchait lentement d'un pas traînant et à l'allure fatiguée, des croûtes encore dans les yeux et des cernes immenses qui les habillaient. Il rejoignit Ben et d'autres amis au baby-foot et les salua en se tapant deux fois dans la main. Marc portait un large gilet et avait fait un nœud avec la ficelle de sa capuche, serrée par-dessus sa nuque. Malgré la soirée passée, c'était un matin comme les autres, ancré dans une routine affligeante et passive, et le garçon s'apprêtait à se rendre en cours d'histoire. Il rit doucement à une boutade de Ben et sentit d'un coup une main lui tirer violemment le bras. C'était Ninon, folle de rage. Dès qu'il s'était retourné et retrouvé face à elle, Ninon lui mit une violente gifle au visage. « T'es vraiment qu'un minable. Sale chien ! », cria-t-elle sur lui. Plus personne ne parlait autour d'eux et tous observaient la scène avec stupéfaction. Puis Ninon continua sa route, une larme glissante au coin de l'œil qu'elle sécha du bout de sa manche comme elle avait la manie de le faire. Marc ne comprenait pas. Il se demandait ce qu'il avait bien pu faire de mal, pourquoi Ninon lui en voulait. Puis il se souvenait que certaines personnes le regardaient bizarrement depuis qu'il était entré dans le lycée. Ninon rejoignit Lola et Audric et les trois montèrent en salle de classe. Marc ne bougeait plus. Il était figé, refroidi, bouleversé. Il regardait le sol tandis que derrière lui ses copains s'agitaient à nouveau. Ben se demandait aussi pourquoi Ninon avait agi de la sorte. Il parlait à nouveau avec les autres mais cela lui trottait dans l'esprit tout de même. Il regardait

Marc, qui semblait choqué. Autour de lui, certains élèves le fixaient encore et parlaient entre eux, d'autres étaient partis, et Marc se sentait seul. Muet et abasourdi, les événements s'enchaînaient, et bien trop vite à son goût. Il savait qu'il était allé trop loin, mais pour quoi ? Lui-même se posait la question. La semaine passée déjà il s'était affiché en ridicule pendant le cours de sport, en insultant et en provocant inutilement les autres, sans raison, et Greg s'était chargé de son cas. Mais c'était passé, pensait-il, comme si la semaine de vacances avait tiré un trait sur cette histoire. Mais Greg ne lui parlait plus et les gens de la classe avaient pris leur distance. Marc l'avait bien remarqué, et il savait que c'était de sa faute. Mais il ne s'en voulait pas, il se montrait souriant et provocateur comme à son habitude et n'avait changé en rien son comportement. Il ne montrait aucune faiblesse malgré ce qui s'était passé. Son attitude demeurait la même. Mais ce matin-là, Ninon était venue le frapper sans qu'il ne sache pourquoi. Il avait rougi et s'était finalement retourné vers ses amis, autour du baby-foot. Mais cela n'avait pas duré. Quelques secondes plus tard, Abbie vint derrière lui, les larmes qui coulaient déjà sur la douceur de ses joues. Ses yeux rouges semblaient pleurer depuis longtemps déjà, ses paumettes étaient presque irritées.

« Marc ?

– Quoi encore ?! demanda-t-il en levant les yeux au ciel. Il s'appuyait de ses deux mains sur le bord du baby-foot et ne se retournait pas pour s'adresser à elle.

– Oh, j'te parle, insista Abbie.

– Oui j'écoute, répondit-il en se lassant.

– Les photos, t'étais obligé ? demanda-t-elle en essayant de retenir ses larmes, qui débordaient quand même de ses paupières et qui tombaient au sol.

– Quelle photos ? Il ne comprenait pas de quelles photos il s'agissait, et au fond de lui, le sang s'agitait doucement mais il ne montrait aucune hésitation.

– Tu te fous de ma gueule ? elle haussa fort le ton et le hall se tut à nouveau.

– Marc, les photos que t'as postées hier soir, lui glissa Ben discrètement.

Tout le monde savait qu'Abbie parlait des photos et que Ninon l'avait giflé pour ça. Il n'y avait que Marc qui ne se souvenait de rien. Mais il commençait à comprendre.

– Les photos que j'ai postées hier soir ? hésitait-il en regardant Abbie.

– Ouai, les putains de photos de moi que j'ai vu en me réveillant ce matin. T'es vraiment qu'un connard ! »

Elle pleurait et peinait à sortir les mots de sa bouche. Ben était le seul à être resté au baby-foot, les autres étaient partis. Le hall était toujours silencieux et observait Marc immobile et idiot face à Abbie, qui criait et pleurait seule en face du garçon. Lui ne bougeait pas. Il était devenu rouge de honte et de remords et réfléchissait à ce qui avait pu se passer.

« J'ai rien posté du tout moi, putain ! De quelles photos tu me parles ? Arrête donc !

Il ne voulait pas accepter les reproches d'Abbie.

– Supprime-les, bordel ! » Elle séchait ses larmes qui ne cessaient de couler et qui s'accrochaient jusqu'au bout de son menton.

Une camarade arriva derrière Abbie et la prit par l'épaule en lui caressant le dos. Elle l'emmena plus loin et la rassura avec plusieurs autres personnes. Marc ne savait toujours pas ce qu'elle lui reprochait. Il n'avait pas le souvenir d'avoir posté de photos la veille et tout se mélangeait dans sa tête. Il ne bougeait toujours pas, et de la même manière qu'il l'avait fait quelques secondes plus tôt, fixait le sol. Il se sentait nul, seul, observé et humilié au milieu du hall. Ben était parti juste avant qu'Abbie ne parte elle-aussi. Il était monté avec honte. Il avait honte pour son ami. Lui se rappelait ce dont il s'agissait. Le soir, ils avaient bu et fumé, et Marc posta sur les réseaux sociaux plusieurs photos d'Abbie, qu'il avait prises lors de leur dernière soirée, quand ils s'étaient retrouvés seuls dans une des chambres de la maison. Sur ses photos, Abbie était dénudée sur certaines, en sous-vêtements sur d'autres. On y voyait son dos, nu et tacheté de grains de beauté, ses seins posés contre la poitrine de

Marc, on la voyait rire et ivre. Elle n'avait jamais eu connaissance de ces photos et n'avait pas remarqué que Marc en avait prises ce soir-là. Et dans sa perte de contrôle, Marc les avait postées. Sans doute dans une volonté de méchanceté gratuite et de provocation, comme à son habitude. Mais il ne maîtrisait à ce moment-là plus rien, et Ben non plus. Si Marc avait décidé de poster ces photos, c'est parce qu'il en avait eu l'envie, l'alcool et les joints lui avaient simplement permis de s'autoriser à le faire. Ben le savait, en temps normal, Marc n'aurait pas osé faire une chose pareille. Mais quand on décide de fumer et de boire jusqu'à en perdre ses moyens, on décide délibérément de se laisser dépasser par les effets et les conséquences qu'ils engendrent. On accepte de les faire souverains et maîtres de nous-mêmes. Et ce choix qu'avait fait Marc de laisser la drogue et l'alcool décider pour lui ne justifiait et n'excusait en rien le fait d'avoir partagé ces photos d'Abbie. Ce n'était pas acceptable, et ça, tous le comprenaient. Même Marc semblait être atteint d'un sentiment de peine à l'égard d'Abbie, de honte, de bêtise. Malgré tout, il n'allait pas y toucher. Tout le monde savait que le lendemain, ces photos allaient disparaître du réseau. Et Marc n'allait pas revenir sur son acte, par pure fierté. Ben le savait, c'était une erreur et une bêtise profonde que d'avoir fait cela, de ne pas s'excuser ni supprimer ces photos.

Si Ninon était allée frapper Marc d'une gifle brutale, c'était pour l'acte commis. Étonnement, elle n'en avait que faire de la personne touchée. C'était Abbie, mais cela aurait pu être n'importe qui d'autre, Ninon aurait réagi de la même façon. Elle condamnait l'humiliation faite par Marc, le manque de respect qu'il ne se gênait pas de vanter toujours. C'est dans la nature de Ninon que de taper sur ce qui ne va pas, de marquer le coup, de dénoncer. Et elle avait réussi. Dans le lycée, le hall entier s'était tu et tout le monde jugeait Marc, parce que tout le monde avait vu les photos. Et Ben en était déçu. Il savait que Marc avait franchi les limites. C'était de la bêtise pure et dure, de la volonté de faire mal, et il ne cautionnait plus cela, sans doute après avoir vu Ninon réagir de la sorte contre Marc et les élèves du hall soutenir la jeune fille. C'en était trop pour Ben, il ne savait plus quoi penser de tout cela, il ne voulait plus être mis dans le même panier que Marc et ressentait de la peine pour Abbie.

À dix heures, Ninon et Abbie se retrouvèrent pour discuter. Les cours avaient été difficiles pour tout le monde et surtout pour Abbie, qui ne s'arrêtait plus de pleurer. En classe, Ben n'avait pas dit un mot. Marc non plus. L'ambiance était lourde et insoutenable. Même Chavy qui était habituellement souriant et farceur n'avait ni l'envie ni l'énergie pour faire rire. L'automne était installé depuis longtemps et maintenait le ciel gris et l'air agressif et cela pesait sur la routine des jeunes du lycée. Ninon était prise depuis quelques jours de cette déprime qui la suivait souvent et qui s'affirmait parfois plus à certains moments de l'année. Et l'automne profond était une de ces périodes-là, de tristesse et de tourment.

« Bon, tu veux me dire quoi ? lui demanda Abbie, en plein chagrin.

— Je sais que c'est pas facile et ces derniers temps je t'ai pas beaucoup adressé la parole, c'est vrai...

— Oui bah ça, dit-elle en essuyant ses yeux avec sa manche, j'avais remarqué. Je voulais aussi t'en parler.

— C'est depuis la soirée chez le pote à Marc, tu sais. Ce qui s'était passé, je ne l'ai pas accepté, je crois. Ça m'a fait beaucoup de mal et je voulais que tu le saches. T'es pas comme ça et tu l'as jamais été, t'es une fille bien Abbie, mais je ne m'attendais pas du tout à ce que la soirée finisse comme elle a fini. Mais c'est comme ça qu'elle a fini, et aujourd'hui, bah t'en paies les conséquences.

Ninon tenait les deux lanières de son sac et gigotait sans cesse. Elle n'était pas bien, cela se voyait. Elle détournait le regard. Ses paroles étaient sincères, elles l'étaient toujours. Et là, elles étaient difficiles à dire.

— J'veux pas te prendre la tête avec ça, là, aujourd'hui. Ce n'est ni le lieu ni le moment, mais il fallait que je te le dise. Je ne dis pas que ce que Marc a fait c'est de ta faute, ni que tu le mérites. Personne ne mérite ça, et je lui en veux à mort. Mais là... ne pense pas que je veux te lâcher ou quoi. Je pense juste que je vais prendre des distances, pour le moment.

— Pourquoi ? T'es sérieuse ?

Abbie la regardait avec peine et ses larmes se remirent à couler. Ninon leva la tête au plafond et des larmes apparurent aussi.

— J'y ai pas mal réfléchi, et je veux juste que tu comprennes par toi-même que t'as fait une connerie ce soir-là, que tu m'as fait beaucoup de mal.

Elle regardait Abbie et pleurait en même temps qu'elle essayait de parler.

— La connerie c'est d'avoir été trop conne de lui faire confiance ! Je me suis juste amusée, c'est tout, j'avais bu, je contrôlais plus grand-chose mais il ne m'a pas forcé. J'ai voulu profiter un peu, m'amuser... tu le fais jamais, ça, t'amuser ? C'est pas une connerie, putain...

— Mais je sais pas, moi... Pour l'instant, tout ça me tracasse et je sais que tu ne vis pas ça bien non plus. Mais c'est juste le temps que tout ça se tasse, en ce moment je suis pas au top non plus, et j'ai peur qu'on se prenne la tête trop souvent, toutes les deux. Alors je vais prendre un peu mes distances. Ça ne me plaît pas, sache-le. Mais là, y'a rien qui me plaît, et rester près de tous ces problèmes-là, ça n'arrangera pas les choses. Pas pour moi, en tout cas.

— Ninon... me lâche pas...

— T'as plein d'autres amis, je n'ai pas peur. Bientôt, tout redeviendra comme avant, on aura oublié tout ce qui a pu se passer. Faut juste laisser le temps. Mais là, ça va plus. »

Elle prit Abbie dans ses bras un court instant et lui glissa un « je t'aime fort » au-dessus de l'épaule. Puis elle se retira d'un pas timide et hésitant et avança en partant dans le dos d'Abbie, qui ne bougeait pas. Ninon était comme ça, parfois, elle faisait des choses qu'on ne comprenait pas vraiment, juste parce qu'il lui fallait un peu de place pour pouvoir mieux respirer ou un peu d'ordre dans sa tête pour retrouver ses idées claires. Des larmes s'écroulaient sur le sol. Elle se poussa pour laisser une élève accéder à son casier et Ben arriva juste après. Il avança vers elle avec embarras et hésitation.

« Je peux te parler ? lui demanda-t-il.
– Quoi ?
– Écoute... je suis désolé pour ce qui arrive, là.
– Ouai bah t'es dans le coup aussi, hein ! déclara Abbie en détournant le regard.
– Je... ouai, j'étais avec Marc hier soir. On était ensemble, c'est vrai. Mais, faut que tu saches, le lendemain, j'avais aucun souvenir de ça et lui non plus. On était saouls, Marc a fait ça sous la défonce. Il a déconné et je suis le premier à le dire.
– J'en étais sûre... il comprendra jamais. Il est vraiment trop con, ce mec. C'est une pourriture.
– Je trouve ça nul et irrespectueux d'avoir balancé ça, vraiment, Abbie... et même s'il n'était pas dans son état normal, ce n'est pas justifiable.

Ils ne disaient rien pendant quelques secondes. Abbie baissait les yeux, elle avait honte de pleurer. Ben était tout aussi attristé. Il lui mit la main sur le côté du bras et la caressa un court instant.

– Dégage, lança-t-elle vivement en secouant son bras pour qu'il ôte sa main. Tu sais parler aux filles, toi. T'as l'habitude, avec toutes celles que tu ramènes chez toi. C'est bon, continua-t-elle énervée, je sais que tu le penses même pas.
– La casquette, on l'enlève ! râla une surveillante qui passait derrière Ben.
– Abbie... c'est pas le sujet putain, se fatiguait Ben en faisant semblant de toucher à sa casquette. Tu peux me croire, Marc m'a dégoûté et je défendrais pas son cas. Il est con, t'as raison. J'voulais juste te dire que j'étais désolé et que je cautionne pas du tout ce qu'il a fait. C'est pour que tu saches que t'es pas seule, que c'est idiot de faire des choses pareilles.

Ben n'était pas à l'aise pour ce genre de discours. Il se grattait l'arrière du crâne et se sentait gêné de s'être confié comme cela et de voir Abbie pleurer.

– C'est tout... courage, c'est de la merde ce qu'il te fait vivre. À plus », lui dit-il avant de retourner sur ses pas. Il disparut derrière le mur et Abbie se sentit seule à nouveau.

La matinée semblait bien trop longue pour Abbie. Sa tête bourdonnait et lui paraissait lourde et écrasante. Tout s'y mélangeait : les aveux de Ninon, les paroles de Marc et celles de Ben. Elle ne savait plus quoi penser, quoi faire. Elle se sentait seule et c'était bien là toute la douleur et toute la peine d'Abbie. Comme abandonnée. Mais elle ne l'était pas. Ninon voulait partir, et le monde d'Abbie s'écroulait. En la perdant, elle perdait toute raison de rire et d'aimer. Elle perdrait tout. Les bourdonnements ne cessaient de bouleverser son esprit et ses pleurs nouaient sa gorge comme une chaîne cadenassée. C'était insoutenable. Assise contre les casiers, elle regardait dehors à travers les baies vitrées. Le jour qui se levait à peine, le gris de l'extérieur semblant maintenir une tension ambiante dans l'air du lycée. Il faisait sombre, frais. C'était une de ces journées que l'on n'aime pas vivre. Qui nous rappelle la routine usante des cours, des autres, de la répétition de ces scènes quotidiennes. Une de ces journées que l'on préfère oublier. Et Abbie fit le choix de ne pas la vivre. Alors elle appela sa mère et décida de rentrer chez elle. Elle sera bien mieux dans son lit, pensait-elle. Sans doute que son chagrin sera plus supportable à l'intérieur de ses draps et devant une série.

En sortant du lycée, elle croisa Greg qui sortait du bureau des surveillants.

« Hey, qu'est-ce que tu fais ? lui demanda-t-il inquiet.

– Je rentre, j'en ai marre. Je serai plus à l'aise pour pleurer dans mon lit, toute seule, répondit-elle en riant bêtement et en se frottant les yeux.

– Oui, je pense aussi. S'il y a quoi que ce soit, je suis là, sois-en sûre. Je sais que Ninon te soutient aussi, comme tous tes autres potes. Et j'suis là, moi aussi ! la rassura-t-il.

– Oui... merci. Elle pensa à Ninon et eu un pincement au cœur.

Puis elle pensa à Ben, Audric, Chavy, Greg, Lola. Tous ceux qui seraient là pour elle. Tous ceux qu'elle-même aurait aussi défendus, protégés, rassurés.

– Et toi, tu faisais quoi dans le bureau ?

– Oh... Monsieur Dreneau voulait me voir par rapport à la baston de l'autre fois, avec Marc. J'ai pu m'expliquer tranquillement avec lui, et il comprend. J'suis encore puni, mais pour moins longtemps que Marc, alors c'est déjà ça ! » rit-il doucement.

Abbie rit aussi fébrilement. Greg la faisait sourire et elle aimait beaucoup ça. Il avait cette façon de positiver sur tout, ou au moins sur beaucoup de choses. Il remontait le moral et était toujours sincère dans ses propos. Soit il disait les choses, soit il se taisait, mais il parlait rarement pour des choses bêtes et inutiles. Abbie n'avait pas peur de chercher du réconfort chez des personnes comme lui. Lui, Chavy, Audric. Ces garçons étaient intelligents. Ils réfléchissaient beaucoup et ne se comportaient pas comme tous les autres, pensait-elle. On n'avait jamais peur de leur dire les choses parce qu'ils ne jugeaient et ne critiquaient pas. Ils aimaient apporter quelque chose, mais jamais rabaisser. Abbie savait que l'empathie et la sensibilité étaient quelque chose de rare et de précieux.

Greg lui souhaita un bon repos et ils se quittèrent. Elle se retrouva dans la cour après avoir doucement descendu les escaliers et aperçut Julia et Amel discuter sur un banc. Abbie s'étonna du fait qu'elles se trouvaient dehors par ce temps et que Lola ne se trouvait pas avec elles. Alors elle en déduisit qu'elles discutaient de quelque chose d'important. À l'écart du brouhaha des autres élèves pour parler au calme, loin des oreilles de Lola pour prévenir toute rumeur et jugement. Elle continuait de marcher en pensant à cela et conclut que chaque groupe d'amis ne pouvait jamais être totalement homogène ; il y avait toujours un peu d'hypocrisie, de critique, de préférence en son sein. Elle le regrettait mais c'était comme ça que cela fonctionnait, s'acheva-t-elle de penser.

La journée semblait avoir ressemblé à toutes les autres journées en cette période d'automne. La température redescendait de jour en jour et, non sans chahut, les esprits se calmaient peu à peu. On devenait plus proche, les élèves plus intimes entre eux. On restait à l'intérieur et quelque part, chaque élève semblait vouloir rester dans son confort sans trop déranger celui des autres. À l'exception de cette journée forte en émotion, qui était de ces jours qui marquent mais que l'on préfère oublier. Abbie était rentrée chez elle dans la matinée. Elle ne déjeuna pas et prit une soupe au dîner. Elle ne disait rien et avait feint d'être malade pour cacher la vérité à ses parents. Malade, elle l'était certainement tant ses sanglots creusaient ses joues et lui nouaient le ventre à s'en tordre de douleur. Elle passa la journée dans son lit. Elle dormait, pensait à tout ce qui était arrivé et parfois ne pensait à rien. Elle se perdait à rêvasser faiblement. Son énergie ne lui permettait pas de trouver de sens à la décision de Ninon, de s'éloigner quelques temps, ni de travailler sa haine contre Marc. Elle pensait à son chiot qu'elle aimait tant, à ses amis, à Greg qui lui redonnait le sourire, à Chavy qui aimait tant faire rire, à Norton et Audric, puis elle souriait bêtement en pensant à eux. Elle était couchée sur le ventre, dans son lit, empoignant sa couette des deux mains, la tête posée de côté sur l'oreiller. Elle souriait bêtement et sentait ses larmes devenir moins amères et plus douces, et cesser de couler dans les secondes qui suivirent. Elle s'assit sur le bord du matelas et repensa à toutes ces histoires. Aux photos de Marc, à la punition de Greg, aux messes basses de Julia et d'Amel et aux histoires de Lola, aux larmes de Ninon, au rire de Niels et de tout ce qu'ils vivaient, elle et les autres et tous les jeunes des lycées. Elle pensait à tout ça et en avait le sourire. Elle se dit qu'il ne fallait plus prendre ça au sérieux, que ce n'était que des bêtises et apercevait même un soupçon de beauté et de poésie là-dedans. Toute cette jeunesse qui grandit et qui apprend ensemble, toutes ces prises de têtes, ces règles qu'on ne respecte pas et ces professeurs dont on se moque, ces moments de bonheur, de peine, d'euphorie. Arrêtons de se prendre au sérieux, se répétait-elle. Pardonnons, oublions, vivons. L'après-midi touchait à sa fin et elle eut une pensée pour ses camarades restés en cours. Elle était heureuse de pouvoir rebondir de la sorte, d'être passée au-dessus de ces histoires. Désormais, Abbie était prête à pardonner, à oublier, à vivre. Alors elle mit *You're My Waterloo* de The Libertines, qui était une de ses musiques favorites et se laissa tomber sur son lit. Elle regardait le plafond et se perdit dans ses rêves. Elle repensa bêtement aux mots d'amour du collège, à quand ils se chamaillaient pour un rien et que les garçons couraient après les filles. Au temps où l'on n'avait pas d'autre souci que de savoir qui aimait qui, où l'on écrivait les noms sur les bancs et qu'on y gravait des histoires et des souvenirs à jamais. À quand l'on tombe amoureux, qu'on en veut au monde entier, qu'on se remémore ces années de jeunesse et qu'on pense quelques fois à plus tard. Puis elle pensait à toutes ces histoires que l'on vit, que l'on crée du haut de ses dix-sept ans. Ces embrouilles qui n'en valaient pas la peine, ces aveux qui font du bien, ces interdits que l'on ose et ces barrières que l'on franchit. Elle avait en tête les mille saveurs que l'on découvre à cet âge de la vie. Le goût de la bière, de la vodka et des lèvres de celui qu'on aime. De la musique trop fort dans les oreilles et tout ce qui fait danser les cœurs de la jeunesse du monde. Les bons livres, les jeux d'alcool, les secrets, de la musique à n'en plus finir, rêver aussi longtemps que l'on voudrait regarder les étoiles. Les feux de camps, les bus, les consoles de jeux et les coiffeuses. L'odeur des joints à la fenêtre et des parfums sur les pulls, des jeux de cartes et des soirées sur la plage.

 Ses larmes ne coulaient plus, elle souriait gauchement. Puis elle sentit le bien que pouvait provoquer la poésie des souvenirs et la douceur d'une larme. Elle avait le sourire parce que tout ça la fit rire. En prenant du recul, elle comprit la légèreté dans laquelle vivaient les jeunes de son âge. L'âge des bêtises et des raisons. C'était cela que d'apprendre la vie. Et elle en riait de bonheur, parce qu'elle aimait les gens avec qui elle apprenait et vivait tout cela. Elle en rit et se sentit bête, et quelques dernières larmes s'approchèrent encore du bord de ses paupières. Des larmes de joie, qui semblaient effacer toutes celles de peine qui tombaient depuis le début de la journée et qui paraissaient remplacer la douleur par l'extase. Abbie se sentit ridicule quelques secondes, le temps de sourire encore et de penser à sa vie et à ceux qu'elle aimait. Ninon y compris. Elle se perdait dans ses pensées et une heure passa sans qu'elle ne s'en aperçoive. Mais elle était heureuse. Son doudou, un vieux lapin violet clair froissé et usé, reposait au coin du lit. Ses draps blancs étaient en vrac et débordaient sur le sol de sa chambre. Elle avait détaché ses cheveux blonds et avait enroulé l'élastique noir autour de son poignet. Des photos et une guirlande lumineuse étaient accrochées sur les murs blancs. Les photos semblaient plus éclairées et agréables à regarder que lorsqu'elle était rentrée dans la pièce quelques heures plus tôt.

VII

Lola

Audric, Ninon et Lola mangeaient ensemble à la cantine du lycée. Aucun des trois n'était d'humeur à discuter avec enthousiasme. Lola était remontée contre Julia et Amel, qui la laissaient de côté depuis le début de la journée, sans qu'elle n'en connaisse la raison. Lola était énervée par leur comportement et transmettait inconsciemment son mécontentement à Audric et Ninon. Ils ne montraient pas beaucoup d'énergie et Audric peu d'entrain à taquiner ses copines. Ninon essayait de ne pas trop penser à Abbie et à la décision qu'elle n'était même pas encore sûre de prendre au moment de lui dire. Pour elle, Abbie l'avait cherché, et elle voulait lui montrer qu'en commettant certaines erreurs, on peut blesser certaines personnes sans le savoir. Les amitiés sont des pots fragiles que les évènements usent au fil du temps et qu'il faut savoir réparer ensemble. Ninon et Abbie le savaient. Elles prendraient un temps pour réfléchir, un autre pour se retrouver. Mais il fallait laisser le temps au temps, pour grandir un peu, peut-être apprendre ou comprendre certaines choses.

Leurs discussions étaient brèves. Ils ne se contentaient que de questions basiques et de réponses simples. L'île flottante au dessert paraissait comme leur seul réconfort de la journée. Le repas se déroula presque en silence. Seule Lola ressentait le besoin de parler. Ninon ne l'écoutait presque pas, seul Audric faisait attention à ce que Lola disait.

« Enfin j'sais pas, elles peuvent au moins m'en parler. Ok, Julia et Amel se connaissent depuis plus longtemps qu'elles ne me connaissent moi, mais... j'veux dire, j'ai autant été là pour l'une que pour l'autre, et parfois bien plus qu'une d'entre elles, racontait-elle en croquant dans un fade quartier de tomate, tournée vers Audric.

— C'est vrai qu'elles ne devraient pas faire de « favoritisme », jugea-t-il en mimant des guillemets avec ses doigts, si toi, tu as été là pour elles, je vois pas pourquoi elles t'excluent comme elles le font. Alors la discussion ou le sujet est carrément sérieux ou intime ou je sais pas, mais...

— ...soit elles se moquent complètement de moi. Comme dit, c'est pas justifié de me mettre à part comme ça. Ah bah tiens ! s'exclama-t-elle, étonnée en regardant son téléphone qui était posé sur son plateau, entre les assiettes. Julia m'a répondu. « C'est à propos de Johan », elle m'a dit.

— De Johan ? donc ça concerne Amel, spécula Ninon.

— Oui, certainement, confirma Audric.

— Ouai, je pense aussi, certifia Lola. De toute façon, je sais pas pourquoi Amel reste en couple avec Johan. Ce mec est un con, tout autant que Marc.

— C'est pas pour rien qu'ils sont potes ! se moqua Audric.

— Ça fait quatre mois qu'ils flirtent ensemble, informa Lola. Un coup, ils sont ensemble, une autre fois ils cassent et se détestent jusqu'à la mort... je n'ai jamais rien compris à leur relation. Amel est une crème avec lui, comparé au comportement qu'il peut avoir. La plupart du temps, ils se séparent parce qu'Amel lui reproche des choses, lui s'énerve et la quitte puis elle se retrouve comme une conne à le supplier de revenir. Alors que Johan se comporte comme de la merde avec elle. Faudrait voir comme il l'insulte parfois, il l'a même déjà frappée. Mais Amel reste avec lui.

— Elle veut pas le perdre, commenta Audric.

— Je ne comprends pas comment on peut tant vouloir qu'une personne comme Johan reste dans notre vie, continua Lola.

– Tu sais, Amel est très croyante et ce n'est peut-être pas dans sa façon de faire que de changer sans arrêt de petit copain, ajouta Audric. Elle se dit sûrement qu'ils doivent traverser les hauts et les bas ensemble, malgré tout ce que ça peut engendrer. Je ne sais pas.

– Puis c'est pas si simple, prolongea Ninon, qui ne parlait pas beaucoup depuis le début du repas. Quand on aime une personne, on a du mal à voir toutes ces choses négatives et mauvaises. Si on tient à la personne, on n'arrive pas forcément à prendre la décision de la quitter. Puis Johan a toute l'emprise sur Amel, elle n'a pas vraiment son mot à dire, j'ai l'impression. C'est une personne toxique, lui, et je plains Amel parce ça doit pas être simple à vivre.

– C'est vrai que quand on discute ensemble, à en écouter Amel, on pourrait croire que Johan est le dieu des dieux. Elle lui voue une admiration, wow ! grimaça-t-elle ironiquement, elle frôle même plus le ridicule, elle nage dedans !

– Elle est amoureuse, faut la comprendre, fit Audric.

– Amoureuse ou pas, ça m'énerve quand même qu'elles me mettent de côté comme elles le font. J'aime tellement pas quand elles font comme ça ! À s'isoler toutes les deux, comme si moi, je n'étais pas la bienvenue.

– T'as aussi une grande bouche pour parler ! rigola Audric. J'pense qu'elles ne veulent pas que ça s'ébruite, tout simplement.

– D'accord, je parle beaucoup et j'ai déjà fait pas mal de boulettes. Mais pour des choses comme ça, j'évite de le crier sur tous les toits. Enfin, j'essaie de ne pas le faire, en tout cas ».

Lola n'en démordait pas, elle demeurait énervée contre ses deux copines, qui l'ont mise à l'écart sans raison valable. Elle n'aimait pas quand elles faisaient cela, à déprimer toutes les deux dans leur coin. Julia et Amel avaient déjeuné en ville, pour parler tranquillement de Johan et de sa relation avec Amel. Lola prenait mal leur sortie à deux. Elle se sentit bête et rejetée et pour elle, c'était comme si elles lui disaient qu'elle ne servirait à rien dans la discussion, qu'elle n'était de toute façon pas de bon conseil et qu'elle créerait des rumeurs. C'était comme ça qu'elle le prenait, et elle leur en voulait. Lola savait comment étaient ses copines, surtout quand elles sont ensemble. Elle les connaissait bien et savait qu'elles aimaient jouer à celles qui ne vont pas bien au moindre problème, tout comme elles aimaient se faire remarquer quand elles sont heureuses. Lola le savait parce qu'elle était un peu comme ça aussi, quand elle est avec elles. Là, elle ne supportait pas leur comportement de « deux solitaires contre le monde ». Elle trouvait cela égoïste et irrespectueux envers elle. Mais Lola n'y pouvait rien, elle devait attendre que la journée se passe, et elle comptait s'expliquer avec Amel et Julia à la fin des cours.

L'ambiance au sein de la classe était morose. Abbie manquait à l'appel, Julia et Amel se taisaient au fond de la salle et ne parlaient plus haut et fort comme à leur habitude. Marc et Ben s'adressaient à peine la parole, comme si Marc ne voulait pas parler et était perdu dans ses pensées et Ben remonté contre son copain, d'humeur tout autant muette. Dans ces moments-là, Ninon avait le moral au plus bas et remarquait encore plus les défauts de chacun. Tout ce qui l'embêtait, ce qu'elle trouvait nase et ridicule, pathétique et fatiguant. Mais elle n'en avait même pas l'énergie. Tous semblaient assommés par on-ne-savait quel poids, une tension qui étouffait toute once d'entrain et de volonté. Ils voulaient que la journée se termine, et c'était tout. Les professeurs, eux, continuaient leur cours sans problème et ne voyaient pas ces choses-là. Ils n'étaient pas au courant de ce qui se passait et se trouvaient loin des problèmes que pouvaient connaître les lycéens. Pour eux, il fallait avancer dans le programme, finir les cours et les exercices et leur semblant de détermination rendait presque malades les élèves qui y prêtaient attention. Ninon avait fini par s'avachir sur la table, la tête plongée entre ses bras croisés lui servant d'oreiller et d'exutoire pour sa peine et sa fatigue. Marc faisait la même chose, en soufflant quelques fois pour montrer son agacement. Greg écrivait machinalement le cours d'histoire, parce qu'il s'agissait de la seconde guerre mondiale et que Chavy l'encourageait à suivre le cours.

L'après-midi fut longue pour tous les lycéens et avait semblé interminable durant la dernière heure, en cours de langue. Lola voulait voir ses copines pour leur parler, mais elles étaient rentrées plus tôt et avaient séché le cours de langue, ce qui ne manqua pas de l'exaspérer encore. Elle ne savait pas pourquoi ses copines se comportaient ainsi et se tracassait beaucoup pour cela.

L'enseignante avait pris soin de faire son propre plan de classe en début d'année, en séparant au fur et à mesure tous ceux qui avaient tendance à bavarder pendant le cours. Elle était une de ces personnes qui ne se souciaient en rien des élèves et des circonstances, elle était là depuis longtemps et enseignait à sa manière depuis des années. Ce n'était pas au goût des élèves et cela la rendait détestable. « Vivement qu'elle se casse, cette vieille » murmurait souvent Audric à Lola, assis l'un derrière l'autre. Ce placement ne les empêchait pas de pouvoir discuter un peu durant la classe et ils s'en réjouissaient toujours. « Je la déteste » avait répondu Lola, le moral au plus bas.

« T'as essayé de voir avec les filles ? demanda discrètement Audric à Lola.

– Julia et Amel ? Ouai... je leur ai envoyé un message à midi comme je t'ai dit, pendant le repas. À part une réponse courte et froide, je n'ai rien reçu, se désespérait Lola.

– Ouai... ça ne m'étonne même pas. Envoie-leur encore un message, histoire de leur faire comprendre que tu te sens quand même vachement exclue. Ne leur dis pas que ça t'énerve parce qu'elles vont prendre ça comme une crise de gamine ridicule, lui conseilla Audric.

– C'est ce que je voulais faire... puis merde, allez », conclut Lola en sortant son téléphone portable de la poche.

Il suffit de quelques secondes à la professeure de langue pour apercevoir Lola avec le téléphone en main et crier d'un ton sec et sévère de ranger l'appareil. Lola fut surprise et presque effrayée sur le coup mais elle ne le montra pas. Son visage vira au rouge rapidement et tous les regards se rivèrent sur elle. Ce n'était pas dans l'habitude que de sortir son téléphone en cours, encore moins de se faire prendre à manquer au règlement. Mais Lola n'était pas de bonne humeur. Tout l'agaçait et un rien pouvait tout faire basculer. Audric l'avait senti, la remarque de l'enseignante avait été la goutte qui ferait déborder le vase et ce fut le cas. Lola se mit en colère dans l'incompréhension de certains camarades. D'autres ne s'étonnèrent pas de sa réaction, toute la journée fut rude pour tout le monde et ils voyaient la colère de Lola comme quelque chose qui devait arriver. Dans la salle de classe, personne ne disait rien et tous observaient la scène entre Lola et Mme Garnierre. Seuls Marc et Chavy étaient couchés sur leur table et ne prêtaient pas attention à la scène. Les deux garçons étaient assis l'un à côté de l'autre, et c'était sûrement par élan de solidarité qu'ils se lancèrent tous les deux dans le début de leur nuit. Dehors, il faisait déjà très sombre et cela avait souvent le pouvoir d'assommer les élèves en leur ôtant le peu d'énergie qu'il leur reste en fin de journée. Les deux dormaient depuis le début du cours et Mme Garnierre ne leur prêtait plus le moindre intérêt, elle voyait leur cas comme désespéré et irrécupérable. Les deux garçons se lassaient de ses cours de langue et s'endormaient souvent au moment où l'enseignante diffusait les enregistrements audio sur la petite radio et se mettait à travailler sur les notions du programme qui semblaient toutes interminables.

Pour le moment, Lola et Mme Garnierre se disputaient comme deux vieilles copines fâchées. La fille semblait lâcher la colère qu'elle avait vis-à-vis de ses copines contre sa professeure, et Mme Garnierre la fatigue accumulée par le comportement des élèves durant cette trop longue journée. Audric se joignit à Lola pour répondre à l'enseignante, et Ben aussi y mit son grain de sel pour défendre son amie. Exténuée et agacée par les prises de tête de sa journée, Lola se leva et sortit de la salle de classe. « Ne vous inquiétez pas, la proviseure en sera informée ! », cria l'enseignante sur la fille avant qu'elle ne franchisse le seuil de la porte, qu'elle claqua en quittant la pièce. La scène laissa un froid envahir la salle de classe. Chavy leva la tête après avoir été surpris par le claquement de la porte, puis se rendormit sans mal. Quelques minutes après, Audric se leva pour rejoindre Lola, sans en demander la permission. Mme Garnierre ne lui fit aucune remarque et laissa le garçon sortir sans problème. Le jeune homme savait que sa copine n'allait pas bien. En effet, elle était assise sur le bord des marches de l'escalier en pierre du bâtiment. Ses joues et les traces des larmes qui y coulèrent quelques minutes plus tôt montraient à Audric qu'elle venait de pleurer et qu'elle tentait d'apaiser son chagrin sur son téléphone. Elle avait les coudes posés sur ses genoux et essuyait du bord de la main ses yeux noirs de maquillage humide. Elle envoyait encore des messages à ses copines pour tenter de comprendre leur comportement, même si elle avait abandonné tout questionnement sur la situation. L'engueulade avec sa professeure et leurs cris résonnaient encore dans sa tête et tout cela lui avait installé une boule au ventre. Audric s'installa à côté d'elle, les bras croisés autour de ses genoux et le buste penché.

« Hey, ça va mieux ?

— Non... non, ça va pas mieux. J'suis mal, se plaignait-t-elle la gorge encore lourde.

— T'as pas l'habitude de ça, hein ! remarquait Audric en souriant timidement.

— Non, j'aime pas ça. Mais fallait que ça sorte, j'sais pas. Elle m'a pris la tête et c'était trop pour aujourd'hui.

Audric passa sa main au-dessus des épaules de la fille et lui caressa doucement le haut du dos pour la rassurer.

— Je sais, t'es pas comme ça, habituellement. J'irais voir cette vieille cruche à la fin du cours. Je pense qu'il faudra que tu lui présentes tes excuses au prochain cours. Elle t'a manqué de respect et elle nous a pris la tête pour rien, mais ça reste ta prof. Et toi, tu restes une fille intelligente, alors montre-lui.

— Après l'engueulade qu'on a eue, ça m'étonnerait qu'elle m'écoute encore.

– Lola... elle te connait, elle sait comment t'es. Et à mon avis, Garnierre est aussi choquée que toi, si ce n'est plus. Elle n'est pas méchante, c'est juste que...

– ...que c'est une conne, c'est tout, affirma Lola.

Audric rit puis continua.

– Aussi ! Non mais ce genre de conflits, elle en a toute la journée, surtout avec les jeunes élèves qui se croient tout permis, là... ils m'énervent ceux-là ! Je pense que si t'avais continué à répondre, elle aurait fait une crise cardiaque ou un malaise, la pauvre ! »

Ils rirent ensemble et Lola avait retrouvé le sourire. Audric savait gérer ce genre de situation, d'autant plus qu'il connaissait Lola mieux que quiconque. Ils retournèrent en classe calmement, ôtèrent leur sourire avant d'entrer et continuèrent le cours sans broncher. Plusieurs fois, Audric et Lola se lancèrent des regards complices et des sourires discrets. Les deux sentaient que la tension était redescendue et Mme Garnierre, en bonne grand-mère, retrouva le calme et la sagesse de l'enseignante qu'elle était.

Marc fut le premier à sortir de cours, les autres élèves suivaient et Lola et Audric étaient les derniers dans la salle. Ils restèrent pour discuter avec leur enseignante.

« Mme Garnierre ? On voudrait vous parler, fit le garçon.

– Oui ? répondit curieuse Mme Garnierre, en les regardant d'un air accusateur et amical.

– Je voulais m'excuser..., avoua Lola timide.

– Pour ? renchérit l'enseignante qui souhaitait entendre la raison de la bouche de Lola.

– Pour avoir utilisé mon téléphone en cours et pour avoir mal réagi, continua-t-elle embarrassée.

– Ah ! merci. Excuses acceptées.

– Merci... remercia la fille en se tordant les doigts.

Mme Garnierre semblait détendue et apaisée.

– Je n'aime pas quand ça se passe de cette manière avec mes élèves. Encore moins avec toi, Lola... tu le sais bien ! Puis je sais que tu n'es pas insolente et que tu ne réagis pas comme cela en temps normal. Enfin bon... moi aussi, j'ai mal réagi. Je n'aurais jamais dû te crier dessus. Mais c'est comme ça, je te présente mes excuses aussi.

– Oui...

La professeure semblait plus proche d'eux. La situation devenait intime et sérieuse, et les deux jeunes se montraient à l'écoute, matures et honnêtes.

– Voilà, il y a des jours où ça pète, où l'on répond plus facilement, où l'on accepte moins les remarques et les concessions. J'ai eu une journée difficile et en ce moment, ça ne va pas fort non plus. Mais on fait avec, il n'y a pas le choix. Enfin, peut-être plus pour longtemps.

– Ah oui ? s'interrogea Audric.

– Oui... elle prit un temps de réflexion et un air plus sérieux, je risque de m'absenter pour un certain temps. Oh, vous aurez certainement quelqu'un qui me remplacera, ne vous inquiétez pas ! ironisa-t-elle. Mais voilà, je fatigue, vous savez. Je ne suis plus toute jeune et il arrive que la maladie s'invite dans la partie. Et pour le coup, je peux difficilement gérer le travail et la santé...

– Oh non... grimacèrent Audric et Lola, compatissants envers leur enseignante.

– Je penserai toujours à vous ! Et vous faites partie de ceux que j'apprécie le plus ! » leur murmura-t-elle en s'approchant doucement et en concluant d'un clin d'œil.

Les deux jeunes sourirent et Audric s'avança vers Mme Garnierre pour la prendre dans ses bras. Le garçon aimait se montrer aimant, c'était dans sa nature. Et ce que leur confia Mme Garnierre le fit complètement changer d'avis sur elle. Il se sentit idiot de lui avoir manqué de respect trop souvent. Lola souriait mais n'en fit pas tant. Elle s'approcha simplement de son enseignante et lui caressa le côté de l'épaule. « C'est gentil », lui dit-elle d'un sourire peiné.

Ils quittèrent la salle et discutèrent de la situation de Mme Garnierre jusqu'au portail du lycée. Ils attendirent le bus ensemble mais Lola voulait se rendre à la bibliothèque plutôt que de rentrer chez elle. Audric prit donc le bus seul, les écouteurs dans les oreilles pour essayer d'oublier cette interminable journée. Mais c'était plus fort que lui et il n'arriva pas à se débarrasser de ce qui le tracassait. Alors il pensa à Abbie qui était rentrée chez elle, à ce que Ben avait bien pu lui dire aux casiers, aux cris de Lola, à Mme Garnierre, à la bande de Marc assise à la banquette. *No Surprises*, de Radiohead, vibrait dans ses écouteurs et il pensa sur le moment que c'était le morceau qui convenait le mieux quand on pose sa tête contre la vitre et que l'on observe, immobile, l'extérieur à travers celle-ci. Les feux de circulation, les mégots qui gisent entre les pavés, ceux qui marchent sur les trottoirs, les chats sur les murets et les joggeurs écarlates et transpirants. Ceux qui rentrent du travail, les enseignes des boutiques, du Jane&Tonio et des supérettes. Les lumières des quartiers et le reflet des lampadaires dans les flaques, des gens dans les baies vitrées, de sa tête contre la vitre du bus. Audric aimait cela. Observer ce qu'il pouvait voir de son siège, à ne penser à rien d'important, se laissant transporter avec la musique qu'il aimait dans les oreilles. Il relâchait tout, le temps du trajet, et regardait à travers la vitre comme on le faisait dans les films ou les clips musicaux et trouvait cela ridicule, mais il appréciait ça. Sans doute parce qu'il s'installait dans une sorte de bulle ou de cocon et qu'il s'y sentait bien le temps d'un instant. Stressé par tant de choses au quotidien, c'était le seul moment durant lequel il se permettait de décrocher un peu. Parfois il en profitait pour faire le point sur sa journée, sur sa vie ou sur ce qui le gênait tandis que d'autres fois, il ne pensait à rien et se laissait emporter par la musique dont il appréciait tantôt le rythme, tantôt les paroles. Il se laissait bercer, rêver un peu, s'endormir parfois. L'obscurité avait maintenant envahi la ville qui contrastait de mille feux multicolores. Perdu dans ses pensées, le temps lui parut court et le bus arrivait déjà à l'arrêt où il descendait habituellement. Il portait une doudoune orange foncé. Elle ne lui portait pas très chaud mais la couleur lui plaisait et c'était une marque qu'il appréciait, alors il l'avait achetée. Il se tenait le haut de la veste pour maintenir son cou protégé, en partie déjà caché par son écharpe. Son petit sac à dos noir avait l'air rempli et prenait une forme carrée qui lui donnait une allure rigolote et ridicule. Audric s'en fichait. L'air extérieur le refroidissait et il se dépêchait de rentrer chez lui. Il détestait avoir froid et aurait voulu rester sur ce siège d'autocar une heure encore. La nuit et la fraîcheur le réveillèrent un peu mais lui plombaient surtout le moral. En marchant, le garçon hésitait à finir son devoir d'anglais une fois chez lui, puis se dit que s'il en avait la motivation et le temps, il essaierait de finir ça. Pour l'instant, le froid lui glissait à l'intérieur de la veste et il n'avait de volonté que pour un thé bien chaud.

Il enjamba une par une les marches de l'escalier d'un pas assuré, tout en reniflant à plusieurs reprises pour témoigner du froid qu'il avait dû traverser. En montant, il croisa le jeune couple qui venait de s'installer à côté de l'appartement de ses parents. Le calme et la résonance de l'escalier et du deuxième étage à atteindre contrastaient avec les évènements d'aujourd'hui et il ressentait souvent cette coupure à la fin de ses journées. Juste avant de retrouver son chez-lui et de laisser les soucis loin de lui. Tout ce tumulte et ces histoires. Il aimait beaucoup en parler à sa mère qui s'intéressait depuis toujours à ce qu'aimait raconter son fils. Elle s'était habituée à partager cela et maintenant, Audric lui disait tout. Il la considérait comme un modèle et comme sa meilleure amie et quand il lui parlait du lycée et des histoires qu'il pouvait y avoir, Audric prenait souvent du recul. Comme si une fois chez lui, auprès de sa mère, il abandonnait un peu tout cela. Sans doute était-ce parce que sa mère se comportait de cette manière-là vis-à-vis des confidences de son fils et que ce dernier prenait inconsciemment exemple sur celle qu'il admirait.

Lola était directement allée à la bibliothèque. Elle n'y allait pas souvent et s'y rendait généralement quand il y avait urgence ou bien pour s'y changer les idées. Ce soir, les deux contraintes étaient réunies et elle n'hésita pas fort longtemps pour se décider. Elle prévint son père en sortant du lycée et attendit le bus d'Audric, puis sauta dans le premier tramway pour rejoindre la bibliothèque, deux arrêts plus loin. Dans le tramway, les gens soufflaient pour tenter de se réchauffer un peu en se frottant les mains, le bout du nez rouge et les doigts refroidis. Lola ne chercha pas de place assise et se plaça directement après les portiques. Ses talons la faisaient paraître plus grande qu'à l'habitude et ses cheveux lisses la rendaient belle, même par un temps aussi maussade. Elle sortit son téléphone pour regarder ses messages. Elle ne l'avait pas fait depuis qu'elle et Audric avaient franchi le portail du lycée, alors en ressortant enfin son portable dans le tram, Lola espérait finalement obtenir une réponse de la part d'une de ses copines. Et ce fut le cas. Julia disait rester chez elle avec Amel pour la soirée. Elle n'avait rien proposé à Lola, qui affichait un sourire trop absent. Elle était déçue d'elles. Leur comportement aujourd'hui avait été trop insupportable mais Lola n'en était même plus contrariée. Elle fut trop dégoûtée d'elles durant la journée et les discussions avec Audric et Ninon lui permirent de comprendre qui étaient vraiment Julia et Amel. De comprendre que parfois, ceux que l'on considère comme des amis n'en sont pas vraiment. Lola sait qu'il faut discerner les faux amis des vrais, mais avait appris en ce jour que l'on se trompe parfois. Et sans doute parce que ça ne lui faisait plus tellement de peine en cette fin de journée, Lola comprenait qu'Amel et Julia n'avaient pas forcément été de vraies copines à avoir. Elle rangea son téléphone dans la poche de sa veste juste après avoir lu le message. Elle ne prit ni le temps de répondre, ni le temps de penser à elles. Elle savait qu'Amel et Johan partageaient une relation toxique, entre la violence et les mots de Johan et le comportement d'Amel, Lola avait compris dès le début qu'ils n'auraient que des problèmes ensemble. Elle avait aussi désormais compris que les filles avaient été hypocrites, et ce depuis longtemps. Mais Lola repensa à tout cela calmement, et elle savait qu'à la bibliothèque, elle aurait tout le temps de faire le point, posément et loin du stress. Elle sentait qu'elle se devait de passer à autre chose rapidement et de ne pas rester bloquée sur ses deux copines. Et dans le tramway, Lola les avait déjà à moitié oubliées.

Elle arriva à la bibliothèque après avoir traversé les quelques mètres à faire dans la fraîcheur agressive de l'air extérieur, puis gravit les quinze marches de l'escalier en grès rose. La façade de la bibliothèque était impressionnante car elle s'élevait sur une vingtaine de mètres et son style ancien lui conférait une certaine présence au sein du quartier. On s'y sentait minuscule à son pied, mais Lola s'y est toujours sentie bien. L'entrée du bâtiment se faisait par de hautes portes que l'on devait tirer, parmi lesquelles la moitié seulement était ouverte. Les portes closes le restaient la plupart du temps. En gravissant les marches, Lola se sentait comme cette future avocate s'apprêtant à rejoindre le tribunal. Elle s'y voyait déjà et, après cette journée tumultueuse, elle se sentait encore plus motivée qu'à l'habitude à réaliser ses rêves. Cela lui faisait toujours un frisson lorsqu'elle traversait le portique de sécurité et qu'en deux pas, elle se retrouvait au centre du hall, entre les murs de livres. Ceux qui s'élèvent le long des parois du bâtiment et qui prennent de la hauteur, ceux entre lesquels on se perd et qui semblent s'étaler sur des kilomètres de rangées. Lola avançait dans l'allée centrale et, arrivée au fond, se dirigea sur la droite. Elle pénétra entre deux rayons de bouquins qui parlaient d'Histoire et de Moyen-Âge puis retrouva sa place habituelle, à une des quelques tables cachées derrière ces deux rayons. Il n'y avait jamais grand monde à cet endroit reculé du hall de la bibliothèque. Les gens préféraient monter aux étages supérieurs plutôt que d'aller s'engouffrer dans ces recoins. Tranquillement, Lola s'installa en essayant de faire le moins de bruit possible. Et de quelques gestes doux la jeune fille posa son sac à main au sol, s'assit et mit *That Look You Give That Guy*, de Eels, dans ses écouteurs. Elle entama son devoir d'anglais sans broncher. Quand elle écrivait, elle aimait croiser ses jambes, en passant sa cuisse gauche sur sa cuisse droite, en penchant sa tête légèrement sur la droite, ce qui faisait basculer ses cheveux châtains sur ce côté. Ils étaient lisses et beaux et bougeaient ensemble lorsqu'elle grattait sur la feuille. Vingt minutes ont suffi pour qu'elle en finisse avec son travail et elle en fut satisfaite. Dans son élan, elle se leva et décida de chercher des ouvrages de droit, elle qui commençait à s'y intéresser. En naviguant à travers les couloirs de livres, elle levait les yeux en l'air pour déchiffrer les nombreux panneaux qui informaient des catégories d'ouvrages et des grandes thématiques. En quelques secondes, elle se trouva au troisième étage de la bibliothèque à consulter les centaines de pages de tous les bouquins de droit et d'économie. Lola cherchait désespérément un livre qui lui permettrait de découvrir simplement la matière, mais elle peinait à trouver. Tous les ouvrages concernaient les étudiants en droit et les études supérieures, et pour le coup, Lola se trouvait un peu déconcertée. Les termes lui parurent sorciers et épouvantables mais elle se força à ne pas s'en inquiéter. Elle se dit finalement qu'elle aurait encore le temps de voir tout cela plus tard, au moment venu, et qu'il était tôt pour se pencher dessus. En redescendant, elle s'arrêta au premier étage qui était celui des romans et des livres pour jeunes lecteurs. Lola s'y aventura sans hésiter et trouva cet étage beaucoup plus agréable que le précédent. Heureuse, elle entra dans le rayon des romans d'amour, et choisit un bouquin plus ou moins au hasard. En lisant la quatrième de couverture, elle était persuadée que c'était un Nicholas Sparks car l'histoire lui évoquait beaucoup celles qu'elle avait déjà lues du même auteur. Mais ce n'en était pas un. L'auteur lui était inconnu, mais elle était certaine que l'histoire lui plairait. Elle retrouva alors sa table au rez-de-chaussée et s'enferma doucement dans sa bulle, les écouteurs dans les oreilles et l'esprit dans son livre. Elle avait lu une heure et demie et dévoré un bon tiers de l'ouvrage. Il lui arrivait souvent de ne pas voir le temps passer en lisant et elle savait que lorsque ça arrivait, cela voulait dire que le livre était bon. Elle trouva l'histoire prenante et se demandait si Lucia arriverait à retrouver Maurizio. Mais Lola devait rentrer puis elle avait assez lu pour la journée, pensait-elle. Elle prit soin de replacer le livre à sa bonne place puis quitta la bibliothèque en saluant d'un beau sourire l'agent de sécurité posté au portique.

VIII

Le temps d'une cigarette

La journée fut rude pour tout le monde, comme si la tension ne redescendrait jamais. Il n'y avait eu ni bonne ambiance ni rires dans les couloirs. Les élèves avaient trouvé leurs surveillants plus énervants qu'à l'habitude, les professeurs aussi monotones que les autres jours. Personne ne semblait avoir apprécié la journée et tous étaient contents de rentrer.

Lola s'était donc installée à la bibliothèque et Ninon, elle, prit le tramway jusqu'à chez elle. Les gens tiraient tous la tête, et Ninon aussi. Sur le sol à l'intérieur des wagons, la gadoue ramenée par tous les citadins de la journée faisait glisser les semelles. C'était sale. Ninon n'avait qu'une hâte : retrouver son lit, un bon livre et de la bonne musique. Là se trouvait son bonheur favori. Elle se forçait à ne pas penser à Abbie mais n'y arrivait pas. Elle était inquiète pour elle.

Elle poussa la porte de son immeuble et monta les escaliers difficilement. Assommée par sa journée, attristée pour Abbie et dégoûtée de Marc. En entrant chez elle, elle aperçut son père, Steffen, assis à la cuisine. Il lisait le journal en fumant un cigare. Ninon le rejoignit pour se chauffer un chocolat chaud.

« Regarde-moi ça, grogna-t-il en pointant un article du doigt, encore un navire de réfugiés qui tombe à l'eau.

– Oh merde, réagit Ninon. Si seulement les politiques faisaient un peu quelque chose pour venir en aide à ces gens-là…

– Ils feraient mieux de rester dans leur pays, ouai !
– Papa... ils n'ont pas le choix... Ils ne prendraient pas ces risques, sinon, tu penses bien !
– Mh, murmura-t-il, on a toujours le choix. »

Il inspira une épaisse bouffée de fumée et la recracha dans l'air. Ninon partit dans sa chambre le temps de faire chauffer son lait. Elle s'alluma une cigarette et jeta le briquet sur son lit. Les volets de sa chambre laissaient entrevoir le ciel gris et la pluie qui s'acharnait sur les cyprès tremblants de froid. Il faisait sombre dans la pièce, il n'y avait que la petite lampe de chevet qui était allumée et faisait scintiller une lumière fébrile qui n'embrasait pas tout à fait l'intégralité de la chambre. De vieux posters de ses groupes préférés et des photos de ses copains et copines du lycée, d'Abbie, de ses parents étaient accrochés au mur et au plafond. Il y avait çà et là quelques inscriptions écrites au feutre sur la tapisserie, qui se décollait à certains endroits. Elle se jeta en arrière sur le lit en tirant une première fois et dégagea la fumée au-dessus d'elle, les yeux fixant le plafond. Une photo avec Abbie. Les deux copines se tenaient par l'épaule et riaient aux éclats. Abbie se penchait en avant, son sourire était magnifique et elle tenait la pointe de ses cheveux du bout de ses doigts. Elle était somptueuse. Contre elle, Ninon avait sa tête en arrière. Elle riait aussi. Elle touchait de sa main gauche un des boutons du polo qu'elle portait.

Sa chambre n'était pas très grande, non, pourtant, lorsqu'elle y pénétrait s'offrait alors à elle un monde bien plus démesuré que quelques mètres carrés dérisoires. Elle y perdait ses pensées et s'accrochait à ses rêves. C'est dans cette chambre qu'elle envisageait toutes ces choses qu'elle ne fera sans doute jamais, qu'elle aimait se faire ses films dans sa tête en se dessinant un monde qu'elle trouvait sans doute meilleur. Elle y avait embrassé Abbie, quelques fois, pour s'entraîner et savoir ce que cela faisait que de glisser ses lèvres contre celles d'une autre personne. Elle y embrassa aussi d'autres garçons et d'autres filles. Ninon aimait un peu les deux. C'était dans sa nature. Elle n'était pas quelqu'un que l'on casait facilement dans la norme puis elle ne se fatiguait jamais à respecter les codes. Elle vivait comme son cœur le lui disait, voilà tout. Cette chambre était une sorte d'exutoire pour elle et son esprit tourmenté. Elle se plongeait dans ses livres et ses séries pendant des heures entières sans aucun mal, c'était une partie coupée du monde. Elle y avait déjà claqué la porte, frappé les murs, taillé ses veines et pleuré à en mourir.

Son chocolat devait être prêt, alors elle se rendit à nouveau à la cuisine.

« Et ta journée, alors ? demanda Steffen, les yeux toujours posés sur le journal.

– Bof.

– Quoi, « bof » ?

– On va dire que je me suis fâchée avec Abbie.

– Abbie... c'est ton pote pédé, là ?

– Euh... Abbie c'est une copine. Tu sais, la blonde qui vient, parfois ? Mon « pote pédé », comme tu dis, c'est Audric. Et si par « pédé » tu veux dire « gay », alors dis « gay ».

– Toute façon ça change rien, ces gens sont des sous-races, ils sont insupportables comme tout.

– Pardon ?

– T'as très bien compris, ma fille. Les pédés, les machin-choses-là et j'sais pas quoi encore, c'est d'la merde. Ils ne peuvent pas vivre comme tout le monde, non ? Un homme avec une femme, simplement ? De toute façon tu connais mon avis là-dessus. Je n'ai pas à m'expliquer.

– Mais les gens font ce qu'ils veulent, Steffen, s'indigna Ninon en souriant nerveusement et en rougissant.

– Arrête donc, c'est n'importe quoi ça !

– Les sous-races, comme tu dis, c'est les gens qui utilisent ce genre d'expression, ouai !

– Écoute-moi bien, tu vas me parler correctement ! Je suis ton père !

– Mais je te parle comme je veux en fait, s'énervait-elle. Tu manques de respect à tout le monde, tu vois ce que ça fait ! Vieux con !

– Répète une fois ?! Répète-ça pour voir ?! » cria Steffen à sa fille de sa voix rauque, prêt à se lever, écarlate de colère.

Ninon sortit de la cuisine, les larmes aux yeux et la haine qui lui corrodait l'esprit. Elle prit la première veste accrochée sur le portemanteau et fuit l'appartement en quelques vifs mouvements. Elle n'eut le temps de prendre que la veste et de mettre des chaussures déjà lacées, puis sortit de chez elle en pleurs et la colère au ventre, laissant le chocolat brûlant sur la table. Elle sauta dans le tramway qui arrivait et descendit une station plus loin, celle du Lion Bleu. C'est à cet arrêt qu'elle descendait pour se rendre au sentier qui menait au rocher surplombant la ville. Là où elle appréciait se poser, le temps d'une cigarette et de se changer les idées. Parfois le temps d'évacuer ses peines et de sécher ses larmes. Le temps n'était ni ensoleillé ni chaud, et la boue fraîche qui venait se coller aux semelles de ses baskets ne venait qu'accentuer le sentiment froid et maussade qu'amenaient la pluie, la fatigue et la haine.

En arrivant, elle enjamba le rocher et s'y installa, ses cuisses serrées, collées contre son torse et agrippées par ses bras. Son pull en laine bleu foncé lui tenait chaud, et l'imperméable emprunté à son père était trop grand mais la protégeait des gouttes qui lui tombaient dessus. Elle n'avait pas d'écouteurs dans les oreilles, pas de téléphone dans la poche, et ses yeux noyés de larmes observaient la ville, ennuyeuse et triste. Ninon était simplement assise, elle face au monde, cherchant à fuir ses peurs et ses douleurs qui s'accrochaient à elle. Mais elle pleurait, exténuée de tout ce qui l'entourait, une gorgée de chocolat chaud dans l'estomac et des nœuds qui semblaient s'y nouer. Elle reniflait bêtement et séchait inutilement ses pommettes humides de lassitude. Puis, de l'autre côté du buisson, elle entendit ce qui lui sembla être un pied qui frotta les cailloux du sol, et tourna la tête en sa direction.

« Est-ce que ça va ?

Ninon avait bien entendu la question. Elle ne voyait pas la personne, mais reconnu la voix d'un garçon.

– Pardon ?

– Tu vas bien ? recommença la voix, en apparaissant de derrière le buisson.

– Ben ? Qu'est-ce que tu fais là ? T'as vu le temps qu'il fait ?!

Ses larmes coulaient encore et sa voix tremblait et grelottait timidement.

– J'suis venu fumer une cigarette. Je t'ai vu arriver, je pensais que tu m'avais vu.

– Non, enfin j'ai pas fait gaffe. J'viens toujours me poser là-dessus, moi.

– Pas très agréable comme siège... Je t'ai entendu pleurer, j'me trompe ?

– Bah moi ça me va. Je préfère ça au banc.

– Hmm.

Ben restait debout, les mains dans la poche centrale de son gilet. Il répondit en baissant les yeux. Il avança et s'adossa contre le rocher, à la gauche de Ninon.

– T'es pas obligé de rester, hein, fit doucement Ninon, d'un air agressif.

Ben inspira puis souffla, avant de prendre la parole.

– Si tu veux tout savoir, j'suis venu ici pour gueuler un coup. J'me suis fumé une roulée et j'ai fait couler une larme pour évacuer un peu. Voilà. Il fait nuit dans dix minutes, essaie de pas te perdre, termina Ben d'un air un peu sarcastique, en se levant et en commençant à marcher. Mais Ninon le coupa dans sa lancée.

– Il pleut, il fait froid, j'suis assise sur un putain de caillou trempé, j'ai pas de clope et je chiale comme une gosse.

Ben s'arrêta de marcher et tourna sa tête vers elle, qui regardait toujours la ville droit devant.

– Alors nan, j'suis pas venue là-haut pour la vue, nan !

Ses larmes coulaient fort. Sa voix était pleine de sanglots, mais elle venait du cœur et ça se ressentait.

– J'me doute bien que toi non plus, Ben. Donc oui, je pleure, j'pleure comme une merde depuis vingt minutes parce que mon père me gave. Il me gave ! J'en ai marre bordel de merde ! »

Il la regardait toujours, le bord de son visage dépassait de sa capuche. On voyait les larmes couler, ses lèvres crier et le bout de son nez s'exciter. La pluie tombait moins rudement qu'avant.

« J'en ai marre de lui et de ses remarques à la con, ses critiques débiles et méchantes sur ma vie. J'aime les gars, j'aime les filles, et j'en prends plein la gueule, tout le temps. Il est là, sur son fauteuil avec sa télé et son verre de whisky, à rabâcher sa merde sur moi. C'est l'alcool qui parle mais c'est le cœur qui s'exprime. C'est ça qui me fait mal. Et j'en fait une montagne à cause de ça, j'le montre pas, mais j'ai peur et j'remarque les regards des uns et les jugements des autres, partout, dans la rue, au lycée et putain même chez moi... j'en peux plus. Et j'sais même pas pourquoi j'te dis ça, à toi, putain, j'dis ça à personne d'habitude. J'ai jamais dit ça aux autres.

Ben s'approcha et resta debout, à côté d'elle. Ses cheveux étaient trempés et ses mains toujours dans la poche centrale de son sweat.

– Écoute... j'suis sans doute pas le mec que t'écouterait, de base. J'ai l'air d'un connard, Marc y'en n'a pas beaucoup qui l'aiment, et p't'être que pour toi j'suis juste « l'enfoiré qui ramène des dizaines de filles à son appart », m...

– ...bah merci pour l'info, putain, tu brises des cœurs, tu brises des filles juste pour profiter d'elles. Et nous on est là, à les réconforter, les aider. T'es un chien c'est tout, un con comme Marc.

– Euh... ouai, j'pense que c'est comme ça que tu m'vois.

– Que tout le monde te voit, Ben, le corrigea Ninon.

Elle ne le regardait pas et maintenait son regard sur la ville grise et nuageuse.

– Et c'que tu viens d'me dire, ton père et tout ça, ça t'a fait du bien de le sortir, nan ?

– Ouai. Enfin j'pense, oui.

– Bah, ma façon de me sentir bien, moi, c'est ça. Me sentir aimé par d'autres, un petit peu au moins. Puis j'suis désolé pour la relation que t'as avec ton père. C'est la merde, j'sais ce que c'est.

— Ouai, ça me bouffe. Bref. Toi ça va, t'enchaînes les conquêtes sans problème, y'a pire comme façon de se sentir bien.

— Tu sais, Ninon, je le connais pas, l'amour, moi. J'sais pas comment on aime. Mon père je le vois trois fois par an, il m'a donné aucun repère, et ma mère, bah c'est une alcoolique, voilà. Et si je vis en appartement c'est pour être à l'écart de tout ça, me changer les idées et éviter de vivre dans l'alcool. Ma mère ne m'a jamais montré qu'elle m'aimait. Et l'amour d'une mère, Ninon, ça compte beaucoup. Puis mes voisins de palier me prennent aussi pour ce que tout le monde me prend, ils me croisent toujours avec une fille différente, à nous embrasser contre le mur alors qu'on n'est même pas encore rentrés dans l'appart.

— Et ta bande ? Marc ? Tes potes ?

— C'est pas la même chose. Marc est un connard envers tous, personne ne l'aime donc bon... Il fait un peu tâche sur ma réput', puis j'ai des potes, mais... je connais pas ce bonheur que d'autres vivent entre copains, tu vois ? C'est sympa de se retrouver pour un Fifa, mais j'sais pas... j'peux pas leur parler sérieusement, tu comprends, pour eux, un mec ça n'a rien à dire ou à confier. Ça doit endurer, c'est tout. Le vrai bonheur, je le retrouve qu'avec les filles. C'est ma façon d'évacuer tout ça. Et ce soir j'suis venu là parce qu'on m'a mis un faux plan, c'est tout.

— Et j'pense qu'ici tu trouves ça moins excitant

— Oh ça va !

Ils s'arrêtèrent de parler quelques secondes. Les larmes ne coulaient plus sur les joues de Ninon, qui avait déplié ses jambes le long du roc.

— J'suis p't'être plus âgé que toi et loin d'être légitime pour te dire quoi que ce soit, mais garde pas les choses pour toi, tes potes peuvent largement comprendre... et puis s'il faut, j'suis à l'écoute, hein. J'suis pas « juste » un gros con.

— Ouep... merci, c'est gentil. Puis si j'peux faire en sorte d'éviter les cœurs brisés... Tu peux me parler aussi, à la place de coucher avec toutes les filles de la ville. Je pense que ça te fera du bien aussi.

– Entendu, c'est cool. Pourquoi t'es pas avec Abbie, au fait ?

– Et toi, pourquoi t'es pas avec Marc ? rétorqua-t-elle pour ne pas répondre à la question de Ben.

– Réponds-moi ! Abbie était super mal aujourd'hui. Je suis allé lui parler ce matin, elle était toute seule aux casiers. Après, je l'ai pas vue de la journée.

Ninon soupira.

– Elle était mal à cause de vous, je te rappelle.

– À cause de Marc, Ninon. On était saouls tous les deux, mais c'est lui qui a déconné. J'suis pas aussi con pour faire des choses pareilles, moi.

– T'arrives à être bien stupide quand tu veux, quand même.

– Ouai, je l'sais, ça. Mais pas pour ce genre de choses. Alors dis-moi, pourquoi t'es pas avec elle ? Et ne me dis pas qu'elle était trop mal pour te voir, parce que je te croirai pas.

– Et bah parce que c'est moi qui n'ai pas envie de la voir, avoua Ninon.

– Comment ça ?

– Mais tu veux tout savoir toi, c'est fou ! s'énervait-elle.

– Bah... je suis assez surpris de ta réponse, c'est tout.

– Disons que je prends mes distances avec elle, juste pour un petit moment. Je lui ai dit ce matin.

– Prendre tes distances ? T'es sûre que c'est le bon moment ?

– C'est jamais le bon moment, Ben. C'est juste pour marquer le coup, on va dire. Pour lui faire savoir qu'avec Marc, elle a déconné, et qu'elle m'a beaucoup blessée.

– Mh... ça peut se comprendre, commenta-t-il hésitant. Si tu penses que ça vaut le coup... moi j'pense pas. Pas maintenant, en tout cas. Elle est déjà super mal à cause de Marc, alors si toi tu la rends encore plus malade... je te raconte pas. On va la retrouver dans un sale état si elle vient en cours demain.

– Écoute, on a toujours été là, l'une pour l'autre. Toujours. Seulement, des fois je me retrouve seule à devoir cogiter, à me faire une raison pour telle et telle connerie. Elle m'a laissée quelques fois toute seule, sans le savoir ou sans que ce soit de sa faute. C'est comme ça, elle ne le remarquait pas, elle n'en avait pas conscience... J'en sais rien, moi. On s'est toujours soutenues, mais on n'a pas tout vécu ensemble. Alors y'a des choses pour lesquelles j'ai dû me débrouiller seule, et elle aussi de son côté, sûrement.

– Bah ça... Marc n'en a rien à faire des autres, alors le soutien des potes, je peux encore essayer de le chercher longtemps !

– Ce n'est pas une chouette décision que j'ai eu à prendre. En ce moment, ça ne va pas fort entre Abbie et moi. C'est juste pour mieux se retrouver que j'ai décidé de la laisser réfléchir seule. Y'avait un trop-plein d'évènements qui a fait que j'en ai eu marre. D'elle, de tout. Ça arrive parfois.

– Ouai bah Marc on dirait que c'est tout le temps, son tremplin d'évènements, fit Ben en ricanant piteusement.

La confusion de Ben fit décrocher un bref sourire à Ninon.

– Elle va mieux, au moins ?

– Je sais pas. Je lui ai pas envoyé de message, et elle ne m'a rien dit non plus.

– J'vais lui demander, quand même. Je lui envoie un message après. Bon, cogite bien. À demain, si on se voit », fit Ben en prenant le chemin du retour.

Ninon se satisfit d'un simple « ouai » en guise de réponse. Elle ne savait pas pourquoi elle avait raconté tout ça à Ben. Sans doute qu'elle en avait besoin, besoin de parler et d'évacuer ce qui la tracassait. Le moment et l'ambiance faisaient un bon cadre pour ce genre de discussion.

Ben redescendait le chemin de graviers d'un pas motivé. Il ne voulait pas se faire mouiller à nouveau par la pluie. La capuche de son gilet était mise sur sa tête mais la tirette était ouverte et laissait dépasser sa chemise, ouverte elle aussi. Son t-shirt blanc, en-dessous, était trempé par la pluie et les gouttes qui tombaient des mèches de ses cheveux. Il avait les mains dans les poches et n'avait pas peur de glisser, malgré son pas rapide et maladroit. Ninon restait assise sur le rocher, sans changer de position ni de regard. Ses yeux pétillaient comme ils en avaient l'habitude après le passage des larmes, qu'elle trouvait trop souvent présentes ces derniers temps. Elle jouait avec son briquet, comptait les feux rouges qu'elle pouvait apercevoir depuis le rocher, reniflait de temps en temps et observait le ciel en attendant la prochaine averse. La discussion avec Ben semblait lui avoir fait du bien. L'air de *Some Kind of Love* de Dido lui vibrait en tête. Ninon n'aimait pas reconnaître ses erreurs et avouer ses torts, surtout quand la personne qui la met dans le doute est quelqu'un qu'elle n'apprécie pas. Sans trop savoir pourquoi, elle se reconnaissait un peu chez Ben et en réfléchissant à la discussion qu'elle eut avec lui comme on rembobinerait un film, elle apercevait intimement la maturité du garçon dans ses propos, sa réaction.

IX

Et un monde s'écroule

En sortant de la bibliothèque, Lola remarqua qu'il avait plu un peu. Elle sentait le goudron mouillé et l'air refroidi. Par chance, elle n'eut pas à attendre longtemps le tramway. Il n'y avait presque plus personne dedans, elle put donc avoir une place assise. Elle mit ses mains entre ses cuisses pour les réchauffer un peu. Un homme était debout, non loin d'elle, et souhaitait entamer la discussion avec elle, auquel elle ne fit pas tout de suite attention. Au bout d'un certain temps, Lola remarquait que l'individu s'adressait à elle et non au garçon deux mètres plus loin. Lui avait un casque sur les oreilles et n'écoutait pas du tout ce que disait l'homme. En se tournant vers lui, Lola vit qu'il la regardait et s'adressait à elle depuis quelques minutes. Elle sourit au compliment que lui fit l'homme puis tourna à nouveau la tête devant elle. Il continua de lui parler mais Lola ne répondait plus. Il insistait beaucoup sur les compliments et commença à lui faire des avances. À partir de cet instant, Lola comprit où l'adulte voulait en venir. Son cœur battait plus vite et elle sentit une chaleur lui monter à la tête. Elle ne voulait plus se retourner vers lui et fixait son regard droit devant elle. Dans le wagon plus loin, deux vieilles dames discutaient tranquillement, assises et dos à Lola. Elle les regarda et pensa à elles, sans savoir pourquoi. Sans doute pour essayer d'avoir autre chose en tête. Mais la fille ne pouvait plus bouger. Elle ne pouvait qu'ignorer l'homme et attendre son arrêt pour descendre et rentrer au plus vite. Lola ne savait plus quoi faire ni quoi penser. L'arrêt du Lion Bleu approchait. Il se trouvait au carrefour d'autres voies et se dit qu'elle trouverait sans doute une amie ou quelqu'un qui s'approcherait plus près de l'homme. Elle espérait qu'il descende rapidement, mais ce ne fut pas le cas. Seul un jeune homme entra dans le wagon des vieilles dames, plus loin devant.

De retour du rocher, Ben sauta dans le tramway à Lion Bleu. En entrant, il aperçut Lola assise plus loin et retira sa capuche en se frottant les cheveux qui étaient mouillés sur le devant. Il renifla et s'adossa contre la paroi. Son bout du nez rouge trahissait le froid qu'il faisait là-haut, près du rocher, et le vent glacial qui y sévissait lourdement. Sa main gauche était rentrée dans son jean, la droite tenait son téléphone avec lequel il s'était permis de s'isoler un peu, les écouteurs branchés.

La nuit était installée et Ben fixait sans trop de sentiment les éclats de lumières nageant sur les vitres mouillées du tramway. Le soir arrivait. Il était tout juste vingt heures et les transports en commun n'étaient plus tellement bondés. Deux dames âgées étaient assises près de lui. Elles discutaient, se plaignaient, ne disaient rien pendant un temps puis revenaient sur un sujet abordé plus tôt, comme semblaient le faire, pensa-t-il, toutes les personnes de cet âge. Bien monotone et trop peu jovial pour lui, il leva les yeux sur une mère et son petit garçon, collé à la vitre et s'agrippant au manteau de sa mère. Bonnet sur la tête et regard fixe sur le peu de choses qu'il pouvait entrevoir dehors, il était agréablement calme. Ben entendit une voix féminine venant de derrière son dos, alors il se retourna et vit sans surprise les mêmes personnes entrevues auparavant, en entrant dans la rame. Il crut reconnaître la voix de Lola, assise seule. Elle ne semblait téléphoner à personne, alors le garçon s'étonnait de l'entendre. Son sac était posé sur ses genoux. Un jeune homme était tout comme lui adossé contre la paroi, casque audio sur la tête, dos à elle et à un autre homme, plus vieux et dégarni, debout lui aussi et tournant le dos aux vitres.

Ben sortait plus loin et savait que Lola descendait un arrêt après lui. Il entendit quelques fois la voix de Lola, ce qui le surprenait. Le jeune homme était sorti il y avait de cela quelques secondes. Le petit garçon avait failli trébucher et sa mère lui fit une remarque sérieuse et les dames étaient toujours aussi ennuyeuses pour Ben. Alors il se retourna encore une fois, puis remarqua que Lola s'adressait à l'homme dégarni, qui se trouvait debout derrière le garçon au casque sur les oreilles avant qu'il ne descende. Étonné qu'ils puissent se connaître, Ben fit consciemment plus attention au discours que Lola et l'homme entretenaient. Ils ne se trouvaient pas dans le même wagon mais le garçon arrivait à percevoir ce qu'ils disaient. C'était l'homme qui semblait s'adresser à Lola. En y prêtant plus d'attention, il remarqua qu'elle ne disait pas grand-chose. C'était succin, elle ne faisait que répondre. C'était troublant. En se tournant une dernière fois, il vit que Lola ne fixait que l'extérieur. Elle tenait fort son sac. Elle avait le visage fermé. Intrigué, il se pencha pour apercevoir celui de l'homme, tourné vers la fille. Il n'avait pas bougé depuis que le jeune homme avait rejoint le quai. L'homme tenait une mallette avec sa main droite et portait sa main gauche au pantalon. Ben avait compris et son sang lui monta au crâne en une fraction de seconde. Il n'hésita pas un instant. Plus rien d'autre ne comptait à présent. C'était la première fois qu'il assistait à une telle scène, et il savait qu'il se devait d'intervenir. C'était évident pour lui, et c'était à ce moment la seule chose qu'il avait en tête. L'élan qu'il prit fut aussi brusque qu'instinctif. Il regardait Lola en se retournant et en marchant jusqu'à eux. La jeune fille réussit, certainement pour la première fois depuis les premiers mots de l'homme, à décrocher son regard de la vitre et croisa celui de Ben. Elle était désemparée. Le regard de Ben était si rassurant, si sûr. Il arriva à leur hauteur et fixait désormais l'homme, qui avait le front en sueur et le regard pauvre de sens.

« Dégage », adressa Ben à l'homme, sans même bouger ses lèvres et d'un ton aussi sec que sérieux, en lui rongeant le regard. « Dégage maintenant, sinon j'te jure que j'm'occupe de toi ».

L'homme ne disait rien, il bougeait légèrement sa tête, l'air de nier son cas. Ben lui saisit le col. Ils avaient la même taille mais Ben avait la carrure que l'homme n'a sans doute jamais osé imaginer atteindre. Des frissons glacials lui envahirent la gorge et les larmes lui vinrent aux yeux. C'était de la rage qu'avait Ben.

« Écoute-moi bien, fils de pute. Ou tu dégages dans la seconde ou bien je fais en sorte que tu te réveilles pas », lui lança-t-il encore une fois, en haussant le ton de plus en plus fort. Lola fixait la scène derrière eux, terrifiée, en ne voyant que le dos large de Ben et la mallette tremblante. Ben crachait sur l'homme en lui déballant sa haine, les yeux rouges de furie. Il ne lâchait pas le col de l'homme et le tenait d'une force qu'il n'aurait jamais cru avoir. Son poignet tremblait et il avait rapproché son visage de celui de l'homme, tétanisé. Il avait lâché sa mallette et balbutiait des paroles incompréhensibles.

Le tramway s'arrêta. L'homme descendit sans broncher. Il avait du mal à marcher et semblait complètement perdu. Ben avait la gorge sanglante de haine. Ses yeux brillaient de larmes discrètes mais réelles. Lola éclata en sanglots. Elle ne savait dire pourquoi. Elle était choquée par la situation, par ce qu'elle venait de vivre, ce qu'elle venait sans doute d'éviter. Elle repensait aux mots de l'homme, à son esprit se noyant dans la tourmente de ces dernières minutes, au regard confortable de Ben. Puis la main du garçon vint envelopper ses fébriles épaules. Elle colla sa tête contre la poitrine du garçon qui vint s'asseoir à côté d'elle. Il repensait au visage de l'homme, au petit bonhomme qui collait sa paume contre la vitre, à la discussion qu'il venait d'avoir quelques minutes plus tôt avec Ninon. Lola, elle, se vidait de larmes mais Ben la rassurait. Lui retenait les siennes, mais il mourrait d'envie de les crier au monde.

La fin du trajet parut interminable pour les deux adolescents. Le bruit de la mallette tombant au sol fit se retourner une des dames qui discutaient, plus loin devant. La mère du garçon était à ce moment-là bien trop occupée par son fils pour être distraite par ce qui se passait dans l'autre wagon. Et pourtant, dans le calme et la fatigue oppressante de la journée, Lola venait de vivre l'expérience la plus traumatisante de sa vie. Les mots de l'homme lui résonnaient encore. Elle essayait de les faire disparaître mais cela lui était impossible. C'était plus fort qu'elle et elle les pensait ancrés à jamais. Puis elle sentait le pull de Ben frottant contre sa joue et ça la rassurait. Ben avait la tête relevée, le regard fixant l'avant du tramway. Les lumières extérieures qui reflétaient contre les vitres, le gamin qui jouait. Sa rage ne s'était pas dissipée et son sang tournoyait à l'intérieur de lui. Il sentait son cœur battre fort, ses veines épaisses et, sans trop s'en étonner et sans la cacher, une larme lui couler sur la joue. Il sentait Lola bouleversée et complètement brisée, tant faible que terrifiée. Puis il se rappelait ce que disait Ninon. Jouer avec les filles, leur faire du mal. Ben se rendait compte qu'il ne voyait jamais cette face-là. Celle du cœur qui se brise, des larmes versées, des copines qui consolent et qui détestent ensemble celui qui a fait du mal. Voilà pourquoi il se sentait et se savait détesté par beaucoup. Pas autant que Marc, ni pour les mêmes raisons. Mais maintenant, Ben comprenait. C'était une réflexion vive et brève car tout se mélangeait dans sa tête et rien ne lui paraissait totalement clair. Dans la confusion et pour clore cette pensée qui le tracassait, il s'était promis de changer son comportement à l'avenir. Jouer avec les filles, c'était terminé.

Lola n'avait pas décollé sa tête de la poitrine de Ben jusqu'à l'arrêt auquel elle devait descendre. Elle n'avait pas énormément à marcher, mais Ben ne la laissa pas partir seule. Elle s'était doucement relevée de son siège et marchait difficilement. En restant auprès d'elle, Ben ressentit toute la fragilité et la sensibilité de la fille, chose qu'il avait rarement senti chez quelqu'un, sans doute parce qu'il n'avait jamais été aussi proche d'une autre personne. À force de contraindre et fermer son cœur en présence de Marc et des autres, de ne jamais s'attacher aux filles avec lesquelles il couchait, Ben avait perdu cette proximité réelle que l'on peut avoir et ressentir avec quelqu'un que l'on considère, que l'on apprécie et avec qui l'on peut partager des millions de choses. Ce soir, il marchait à côté de Lola. Il voyait une adolescente fragile mais une future femme forte et il en était fier. Ils ne disaient rien sur le chemin. Lola reniflait, les yeux encore pleins de larmes, et Ben était tourmenté. Aucun n'avait la tête à papoter. Les trois minutes de marche leur parurent quelques secondes. Les deux amis arrivèrent au pas de la porte de chez Lola.

« Merci, murmura Lola en se retournant vers Ben.

– J'suis désolé pour c'qui s'est passé, Lola. Désolé pour ce que t'as subi. Repose-toi bien et essaie d'oublier ça, si t'y arrives, répondit Ben en souriant très doucement.

– Oui », lui sourit-elle en réponse.

Elle s'approcha de Ben et lui embrassa la joue de la pointe des pieds, puis ferma la porte. Ben était figé devant la porte. Tout était allé si vite. Jamais il n'aurait pensé avoir à faire face à une telle situation. Il reprit ses esprits lorsqu'il entendit la voix de la mère de Lola. Il ne distinguait pas ce qu'elle disait mais l'entendait discuter avec sa fille. Alors le garçon se retourna et prit le chemin du retour.

Son cœur battait encore fort et faisait trembler sa cage thoracique. Il regardait le sol, ne disait rien. Ses écouteurs pendaient au-devant du col de son t-shirt, le téléphone rangé dans la poche et les mains dans celle centrale du pull. Ses cheveux étaient presque secs. Le jeune homme pensait à Marc, mais ne le voyait plus du même œil qu'avant. L'électrochoc de ce soir l'avait complètement bousculé. Une claque, une chute, Ben ne savait pas comment considérer la chose. En revanche, il était à présent sûr de vouloir changer. Il frappa d'un coup de pied violent dans une pomme de pin pour témoigner de la haine et de la rancœur qu'il possédait au fond de lui. Il était en train de s'avouer coupable. Coupable d'être comme Marc. Ben ne souhaitait plus l'être une seconde de plus. Pour lui, c'était ça, grandir, c'était ça, changer, alors secrètement, il venait de se promettre de grandir, de changer et de devenir quelqu'un d'autre. Quelqu'un de meilleur. Dans sa tête, il se l'était promis à lui-même, en même temps qu'il l'avait promis à Lola sans qu'elle le sache, en même temps qu'il l'avait promis au monde en le lui criant à la face.

X

Enfouir les peines

Abbie se remettait doucement. Sa mère avait bien vu que ça n'allait pas, que quelque chose la tracassait. Abbie essayait depuis plusieurs jours de relativiser sur la situation, mais elle avait du mal et ne cachait visiblement pas bien sa peine. Mais elle allait mieux. Dans sa tête, elle laissait Ninon de côté et elles s'ignoraient au lycée. Abbie s'en voulait plus qu'elle n'en voulait à Ninon car elle savait que si tout ça était arrivé, c'était de sa propre faute. Ce qui était arrivé à la soirée, elle le regrettait, à présent. De tout son cœur. Ne pas boire ces verres de trop, ne pas lui dire « oui », revenir en arrière. Elle le voulait et sur le coup, Abbie aurait tout donné pour pouvoir le faire. Quelques jours auparavant, quand elle vit en se levant les photos publiées par Marc, le monde semblait s'être écoulé sur elle. L'adolescente ressentait tout le poids qu'elle recevait sur ses épaules, la réputation qui s'en dégagerait, les erreurs commises et la peine de Ninon. Mais c'était passé. Elle s'habituait à la distance de Ninon, se promit de ne pas commettre à nouveau ces erreurs et oubliait doucement la bêtise de Marc. Elle comprit qu'il fallait parfois apprendre de ses erreurs et que c'était comme cela que l'on apprenait aussi la vie. Abbie en paya les frais et elle l'avait compris, et savait que cela servirait de leçon. Pas uniquement pour elle, mais pour toutes les autres, toutes ces personnes qu'elle savait vulnérables. C'est ce qu'elle concluait de cette histoire, qu'il fallait en retirer quelque chose de concret. En cela, Abbie avait gagné en maturité, car le recul qu'elle prit sur cette mésaventure et la morale qu'elle en retirait prouvait une sagesse tout à fait naissante chez elle. Elle grandissait, elle apprenait.

Aussi, la distance installée entre elle et Ninon rapprochait Abbie de nouvelles têtes et depuis son retour au lycée, elle passait ses journées avec Greg, Norton et toute leur bande. Abbie s'y plaisait beaucoup et apprenait de nombreuses choses sur chacun de ses camarades. Elle rattrapait tout ce qu'elle avait manqué en passant ce temps avec Ninon, alors Norton et Chavy lui racontaient les meilleures histoires, les anecdotes les plus drôles et les plus honteuses, les petits ragots et secrets qu'ils aimaient partager. Elle riait beaucoup avec eux et en les fréquentant à longueur de journées, elle comprenait un peu mieux pourquoi ces garçons la faisaient autant rire. Il faut dire qu'Abbie était bon public et pouvait rire pour n'importe quoi, alors les garçons ne s'arrêtaient jamais de jouer aux pitres. Mais au fond, ils n'osaient pas avouer qu'ils étaient tous aussi fous d'elle. Tous la trouvaient somptueuse, surtout Greg et ça, les garçons le savaient. Et Greg était heureux et apaisé de passer du temps avec elle. Il la sentait plus proche de lui et l'espoir qu'il avait perdu de faire d'Abbie sa copine réapparaissait timidement au fond de lui. Il se sentait protecteur et complice avec elle, et c'est effectivement ce qu'Abbie ressentait. Elle osait difficilement se l'avouer ; c'était trop tôt pour qu'elle en soit certaine, d'autant plus qu'elle sortait d'une passe compliquée. Mais elle le sentait, elle était bien avec eux, avec lui.

Quelques jours passèrent et le cauchemar semblait avoir fui. Les élèves du lycée avaient déjà tous oublié cette histoire de photos publiées. Les gens connaissaient Marc et ne s'étonnaient plus de ce qu'il était capable de faire, que ce soit par plaisir ou par fierté. C'était en fait pour cela qu'il était connu et la réputation que les autres tenaient de lui n'était aucunement éloignée de la réalité ; ce garçon était méchant et son comportement souvent ignoble. L'administration et Monsieur

Dreneau le connaissaient par cœur et se souviendraient de lui pendant plusieurs années. Chavy aussi connaissait bien la vie de Marc parce qu'il faisait partie des délégués des élèves. Il présidait le Conseil des Lycéens et assistait souvent aux réunions avec l'administration. Le cas de Marc revenait souvent et son dossier était plus que chargé. La maturité de Chavy lui permettait de comprendre qu'exclure Marc n'arrangerait en rien son cas, ce que les autres élèves ne comprenaient pas, et que ce que Marc pouvait faire, son comportement, ses réactions, n'était pas totalement de sa faute, et ça, les autres élèves le comprenaient encore moins. Si Marc agissait ainsi, c'était à cause de ses légers troubles du comportement et de l'éducation qu'il avait reçue. Chavy le savait, mais il ne pouvait rien dire aux autres, alors il tentait d'expliquer tout cela avec d'autres mots, ses propres termes, mais ses amis n'y voyaient aucune excuse, aucune justification. Seule Abbie, victime de l'insouciance de Marc, arrivait peu à peu à pardonner le jeune homme. Parce qu'elle se sentait aussi coupable dans l'histoire, mais aussi parce qu'elle pensait que Marc n'y pouvait rien. « Il est idiot, il était saoul le soir où il a publié les photos... puis de toute façon, c'est passé, faut que je l'assume, c'est mon erreur », expliquait-elle aux autres quand elle commentait cette histoire. Greg admirait cette sagesse mais était toujours aussi remonté contre son ennemi de toujours. Pour lui, aucune excuse n'était valable. La publication de ces photos avait été une atteinte à la pudeur et à la dignité d'Abbie, et Chavy approuvait aussi cette opinion.

Ninon était du même avis que les garçons. Ce n'était pas excusable. Puis Ninon n'était pas du genre à chercher une explication, une justification à cela. Elle ne savait pas ce que Chavy avait pu apprendre durant les réunions, elle ne connaissait pas la vie de Marc aussi bien que Chavy la connaissait. Et quand bien même, elle n'aurait pas cherché à comprendre le pourquoi du comment. Marc était un con, pensait-elle, et rien ne justifiait cet acte. Mais Ninon en voulait aussi à Abbie. Seulement, plus les jours passaient et plus Ninon commençait à se sentir mal par rapport à sa copine. Abbie avait bu et n'a pas été responsable ce soir-là, et ça, Ninon le lui reprochait bien assez. Mais au fil des jours et des discussions avec Audric et Lola, elle se fit une raison. Oui, Abbie avait déconné. Mais cela arrivait à tout le monde, et Ninon était la première concernée. Entre Abbie et elle, c'était bien Ninon qui était celle qui bravait les interdits, qui avait goûté aux premières cigarettes, aux premiers joints, aux premières cuites. Elle se sentait coupable d'avoir autant marqué le coup par rapport au comportement d'Abbie, parce qu'elle se sentait aussi coupable qu'elle. Elle commençait à se dire que les reproches qu'elle faisait à Abbie étaient ceux qu'elle ne s'était jamais faits à elle-même. Quand Audric lui disait cela, ça lui ouvrait les yeux sur la situation, sur elle-même.

Ninon ne savait pas si cette prise de distance avec Abbie aurait pu servir à quelque chose. En réalité, Abbie en apprenait sur elle-même et sur les autres, autant que Ninon portait une réflexion nouvelle sur elle. Elle découvrait que parfois, on arrive à se faire une raison. Que parfois, on peut se tromper, que l'on peut revenir sur sa pensée et que cela n'a jamais tué personne de le faire. Elle découvrait que prendre du recul sur les choses, les situations, sur soi peut bien souvent s'avérer bénéfique. Pour le moment, d'autres choses lui importaient un peu plus. Lola avait mis le temps, mais au bout de quelques jours, elle décida de raconter à Audric et Ninon sa mésaventure avec l'homme dans le tramway. Ils étaient sous le choc. Ninon se mettait à la place de Lola et était terrifiée à l'idée de vivre ça. Audric disait qu'il se serait levé et aurait réagi différemment, mais Ninon le reprit fermement en lui disant que dans ce genre de situation, on peut se retrouver tétanisé comme l'avait été Lola. Elle leur décrit la situation, leur expliqua comment Ben avait réagi, que ses parents l'avaient rassuré une fois à la maison. C'était une horrible expérience qu'avait vécu Lola, cela se ressentait. Sensible comme était l'adolescente, Ninon et Audric comprenaient bien toute la peur et la détresse qu'elle avait pu ressentir à ce moment-là. Ninon lui demanda à nouveau le jour et l'heure où tout cela s'était passé, et compris que c'était après son entrevue au rocher, avec Ben. Alors elle repensa à leur discussion, à leurs aveux, mais n'en parla pas à Lola.

« Et du coup, vous avez gardé contact, un peu ? demanda Audric, curieux.

– Avec Ben ? supposa Lola.

– Oui, banane, avec Ben !

– Oui... bah le lendemain, on a reparlé de ça par message, puis depuis on parle, un peu tout le temps.

– Mmh... d'accord, d'accord !

– Quoi ?! s'exclama Lola.

– Ah non, rien du tout, sourit Audric.

Ninon ria en les regardant et avait bien compris ce qu'insinuait Audric.

– Et il te plaît comment, Ben ? demandait à nouveau le garçon.

– Ehhh ! s'indigna timidement Lola, puis baissa la tête en souriant. Il est pas mal, c'est vrai... avoua-t-elle finalement.

– Je le savais ! » s'amusait Audric.

Après avoir appris cette histoire, Ninon se dit qu'elle se devait d'aller remercier Ben. Elle était soulagée pour Lola et avait été agréablement surprise par la réaction de Ben. Bien sûr, Ninon savait que le garçon avait réagi comme n'importe quelle autre personne assez sensée l'aurait fait. Mais le fait que c'eût été Ben réchauffait le cœur de Ninon. Elle avait senti, ce soir-là, que la discussion qu'ils eurent ensemble avant l'événement du tramway n'avait pas été anodine et que ce qu'ils se sont dit avait été sincère. Ninon avait été touchée par l'histoire de Ben, et lui l'avait certainement été par les mots de Ninon. Ils ont tous les deux un passé et des conditions de vie peu rayonnants, alors ils retrouvaient chacun chez l'autre une partie d'eux-mêmes, comme s'ils s'y reconnaissaient. Ça ne paraît souvent pas grand-chose, mais ce détail compte beaucoup, qu'on le veuille ou non, et rapproche bien des cœurs. Ninon se sentait affectée, autant par les confidences de Ben que par le récit de Lola. Le repas touchait à sa fin et les trois amis s'assirent dans le couloir d'un des étages du bâtiment principal. De là-haut ils étaient au calme, percevaient un peu l'écho provenant du hall, n'étaient dérangés par personne. Ninon les abandonna quelques minutes et descendit les étages en cherchant Ben du coin de l'œil. Elle regardait tantôt à droite, tantôt à gauche, en marchant tranquillement, comme si elle savait où elle allait. Mais elle tournait un peu en rond, alors elle s'arrêta à son casier en faisant mine d'y chercher un bouquin. Elle trifouilla un peu et fit rapidement de l'ordre à l'intérieur, puis aperçu Chloé et Luann, qui passaient derrière elle.

« Hey, les filles !
– Eh, salut Ninon ! lui répondirent-elles toutes souriantes.

Elles marchaient avec entrain mais ralentirent au moment de saluer Ninon. Elles ne savaient pas trop quoi faire et semblaient toutes désorientées, hésitant à s'arrêter pour discuter ou bien continuer sur leurs pas.

– Attendez, leur fit Ninon. Je voulais vous dire... merci pour ce que vous avez dit, l'autre fois. On ne s'est pas vraiment croisées depuis, et je tenais à vous remercier. Vous n'étiez pas obligées, et ça nous a beaucoup touché, Élodie et moi.
– Oh... c'est normal, t'inquiètes, répondit Luann.
– Même si on est assez timides, toutes les deux, ajouta Chloé, on ne pouvait pas laisser le vieillard vous insulter. C'était ce qu'il fallait faire, je pense. Enfin, pour moi, c'est normal de réagir comme ça.
– Ouai, on ne pouvait pas laisser passer ça, continua Luann.
– Vous avez bien fait, c'était super courageux. Merci, vraiment. Oh, tu dessines ? demanda Ninon à Chloé en voyant ses feuilles cartonnées dépasser de sa pochette.
– Ah... euh, oui ! répondit-elle un peu gênée. Je peins, je fais quelques gribouillages, des croquis... quand l'envie me prend !
– C'est vraiment joli, continue ! assura Ninon d'un grand sourire, et au fait les filles, vous n'avez pas vu Ben ? Il n'est pas au baby-foot avec Marc ? demanda-t-elle en s'adressant à Luann.
– Euh non, je ne l'ai pas vu, répondit Chloé.

– Avec Marc ? Ça risque pas ! ironisa Luann.
– Pourquoi donc ? s'étonna Ninon.
– Ben l'a lâché. D'après ce que j'ai compris, c'est pour une histoire de copine ou un truc dans le genre. Ils se sont pris la tête y'a deux jours sur un banc de la cour, c'est une amie à moi, qui était assise pas loin, qui les a vu s'embrouiller. Elle m'a direct tout raconté ! rit Luann.
– Je ne comprends jamais rien à leurs histoires, de toute façon, mentit Ninon. Bon, ça n'empêche que je dois toujours voir Ben, moi. Je vais essayer de le trouver, merci ! »

Les deux jeunes filles semblaient heureuses d'avoir parlé à Ninon, et Ninon soulagée d'avoir enfin pu les remercier. Elle les appréciait beaucoup et savait que ce n'était pas forcément facile pour elles de s'intégrer au sein des élèves du lycée. Chloé a toujours été une fille timide et réservée, pas très bien dans sa peau à cause de son physique, moqué par beaucoup. Puis pour Luann, ce n'était pas simple d'avoir un grand frère comme Marc. La jeune adolescente savait tout le mal qu'il avait pu faire à certains et certaines, tout le chahut qu'il causait, et avait pris l'habitude de se détacher de cette « étiquette » de « petite sœur de Marc » quand elle arrivait au lycée. C'était un peu comme si Luann et Chloé trouvaient refuge chacune chez l'autre, qu'elles s'y sentaient en sécurité, à l'abri, à l'écart du monde mais prêtes à l'affronter. Ça, Ninon l'avait bien ressenti lors de l'altercation avec le vieil homme. C'était la première fois qu'elle voyait les deux copines de cette manière-là, fortes, confiantes, assurées. Ninon s'en était étonnée car elle n'était pas si proche que ça avec Luann et Chloé, elles n'étaient aucunement obligées de les défendre, elle et Élodie. Mais elles l'ont fait, et leur attitude protectrice et rassurante avait réchauffé le cœur de Ninon.

Elle se rendit pour une seconde fois au foyer des élèves, l'espace dans lequel tous se retrouvaient. Des tables, des bancs, des canapés, un snack, un lieu de vie où elle était persuadée de trouver Ben. En entrant, elle regarda sur sa droite et croisa le regard d'Abbie, assise avec Norton et Greg sur un des canapés, s'apprêta à décrocher un sourire mais préféra tourner la tête à gauche. Elle se sentit bête et honteuse et se persuada qu'elle irait parler à Abbie prochainement, pour s'excuser. Mais elle vit Ben assis plus loin, dans un coin de la salle, et laissa ses réflexions pour plus tard. Le garçon se balançait sur une chaise déjà usée, dans sa bulle, les écouteurs dans les oreilles. Il était seul, ne disait rien, regardait dehors d'un air sérieux.

« Hey, fit Ninon en lui tapotant sur l'épaule.

Le garçon stoppa le balancement et ôta un écouteur en se retournant vers la fille.

– Ah, c'est toi. Ça va ?

– Oui et toi ? Marc n'est pas avec toi ?

– Nan, et ça fait deux jours qu'il n'est pas avec moi. Et il ne reviendra pas, j'arrête tout avec ce mec.

– Pourquoi ?

– Parce que... parce que pleins de trucs. On en avait parlé, au rocher. Bref là il m'a accusé de n'importe quoi, une histoire de fille, comme d'hab.

– Ah, ouai...

– Mais il est paumé en ce moment, il fait n'importe quoi, il parle pour rien...

– Marc est un cas, on le sait tous. Moi je dis, tant mieux que t'arrêtes tout avec lui. C'est pas une bonne influence, mais ça aussi on en a parlé la dernière fois. Bref, là j'suis venue te remercier.

– Pour ?

– Bah Lola nous a raconté ce midi, ce qu'il s'est passé ce soir-là.

– Ah... ouai. Dingue comme truc.

– Ouai, je n'aurais clairement pas aimé vivre un truc comme ça.

– Lola n'était pas bien du tout. J'suis content d'avoir pu l'aider, toute seule je sais pas ce qu'elle aurait fait.

– Pas grand-chose, elle était tétanisée d'après ce qu'elle nous disait.

– Ouai, elle l'était, et pas qu'un peu. Je l'avais jamais vue dans un état pareil. J'avais plus peur de l'approcher elle que d'approcher l'homme. Si j'avais pu le terminer, ce mec, je l'aurais fait. Mais y'avait un gosse pas loin, alors j'ai évité de le mettre trop mal.

— Mais personne n'avait remarqué ce qu'il se passait ?

— Non ! Y'avait même un mec de mon âge juste à côté, mais il était de dos et il n'entendait rien, puis il est sorti un peu avant que je réagisse.

— Mh, ça devait être chaud... Merci en tout cas.

— Ninon, c'est la moindre des choses, c'est normal d'avoir fait ça.

— Je sais bien... mais je tenais à te remercier quand même. Ça me permet de te dire aussi que t'es un mec bien, et que la discussion du rocher, ça m'a fait du bien aussi. Si jamais tu veux de nouveau causer au rocher, tu m'envoies un message. Sauf s'il pleut, la dernière fois c'était pas très cool, riait-elle.

— Yep, ça marche. C'est gentil en tout cas, sourit-il. Et toi, va parler à Abbie. Ton truc de prendre des distances, c'est cool mais c'est ridicule. Je pense qu'elle a compris, maintenant.

— Oui, souffla-t-elle, j'avais prévu de le faire », ajouta-t-elle complice.

Ninon comprenait que Ben était un garçon qui avait bon fond. Malgré le temps passé aux côtés de Marc, il n'était pas comme lui. Il en avait donné l'impression, sans doute s'était-il persuadé lui-même qu'il était comme Marc en agissant comme lui, en le suivant dans ses faits et gestes et ses bêtises. Mais maintenant, Ben avait compris que ce n'était pas lui, le personnage qu'il jouait. Le garçon qu'il disait être, aux yeux des autres.

XI

Jeunesse et leçons

Audric et Lola eurent l'idée d'organiser une soirée au bowling, comme ils avaient pris l'habitude de le faire depuis le début de l'été. Toutes les semaines, pendant la période estivale, la bande de copains s'organisait une sortie en ville. Soit au bowling, soit au cinéma, souvent les deux dans la même semaine. Ils mangeaient des pizzas, des sushis, des bagels et passaient des soirées et des nuits ensemble. Mais depuis leur rentrée au lycée, la bande ne s'était plus réunie. Il y avait eu des soirées chez quelques camarades, mais rien de plus. Bien sûr, il y a eu cette soirée avec Marc et ses coéquipiers, dont Ninon gardait un souvenir amer. Elle avait eu du mal à pardonner l'erreur d'Abbie. Ce soir-là, elle n'était pas intervenue lorsqu'elle la surprit avec Marc dans une des chambres. Elle n'avait rien fait parce qu'elle savait qu'Abbie était libre de faire ce qu'elle voulait, avec qui elle voulait. Elle devait assumer d'avoir bu et devait comprendre son erreur. Elle n'avait rien fait parce qu'elle ne pouvait rien faire. Elle était surprise, dégoûtée et fatiguée par l'alcool à ce moment-là. Lors de cette soirée, Ninon rencontra Élodie, avec qui elle avait pu parler de longues minutes sur le toit, sous les étoiles et l'ululement des chouettes. Cela lui fit du bien, et elle aimait cette fille.

Ninon était désormais décidée à revenir vers Abbie. Elle lui manquait, elle le sentait et espérait qu'Abbie le sentait aussi.

Lola proposa aux garçons de se joindre à eux trois pour cette soirée au bowling, et tous répondirent joyeusement présents. Chavy et Norton étaient de toute façon toujours partants pour sortir s'amuser. L'entraînement de rugby de Greg était annulé car l'état du terrain ne permettait pas de le pratiquer, au grand enthousiasme du garçon, qui pouvait donc à la place partager un moment avec ses amis. Avant de leur proposer, Lola et Audric discutèrent avec Ninon.

« On propose à Abbie de se joindre à nous, aussi ? Demanda Lola.

– Oui, c'est une bonne idée, s'accorda Ninon. Si tu veux bien, j'irai la voir moi-même pour lui demander. »

Elle se disait que cette soirée serait une belle occasion de se retrouver, avec Abbie. Dans la réflexion, la tête posée contre ses bras croisés sur la table, elle pensa aussi à Ben sans trop savoir pourquoi. Elle pensait sûrement qu'il n'aurait rien d'autre à faire. Dehors il pleuvait des cordes, et Ben n'était pas du genre à squatter les bibliothèques. La matinée touchait à sa fin et les cours devenaient bien trop longs pour les ventres vides. Les élèves ne montraient plus d'énergie, et s'exercer aux mathématiques à quelques minutes du déjeuner semblait être une souffrance pour tout le monde. Ninon envoya un SMS à Abbie pour lui demander de l'attendre dans le couloir à la fin du cours. Elle était assise à l'autre bout de la salle de classe, vers les premiers rangs. La place de Marc était déserte ; il ne prenait plus la peine de venir en cours de maths depuis quelques temps déjà. Chavy et Norton étaient en pleine discussion avec Fanny et Lucas, assis à la table devant la leur. Au fond de la classe, les élèves arrivaient à discuter sans trop de problème, surtout quand le professeur n'y prêtait pas d'importance. Les quatre copains parlaient des nouvelles normes et des futures lois qui pourraient être mises en place pour la protection de l'environnement et des espèces animales et d'autres sujets comme ça. Ninon était assise non loin d'eux et était habituellement intéressée par le sujet, qu'elle trouvait fondamental. Mais elle n'avait plus la force pour participer à un tel débat et se demandait où Chavy trouvait toute cette énergie qui ne le quittait jamais. Et penser à Chavy et son débit de paroles assommait de plus belle l'adolescente affamée. Alors elle tourna la tête, jeta un œil sur son téléphone pour lire la réponse d'Abbie et pensa au repas qu'elle allait dévorer quelques minutes plus tard. « D'accord », était écrit sur son écran. Cela soulagea Ninon. Elle avait peur d'être ignorée par d'Abbie, elle en était presque terrifiée et sentait une boule dans son ventre. Cela devait être à cause de la faim, se persuadait-elle.

A la sortie du cours, Ninon alla voir Ben et lui proposa donc de venir au bowling. Cela donna à Ben un grand sourire et il accepta la proposition de Ninon. Puis elle aperçut Abbie qui attendait plus loin, derrière Ben. Lola voulait lui proposer de venir déjeuner avec elle, Audric et Ninon mais Audric lui rappela que le garçon était externe et qu'il ne mangeait jamais à la cantine. Le garçon rejoignit l'amas d'élèves qui se trouvait dans le couloir et suivit le groupe pour s'en aller, laissant Ninon seule, Abbie patientant à quelques mètres d'elle. Elle respira un grand coup, empoigna du bout des doigts les manches de son pull et se sentit forte et courageuse.

« Hé Bibie ! l'interpella Ninon du surnom qu'elle aimait lui donner.

– Salut, répondit Abbie calmement. Vraiment trop long son cours, j'en ai marre !

– Moi j'ai abandonné au bout de vingt minutes, c'est ridicule ! rit Ninon, doucement soulagée.

– Ça ne m'étonne même pas ! se moqua Abbie. Bon, tu voulais me dire quelque chose ?

– Euh... oui. En fait, ce soir on sort au bowling avec Audric, Lola, Greg et toute la bande. On a déjà demandé aux garçons, ils viennent tous. Et... j'aurais voulu que tu viennes aussi. Tu me manques et je veux plus qu'on soit distantes comme on l'est depuis quelques semaines.

– Ce soir ? Euh... J'ai mon entraînement de volley. Mais je vais essayer de m'arranger pour venir après le sport. C'est gentil de me proposer, ça me fait plaisir, Ninon ».

Les deux amies se prirent dans les bras, naturellement et sincèrement.

« Ça commençait aussi à faire long pour moi, sourit Abbie. Je me demandais quand est-ce que tu allais revenir vers moi. Mais je savais que tu reviendrais.

– J'y réfléchissais depuis quelques jours. Alors aujourd'hui, c'était l'occasion. Je suis contente que tu le prennes bien, faut que ça redevienne comme avant, ma Bibie, souriait Ninon, les larmes aux yeux, heureuse de retrouver son amie de toujours.

– Si je viens ce soir, est-ce qu'on peut faire comme avant et tout oublier ? Moi, j'ai compris que j'ai merdé. Ça arrive, et j'ai de la chance que cette histoire avec Marc ne soit pas allée trop loin. Mais je ne referai pas cette erreur, Ninon, c'est promis. J'ai assez pleuré, je t'ai assez perdue. Et je ne veux plus te perdre.

– Alors ce soir, on redevient ces amies qu'on a toujours été. On va laisser cette histoire derrière nous. Bon, j'espère te voir ce soir, alors ! », lui assura Ninon en la tenant du bout de la main.

Ninon se logea aux côtés de Lola et Audric dans la file du self, et Abbie rejoignit Chavy dans le gymnase, en attendant la fin du cours de sport de Norton et Greg. Ils faisaient partie de l'équipe de volley du lycée et s'entraînaient parfois à la pause méridienne. Abbie et Chavy étaient donc assis dans les gradins du gymnase à regarder les garçons jouer. Chavy avait prévu le coup et ramené un paquet de chips à grignoter pendant ce temps. Abbie en profitait donc pour raconter sa réconciliation avec Ninon, heureuse et soulagée elle-aussi. Chavy était content pour elle et attendait la soirée au bowling avec impatience. C'était surtout pour les glaces au chocolat fondu que le snack proposait et pour mettre la pâtée à Norton sur les pistes. Abbie avait aussi hâte que lui, elle savait que cette soirée lui permettrait de repartir sur de bonnes bases avec Ninon. Oublier ce qui avait pu se passer, apprendre de son erreur, montrer qu'elle reste la même. La discussion avec Chavy prenait progressivement une allure de confession. Elle laissait place au dévoilement, Abbie parlait de ce qu'elle regrettait, de ce qui lui manquait et Chavy se montrait sincèrement à l'écoute.

« Bon, et avec Greg ?

Abbie ne comprenait pas, ou bien faisait mine de ne pas comprendre.

– Quoi avec Greg ? rit-elle timidement.

– Bah... vous deux, ça se voit ! Enfin, perso, je sens qu'il y a un truc quand même !

– Ah ouai ? Je ne sais pas... Si tu le dis ! elle semblait un peu gênée.

– C'est un beau gosse en plus ! Abbie, eh, pas à moi hein !

– C'est vrai qu'il est pas mal, oui ! avoua-t-elle.

– Ah voilà ! Et tu comptes lui dire quand ?

– Lui dire quoi ? Qu'il est beau ? Il le sait déjà je pense, ironisa-t-elle.

– Pas qu'il est beau, ça évidemment qu'il le sait ! Guitariste et chanteur, puis un rugbyman comme lui, en plus il est devenu baraqué depuis l'année dernière, une vraie masse ! Mais que toi, tu le trouves beau, enfin tu vois, quoi !

– Je n'avais pas prévu de lui dire.

– Mouai... j'ai du mal à te croire. Je pense que lui, il te trouve pas mal en tout cas !

– Tu penses ?

– Je le pense, ouai. Enfin...

– Quoi ?

Chavy sourit du coin des lèvres, gêné.

– Je le sais, on va dire.

– Ah bon ? fit Abbie, étonnée et toute rougissante.

– Bahhh... on en a déjà parlé. On parle tout le temps de ce genre de truc, entre mecs. Et je pense qu'entre vous, les filles, vous en parlez aussi, hein !

– Ah bah je n'ai pas dit le contraire ! Et du coup vous avez parlé de moi ?! riait-elle.

– Beh oui, de toi et de plein de filles !

– Ah voilà, de plein d'autres filles aussi. Donc...

– Ce qui est sûr c'est que lui parle beaucoup de toi...

– Greg parle beaucoup de moi ?

– Et comment ! Ne lui dit pas que j'ai balancé ça, il va me tuer. C'est la faim qui me fait avouer tous ces trucs... tu pourrais me faire chanter avec un morceau de bacon, j'en peux plus, il faut que je mange quelque chose. Bref. Pour Greg, normalement c'est secret, mais là, c'est un cas de force majeure, faut que je fasse avancer les choses. Et c'est pas Norton qui ferait quelque chose !

– Ok, ok...

– Quoi « ok » ? T'es pas heureuse de l'apprendre ?

– Bah... si ! Enfin, ça fait bizarre, quoi, je ne m'y attendais pas.

Abbie faisait mine d'être confuse et surprise, mais était vigoureusement satisfaite d'entendre ça. Elle ne savait pas ce qu'elle ressentait pour Greg. C'était particulier, mais les aveux de Chavy y mettaient un peu d'ordre.

– Pas du tout ?!

Le garçon savait poser les bonnes questions. C'était sans doute son intérêt pour la politique et la rhétorique qui lui permettait d'obtenir toutes ces réponses, et il en était fier.

– Disons que je me doutais d'un petit quelque chose, mais rien de vraiment particulier ! Tu m'apprends beaucoup de choses, toi ! souriait-elle détendue.

– Au moins on avance un peu ! Je suis content d'avoir obtenu ces petites infos, quand même !

– Eh ! Quelles infos ?!

– Bah, que tu l'apprécies bien aussi ! Et que tu le trouves pas mal ! Ah..., souffla-t-il fier de lui, je sens que ça va le faire, vous deux. J'espère !

– Haha, t'es pas possible, toi ! » lui reprocha-t-elle gentiment en lui tapant le bras.

Chavy n'avait aucune expérience en amour, il n'y connaissait pas grand-chose mais savait malgré tout distinguer les failles, les petites brèches invisibles qui lient les êtres entre eux. Entre ceux qui s'aiment, ceux qui se cherchent. Sous ses airs naïfs et innocents et son attitude souvent puérile, il cachait une véritable sagesse, comme un grand frère à qui l'on vient demander conseil. Il observait et ressentait, puis comprenait et apprenait. En cela il semblait connaître les choses comme s'il les avait déjà vécues et traversées, ayant fait face aux expériences, il comprenait les signes, écoutait ses pressentiments. Il devinait lorsqu'on lui mentait, mais personne ne le savait car il gardait tout cela pour lui. Et Chavy sentait bien qu'Abbie avait un penchant timide pour Greg. Il l'espérait aussi, bien sûr. Il la trouvait magnifique, et savait que Greg aussi. En en parlant à Abbie, Chavy ne forçait pas les choses, il les mettait au clair. Il avait compris la différence, alors il savait qu'il ne se trompait pas. Ce n'était plus qu'une question de temps, et d'un peu de volonté aussi.

Les deux équipes qui disputaient un match d'entraînement s'accordèrent une pause, durant laquelle Norton voulait toucher quelques mots à Greg.

« Dis donc, j'sais pas de quoi ils parlent les deux là-haut, mais ils causent depuis une demi-heure, remarquait-il à Greg en parlant d'Abbie et Chavy, assis dans les gradins au-dessus d'eux.

– Oh, Chavy a toujours des trucs à dire, tu sais, répondit Greg en s'essuyant le front recouvert de sueur avec le bas de sa chasuble.

– Ouai, c'est clair !

– Honnêtement, je me doute un peu de ce qu'il dit à Abbie, ajouta-t-il en souriant et en regardant son ami.

– Oui, moi aussi ! répondit Greg en riant et en rougissant. Il fait chier, j'espère qu'il ne raconte pas n'importe quoi ! termina-t-il en se levant du banc pour rejoindre le terrain.

– Tu penses vraiment ce que tu viens de dire, là ? ironisa Norton.

– Pas une seule seconde ! Je le connais, il en a déjà trop dit ».

Audric, Lola et Ninon sortaient de la cantine, encore sur leur faim. Aucun n'avait aimé la sauce à la moutarde ni les légumes, alors Ninon et Audric avaient complété leur repas en grignotant une flopée de morceaux de pain. Lola faisait attention à sa ligne et s'était forcée à manger les légumes, dont elle avait malgré tout laissé la moitié reposer dans l'assiette. Un demi-morceau de pain et un yaourt nature sans sucre, voilà ce qui clôturait tous ses déjeuners au self.

Les trois compères se réjouissaient pour leur soirée au bowling. Ils savaient que l'après-midi serait longue et qu'elle ressemblerait à toutes les autres après-midis du jeudi, des sciences puis des langues. Ils n'avaient en plus de cela pas assez mangé, et Audric était le plus malheureux et trop tendu lorsqu'il attaquait le reste de la journée le ventre vide.

Aux casiers, Chloé interpella Ninon. Elle avait vraiment apprécié les remerciements et les compliments de Ninon. Le fait que Ninon se montre si proche envers une fille comme elle l'avait profondément touché. Chloé admirait Ninon et elle voulait lui dire. Parce qu'elle sentait que c'était le moment. Parce qu'elle en ressentait le courage et l'envie. Pour Ninon, la discussion au casier ne lui avait pas fait grand-chose ; elle était contente d'avoir pu les remercier et cela s'arrêtait là pour elle. La jeune fille appréciait bien Luann et Chloé car elles étaient discrètes et respectueuses. Elles ne dérangeaient personne et ne créaient pas d'histoires, mais elle ne les connaissait pas plus que ça. Mais pour Chloé, les mots de Ninon avaient été forts et touchants et elle prenait depuis ces quelques jours un peu plus confiance en elle. Elle n'avait pas l'habitude de faire ce genre de rencontre, de s'adresser à de telles nouvelles personnes, mais elle voulait le faire avec Ninon. Elle voulait lui dire qu'elle l'appréciait beaucoup. Alors peut-être qu'elle s'y prenait maladroitement, mais elle s'en fichait et n'y faisait pas attention. Les gens qui n'ont pas l'habitude de ça s'y prennent bien souvent bizarrement aux yeux des autres, mais c'est leur façon d'entrer en communication, de faire partie du groupe, de s'intégrer et de se sentir reconnu, apprécié, soutenu. Chloé en ressentait le besoin et savait qu'en s'ouvrant au monde, elle grandirait, et qu'en le faisant avec Ninon, elle ne risquait rien. Pas de moquerie, pas de jugement, pas de peine. Les mots de

Ninon la travaillaient beaucoup depuis quelques jours. Les compliments sur ses dessins, les remerciements. Ce n'était pas grand-chose, quelques mots peuvent souvent paraître bêtes et sans importance, mais pour certains, cela peut faire beaucoup. Tout peut compter, et Ninon ne le savait pas assez. Comme des mots peuvent blesser et anéantir, d'autres peuvent remplir de joie et de bonheur. Chloé ne savait pas pourquoi, mais elle se sentait obligée de lui parler. Lui dire ce qu'elle pensait, sans doute pour être reconnaissante, pour que Ninon aussi puisse rougir de compliments qu'on lui offre. En recevait-elle beaucoup, des compliments ? Chloé ne le savait pas. Pour elle, ce n'était pas quelque chose que l'on compte. Les mots sont simples, certains sont difficiles à prononcer, à avouer, mais tous ont une valeur que seuls les plus sensibles, ceux qui écoutent les cœurs et qui ressentent les choses, arrivent à reconnaître.

« Ninon ?

– Oh, salut Chloé ! Oui ? répondit-elle surprise de la revoir à son casier.

– Je peux te parler ?

– Euh... oui, bien sûr. J'ai cours dans quelques minutes, mais dis-moi tout, lui disait-elle en faisant signe à Audric et Lola d'attendre près des escaliers.

– Tu sais, je peins de temps en temps, et... en fait, heu, je peins dès que je peux, pour tout te dire. Et j'ai eu l'occasion, avec le Centre Jeunesse, de pouvoir faire une petite exposition ce week-end, à la salle Ruth Benedict.

– Celle du quartier Neuf Pays, près du Jane&Tonio ?

– Oui, celle-ci !

– C'est génial ! J'ai déjà vu quelques-uns de tes dessins, mais je ne savais pas que tu étais investie à ce point-là, que tu peignais autant !

– Je n'en parle pas à grand monde, je n'ose pas encore partager ça... rougissait Chloé. Mais c'est vrai que j'adore ça, oui. Et du coup, je me demandais si tu voulais passer y faire un tour. Avec qui tu veux, l'entrée est libre et gratuite, et ça me ferait vraiment plaisir !

– Je vais me débrouiller pour venir, j'adorerais voir ce que tu fais de tes belles mains !

Chloé avait à présent le sourire aux lèvres, bien que tendrement gênée par les mots délicats de Ninon. Elle semblait moins stressée et moins timide qu'à l'entame de la discussion, mais son cœur battait vite et fort.

– Oh ! Merci ! C'est super gentil de ta part, je serai contente de te voir ! »

Elle était la plus heureuse du monde et, perdue dans ses pensées, n'avait pas remarqué le silence qu'elle laissa à la discussion. Ce n'était ni grave ni gênant, mais Chloé appréhendait la réponse de Ninon avant de lui adresser la parole, et elle était maintenant soulagée. Ninon souriait et finissait de trier ses feuilles de cours dans le casier. Quelques instants après, elle s'apprêtait à ranger ses affaires et rejoindre Lola et Audric devant les escaliers, mais Chloé ajouta une dernière chose.

« Et aussi, je voulais te dire, je t'admire beaucoup.

– Oh non, Chloé, c'est super chou !

– Je me sens trop bête, rit-elle de gêne, mais t'es un modèle pour moi, et je voulais te le dire, vraiment. J'aimerais être aussi forte que toi pour beaucoup de choses, aussi courageuse et aussi belle.

– Chloé... vient là ! »

Elle la prit dans ses bras et la serra fort, lui chuchotant affectueusement à l'oreille qu'elle était une fille tout aussi forte et tout aussi courageuse. Puis qu'elle était une fille magnifique, bien plus belle et talentueuse qu'elle.

Chloé en avait les larmes aux yeux. Elle était heureuse, parce qu'elle avait enfin ce sentiment d'être « quelqu'un ». Sensible comme tout, cela faisait beaucoup d'émotion pour elle. Aussi, elle était fière d'avoir eu le courage de lui parler, de lui dire ce qu'elle avait sur le cœur et d'avoir reçu une telle tendresse et la plus belle des réponses de Ninon. Et une larme légère coulait sur la joue de Ninon. Une larme d'amour, parce qu'elle trouvait Chloé sincèrement fabuleuse. Une larme de remords, pour toutes les choses qu'elle n'avait jamais osé dire, puis parce qu'elle comprenait la difficulté que certaines filles, certaines personnes pouvaient traverser, ces murs infranchissables qui se dressent. Cette larme coulait pour la timidité, le courage et le cœur de Chloé. Et, en ressentant la chaleur de la peau de Ninon, sans doute que Chloé devinait que derrière sa tête, une larme prouvait la reconnaissance que Ninon avait pour elle et trahissait une discrète faiblesse, que Chloé ne voyait jamais chez Ninon. Que personne ne voyait jamais chez cette fille. Et sans doute Chloé savait-elle aussi que c'était la première fois qu'une larme sincère lui était versée.

En rejoignant les autres, Ninon n'avait rien raconté de cela. Elle voulait garder cet instant pour elle et pour Chloé, rien ne servait de le dire aux autres. Elle n'en n'avait pas envie. En montant les marches, Ninon les avait seulement informés de l'exposition de Chloé et ajouta qu'elle la trouvait « trop choue », en repensant secrètement à cette larme versée.

Ben croisa Marc dans les couloirs mais ils ne s'adressaient plus la parole. Personne ne savait vraiment pourquoi. Ben semblait évoluer, il voyait d'autres personnes et ne ressentait plus aucune proximité avec Marc. Il avait été certainement trop loin, et les événements que Ben avait traversé ces derniers temps l'amenaient à changer son comportement. Les discussions avec Ninon, le harcèlement sur Lola dans le tramway. Il ne disait pas grand-chose, ce qu'il pensait, ce qu'il ressentait, il fallait le deviner, le comprendre.

Les cours avaient repris en salle de sciences. Greg et Norton s'étaient bien dépensés au volley lors de la pause méridienne et le déjeuner les avait satisfaits. Chavy parlait toujours autant, cette fois-ci avec Lucas. Ils étaient assis à côté dans cette matière, alors ils en profitaient pour discuter tout le long. D'autres élèves étaient moins dynamiques, Marc gribouillait sur sa trousse tandis que Ninon s'amusait avec les surligneurs de Lola. Abbie et d'autres camarades près d'elle écoutaient le cours, seul Audric avait décroché. Son ventre criait famine et la fatigue lui empêchait tout effort intellectuel. Le cours avait commencé depuis quelques minutes mais la plupart des élèves avaient l'impression d'y avoir passé la journée. Chacun guettait l'heure sérieusement et avait hâte de finir ces deux heures de classe. La professeure continuait son monologue et avait repris la leçon là où ils s'étaient arrêtés au derniers cours. Une demi-heure était passée et la professeure décida de sortir tous les élèves de leurs rêveries pour une activité manuelle. Lorsqu'elle posa une grosse boîte en plastique, l'attention de tous les étudiants se dirigea vers celle-ci. « Oh nan, s'écria Audric, qu'est-ce qu'on va encore faire ? », en regardant Abbie et deux autres camarades assis près de lui. Greg et Chavy se réjouissaient déjà, mais personne ne savait ce que la boîte contenait.

« J'ai dans cette boîte..., présenta la professeure, une quinzaine d'yeux de bœuf.

– Argh ! réagirent Ninon et Lola, pendant qu'Audric, Abbie et les autres élèves assis au-devant de la classe exprimaient un dégoût innommable.

– Trop cool, fit Chavy.

– Ok mec, t'es super bizarre, lui adressa Norton.

– Nous allons former des groupes, en fonction du nombre d'yeux qui sont à disposition, et vous allez les disséquer pour voir de quoi se compose un œil.

– Non, madame, ne me faites pas ça ! s'exclama Fanny.

– Pauvre bête, ajouta Lucas, en plus Fanny ne mange pas de viande. Imagine le supplice ! rit-il avec Chavy.

– Vous devrez ensuite m'indiquer quels sont les différents éléments. Je vais faire passer des feuilles avec un schéma à compléter. C'est aussi un excellent moyen de voir ceux qui suivent le cours ! ironisa-t-elle.

Audric se retourna d'un sourire complice vers Lola et Ninon, pressé de les rejoindre pour former un groupe.

– Alors JE fais les groupes, donc ne commencez pas à courir à droite à gauche, s'il vous plaît ! interrompu la professeure en s'adressant à Chavy qui courait déjà chez Greg et Norton.

Audric se retourna à nouveau vers ses copines, en faisant mine de pleurer. Elles rirent puis stoppèrent directement, en regardant la professeure, qui présentait fièrement un des yeux à disséquer, qu'elle tenait dans ses doigts, devant la classe entière.

– Oh non je peux pas, réagit Audric en se retournant et en cachant son visage avec ses deux mains.

– Non non non, madame non ! gloussait Fanny à la vue de l'œil.

– Eh madame ça va pas la tête ? Vous nous portez l'œil là ! » cria Marc du fond de la salle, fier de son jeu de mot qui fit rire quelques personnes de la classe.

Greg et Norton se réjouissaient de trifouiller l'œil et évoquaient le jour où ils avaient disséqué des cuisses de grenouilles. Ils se rappelaient la bataille de petits morceaux de cuisse, que les élèves s'étaient jetés à travers la salle. Norton était fier d'avoir traumatisé ce jour-là plusieurs filles de la classe, mais il se souvenait surtout des morceaux collés au plafond. Greg supposait qu'il y avait sans doute encore aujourd'hui des restes dans cette salle de classe, et Norton acquiesça sans hésiter. L'enseignant de sciences avait été vert de rage mais les deux copains en gardaient un souvenir hilarant.

Pendant que la professeure passait dans les rangs pour distribuer les yeux de bœuf et les outils nécessaires à l'atelier pratique, les groupes se formaient. Audric, Amel et Abbie se retrouvaient ensemble. Ninon se retrouvait avec Fanny et une autre copine, tout aussi dégoûtée que Fanny, ce qui ne mettait pas Ninon à l'aise. Lola faisait équipe avec Norton et Ben, tandis que Greg se joignit à Lucas et deux autres camarades. La dissection de l'œil occupait toute l'attention des élèves, désormais loin des tensions, des distances et des a priori le temps d'un cours de sciences.

Tous les élèves étaient investis dans leur tâche, même Marc. Peu importe qui l'on est, lorsqu'on doit faire face à quelque chose de nouveau, un évènement qui nous dépasse, eh bien on met les masques de côté, on sort du rôle que l'on aime jouer ; on est mis sur un pied d'égalité, comme si la vie se permettait, de temps en temps, de rappeler à chacun qui il est réellement. L'adolescence, c'est aussi cela, vivre ces moments de retour à soi sans brutalité, en l'acceptant naturellement et inconsciemment, en le ressentant comme une normalité, un moment qui sort du temps habituel. Cette activité de dissection sortait du cadre habituel des cours de sciences – et de tous les autres cours de la journée, d'ailleurs. Marc faisait toujours l'idiot, mais il était fasciné par la tâche à effectuer. Il ne se préoccupait plus des autres camarades de classe, oubliait les moqueries et la violence sans s'en rendre réellement compte. Il faisait des blagues et était, pour une des rares fois de l'année, proche et complice avec les autres élèves, quelques-uns étonnés de ce comportement. Il se trouvait, avec tous les autres, confronté à quelque chose qu'il n'avait jamais fait et cela le rendait innocent et égal aux autres. La professeure de sciences avait déjà réalisé cent fois cette expérience, elle connaissait l'anatomie par cœur et l'œil de bœuf n'avait pas de secret pour elle. Marc, habituellement provoquant et hostile envers toute autorité, ne montrait ce jour-là pas d'indécence à l'égard de la professeure. Il écoutait ses explications, aidait les membres de son groupe et distinguait presque un brin d'admiration envers le courage et la facilité de l'enseignante. Malgré le comportement qu'avait Marc la plupart du temps, on voyait bien durant cet atelier la réelle différence entre lui et sa professeure. Elle ne se montrait plus soumise au comportement de Marc mais bien supérieure ; elle savait, lui non et le ludisme rendait possible l'attention et le respect de Marc. Un tel moment était rare et la professeure savait qu'une fois le cours terminé, Marc redeviendrait l'insaisissable personnage qu'il aimait être. Elle savait aussi que ces moments étaient importants, rares mais pleins de bon sens. L'humilité permet de grandir en maturité et d'apprendre en sagesse ; elle guide vers la réelle valeur des choses.

C'est avec rires et bonne humeur que les élèves quittèrent la salle de sciences. Les cours suivants se déroulèrent dans la bonne humeur, les élèves encore excités ou choqués par l'atelier pratique en sciences. Certains avaient quitté le cours, bousculés par la tâche à effectuer. Fanny avait eu du mal à rester de marbre devant l'œil de bœuf et n'a pas pu finir le cours, suivie par une camarade en pleurs. Greg et Chavy ont dû demander les réponses à Ninon car ils avaient charcuté d'une manière trop barbare leur objet. Ils ne distinguaient plus les différents éléments de l'organe.

Le professeur d'Histoire avait du mal à calmer les étudiants pendant son heure de cours. Chavy était inarrêtable et Lucas enchaînait les blagues. Marc faisait le pitre avec d'autres filles de la classe, à qui il ne parlait pas habituellement. Les travaux de groupes favorisent les rencontres et créent des liens, les enseignants le savaient bien. Au lieu d'essayer de commencer tout autre travail, le professeur eut l'idée d'organiser un débat, une discussion sur un sujet choisi par les élèves. Tout de suite, Ninon, qui ne prenait habituellement pas la parole, proposa de discuter sur l'avenir qu'ils imaginaient pour eux, pour leur société plus généralement. C'était un sujet qui lui tenait à cœur, tout comme à Chavy et à Abbie.

« Moi, je propose qu'on parle de ça, de plus tard et de comment on imagine le futur, entama Ninon.

– Ouai, je suis d'accord, ajouta Chavy. C'est vachement important, ça !

– Et c'est reparti..., se plaignait Marc, déjà agacé de ce qu'ils diraient.

– Ça me paraît être un sujet adéquat, autorisa le professeur. Qu'as-tu à dire, Ninon ?

– Y'a plein de choses à dire, je ne sais pas trop par quoi commencer, hésita-t-elle.

– Déjà, intervint Chavy, sans trop rentrer dans le détail, l'environnement et les combats au sein de la société comme sur le féminisme ou l'aide des réfugiés sont des luttes qu'on doit clairement prendre en compte dans notre vie quotidienne, surtout pour notre génération.

– Oui, des habitudes et des sortes de « normes » que nous tous devons intégrer, en fait, poursuivi Ninon.

– Genre ne plus manger de viande ? suggéra Norton.

– Quoi ? Plus de viande ? Je vous dis tout de suite, c'est mort pour moi, je continuerai à en manger, grognait Marc, énervé.

– Bah... moi, je ne pense pas que ça veuille signifier ne plus manger de viande, mais plutôt de faire attention à ce qu'on mange, expliqua Abbie.

– Acheter les produits qui viennent de chez nous ? demanda Greg.

– Oui, voilà, ce type d'habitude à prendre ! confirma Ninon. Je pense qu'on doit vraiment faire attention à ça, c'est important de privilégier les petits producteurs locaux.

– Vous jeunes avez de nombreuses responsabilités entre les mains ! Si vous intégrez ces habitudes de consommation, le monde se portera mieux, c'est certain, leur confia le professeur. Mais il y a d'autres combats, évidemment.

– On va sauver le monde, monsieur ! s'exclama Chavy sous les regards dépités de ses camarades.

– Presque, oui ! riait le professeur. En fait, c'est tout un mode de vie à adopter pour que le monde prospère de la meilleure des façons. La consommation impacte l'environnement, par exemple. En intégrant une manière de consommer, on agit sur l'état de la planète. Le climat se réchauffe, l'air est pollué, on dégrade à la fois la couche d'ozone et la nappe phréatique... Mais pour pallier cela, il faut innover, trouver des alternatives, des solutions optimales ! Alors on cultive autrement, plus « intelligemment » si on peut le dire ainsi, certains producteurs retrouvent les techniques d'autrefois que l'on remet au goût du jour, en stoppant les produits chimiques les plus dangereux, notamment. Mais les consommateurs, ce sont eux qui guident le marché, aussi. Alors chacun d'entre vous doit reconnaître sa part de responsabilité et faire des concessions qui vont dans le sens du mouvement, de l'innovation, du changement, de la nouveauté et du progrès, tout simplement. Il faut remédier à la surconsommation, s'engager dans la protection des espèces, freiner les lobbies qui mettent en danger la santé, l'environnement, la biodiversité...

Ce sont des choses que vous devez comprendre dès maintenant pour pouvoir l'intégrer dans votre vie future.

– Mais monsieur, comment nous, tous seuls, de chez nous, on peut genre sauver le monde ? Je comprends pas, intervint Marc, en se balançant sur sa chaise et en se tenant au mur pour garder l'équilibre.

– C'est l'action de groupe, en fait, répondit Chavy. Toi, tout seul, tu ne changeras pas grand-chose. C'est seulement si nous, tous ensemble, on se comporte d'une certaine manière, que les choses changeront.

– Mh... ouai, peut-être, murmura Marc, insatisfait.

– C'est comme pour les mouvements sociaux, continua Chavy. Si tout le monde se met à lutter contre les inégalités, contre les injustices, on arrivera à faire bouger les choses.

– C'est pareil pour la lutte en faveur des droits des femmes, compléta Ninon.

– C'est tout à fait vrai, Ninon, acquiesça le professeur.

– Depuis toujours, on lutte pour la place des femmes dans la société, contre la violence qui leur est faite, et les lois ne font pas tout. Parce que d'abord, quand on acquiert une loi, elle peut changer à tout moment, puis l'égalité, ou plutôt le semblant d'égalité, qui est cité dans les droits ne veut rien dire en matière d'égalité dans les faits...

– Ah, on a une féministe dans la classe ! remarquait le professeur.

– Oh... j'ai rien compris, putain, fit Marc.

– Euh... non, monsieur, répliqua-t-elle un peu gênée, je ne me considère pas féministe. Pour moi, c'est inconcevable de « ne pas être féministe », justement. Être féministe, c'est juste normal, c'est juste reconnaître l'égalité qu'il doit y avoir entre les hommes et les femmes, c'est ne pas laisser passer les inégalités et les injustices subies par les femmes. Enfin, pour moi, c'est juste logique et normal, c'est pas une étiquette que l'on se colle ou un rôle que l'on se donne, d'être « féministe ».

– Par exemple, là, monsieur, votre manière d'avoir fait votre remarque, interpellait Lola, c'est un peu dégradant.

– Ah oui ? répondit-il intrigué.

– Bah... je l'ai perçu comme ça, personnellement, comme si vous placiez tout de suite le discours de Ninon dans un plaidoyer de revendications un peu lourdes et redondantes alors que c'est juste normal, ce qu'elle dit.

– Je n'ai jamais dit le contraire ! Mais bon... je m'en excuse, alors, si vous l'avez mal pris, répondit-il gêné par la situation.

– C'est justement en considérant les discours « féministes », comme vous dites, de cette manière, un peu dégradante...

– Dévalorisante, ajouta Lola.

– Ouai, dévalorisante et stigmatisante, en fait, que vous perpétuez à classer ces discours comme des débats sans fond et sans fin, alors que c'est justement en considérant pleinement ces discours-là, en les rendant légitimes et sérieux, qu'ils rentrent dans la norme et qu'on pense enfin comme il faudrait penser, affirma Ninon.

– Et il faudrait penser comment ? interrogea le professeur.

– Penser d'une manière égalitaire ! Penser à la charge mentale des femmes qui est écrasante, penser à revoir tous ces rapports de pouvoirs qu'ont les hommes sur les femmes... Puis, même simplement, changer toutes les normes qui sexualisent les femmes pour un rien, qui obligent les femmes à s'épiler, à garder une taille fine... Enfin, toutes ces choses, quoi », termina Ninon.

La classe s'était largement calmée et avait adopté un air de sérieux et d'intérêt, de la part des élèves. La discussion continuait sur les droits des femmes, l'environnement, la politique un petit peu. Chacun ajoutait sa pierre à l'édifice avec ce qu'il possédait comme connaissance en la matière. Chavy alimentait le discours politique et social, Lucas et Greg s'étaient investis dans les discussions sur l'environnement, Ninon s'était aussi exprimée sur les conditions des migrants, des réfugiés, des enfants qui quittent leur famille à cause de la guerre.

En discutant ensemble, les lycéens s'étaient montrés intéressés et matures. Pendant ce moment de débat, ils avaient ôté leur tenue d'élèves et fait entendre leur voix d'adultes en devenir, ceux qui choisiraient leur monde futur, qui décideront vers quoi tendra la société. C'est aussi dans de tels moments, à travers ces arguments et ces vocations, que l'on s'élève, que l'on s'ennoblit, que l'on fortifie son être et la passion qui nous guide.

XII

Ravivons les cœurs

Dehors, il faisait nuit, et l'obscurité qui s'impose et que l'on observe de l'autre côté des fenêtres apporte souvent avec elle un voile apaisant, rendant proches et fraternels les uns avec les autres. C'était ce qui avait lieu dans la salle de classe du cours de langue de Mme Garnierre. L'excitation de l'après-midi était redescendue, comme partie avec la volupté et la franchise du soleil. Le peu d'autorité de l'enseignante faisait sa faiblesse lorsque la classe s'emportait et que Marc décidait de conduire le cours à la débandade. Mais ce soir-là, rien de tout cela. Mme Garnierre était d'humeur heureuse et sympathique, au grand enchantement de ses élèves. Le travail pratique du cours de sciences et le débat avec le professeur d'Histoire semblaient les avoir tous rapprochés et en cette fin de journée, ils montraient une maturité et une raison peu connues de Mme Garnierre. Elle s'en réjouissait, même si elle avait peur que Marc en profite pour faire l'intéressant ; mais il n'en était rien, le jeune homme ne disait pas grand-chose et se reposait sur sa table, comme à son habitude. La faiblesse habituelle de l'enseignante laissait aux camarades la simple liberté de parler à leur aise, sans abuser ni compromettre l'ordre et l'ambiance de la classe. Ils discutaient simplement, se montraient intéressés par le cours et rigolaient avec Mme Garnierre, étonnée et satisfaite des conditions de travail qu'elle avait peu l'habitude d'obtenir. Le cours touchant à sa fin, les plus participants et investis d'entre eux comprenaient à quel point l'assimilation de la leçon est plus simple et le déroulement de l'heure de cours plus agréable quand on le fait dans le respect, le calme et à l'écoute des autres ; les élèves voyaient ce à quoi devait ressembler leur comportement, le « cours idéal », le travail d'un bon étudiant. Certains ressentaient au fond d'eux ce qu'était le bonheur d'aller à l'école, d'avoir des camarades et de recevoir des cours, peut-être comprenaient-ils la chance qu'ils avaient de partager ces moments, d'être là, entourés et heureux.

La sonnerie retentit dans les couloirs du lycée et décrétait la fin des cours. Les élèves eurent une journée plutôt remplie et mouvementée, et semblaient l'avoir pour la majorité bien appréciée. Ils quittèrent tous la salle des langues, contents d'avoir achevé leurs cours, et pour quelques-uns d'entre eux, pressés de se retrouver au bowling. Audric était le dernier à sortir, il laissa Lola et Ben partir ensemble, immergés dans leur discussion. Ce n'était pas pour rien qu'Audric prit son temps à ranger ses affaires ; il souhaitait prendre un petit instant au calme pour discuter un peu avec Mme Garnierre. Il avait été touché par les aveux de cette dernière et cela lui trottait dans la tête depuis. Il y pensait beaucoup, et ce soir, il avait décidé de prendre des nouvelles d'elle plus régulièrement. Audric était d'une grande sensibilité, plus que la plupart de ses amis. C'est aussi pour cela qu'on aimait se confier à lui et venir lui demander conseil : il pesait le pour et le contre des différentes situations, arrivait à se mettre à la place de chaque personne. Il aimer écouter, réfléchir, trouver des solutions pour sortir des impasses et surmonter les difficultés. Il n'aimait pas les prises de tête. Pour lui, rien n'était plus stupide que de se mettre soi-même des bâtons dans les roues. C'était absurde de se ralentir la route, de se plaindre, de ne pas chercher à avancer, de ne pas vouloir aller de l'avant. C'était dans sa nature de ne pas laisser les incertitudes s'éterniser et les obstacles s'ancrer dans la vie. Même si cela demandait des efforts incommensurables et une infinie énergie !

Durant leurs entrevues, Mme Garnierre ressentait tout cela chez Audric. Elle était professeure, ayant une longue carrière déjà, mais elle était aussi une mère. Une mère qui a eu des enfants à écouter. Une mère qui a perdu un fils. Une mère qui depuis des mois désormais se battait contre une maladie. Si Audric savait tout cela, c'est parce qu'il s'était attaché à elle et qu'eux deux se confiaient. Elle mettait de côté, le temps d'une discussion, la distance qu'elle gardait en tant que professeure avec ses élèves. Pour elle, cela ne comptait plus. Ça n'avait plus d'importance, elle s'autorisait à devenir proche d'un d'entre eux, puis elle le voyait comme un ami, un simple être humain qui lui rappelait sans doute le fils qu'elle ne pouvait plus écouter. Elle avait décidé d'effacer cette étiquette de simple élève à qui elle enseignait les langues. Perdre un enfant, c'est perdre un monde, comme tout peut sembler vide à la perte d'un proche. Ce monde, elle le gardait éveillé dans son cœur, depuis toujours et à jamais. Ces courts moments de proximité avec Audric lui donnaient le droit d'embrasser ce monde écroulé, de se tenir plus proche de son fils. Effacer la distance tenue avec l'élève, se rapprocher de l'humain qu'il est, de l'âme qu'il possède.

Ça fait du bien, parfois, de casser les règles. On avance, on progresse, on vit.

En rentrant, fatiguée de sa journée, Ninon croisa son père, Steffen, avachi comme à son habitude dans le fauteuil, devant la télé que Ninon trouvait trop lassante et trop monotone. Il finissait une bière, sûrement la cinquième de la journée. Elle le regardait d'un œil maussade et peiné, et ce depuis bien longtemps. Elle n'avait plus aucun attachement avec son père, elle n'y voyait ni fierté ni rien à partager avec lui. À mille lieues des débats prônant la justice, la liberté, l'indulgence, le respect ou la solidarité, quand Ninon rentrait chez elle, elle ne voyait que son père aussi ivre que fermé d'esprit. Ni espoir, ni valeur, uniquement des discours soutenus par la haine et la bêtise et une parole irrecevable. Le contraste était fort, le contraste était violent. Le contraste était regrettable, malheureusement irrécupérable. Les causes pour lesquelles Ninon luttait défendaient tout ce que Steffen déclarait. La distance qui s'était installée entre elle et son père était trop importante pour l'occulter. Ninon défendait les valeurs que défendaient aussi ses amis, ce qui lui tenait à cœur, ce pourquoi elle voulait se battre et continuer de vivre en fréquentant un discours aussi bas que celui de son père lui était impossible. Ninon voulait s'élever, elle voulait avancer et son père n'était qu'un frein à cela ; le contraste qui la brusquait lorsqu'elle rentrait chez elle devenait presque invivable. Elle comprenait à quel point les amis peuvent être des piliers en termes d'orientation, de bien-être, de reconnaissance et de solidarité.

Ninon, Ben, Lola, Audric, Greg, Chavy et Norton se retrouvèrent à leur table habituelle, au Jane&Tonio. Audric et Lola partagèrent une pizza et Lola donna les champignons éparpillés sur ses parts à Audric. Ninon se contenta d'une salade au maïs et aux cubes de fromage. Elle mangeait moins de viande, par pure conviction. Les garçons, eux, choisirent tous le menu au maxi burger et se partagèrent un énorme plat de frites, dont Ninon s'autorisa à prendre quelques poignées.

« Abbie nous rejoint ce soir ? demanda Chavy à Ninon.

– Oui. Elle a son entraînement de volley, là. Elle m'a dit qu'elle nous rejoindrait après.

– Cool ! Ça va mieux avec elle ?

– On ne s'est pas encore beaucoup reparlé, toutes les deux. Mais notre discussion d'aujourd'hui s'est bien passée. On est contentes de se retrouver !

– Ça vous fera du bien, de vous retrouver, affirma Lola.

– C'est sûr. Mais, je ne sais pas, je pense que ma prise de distance était nécessaire. J'en avais besoin, en tout cas.

– Et ça se comprend, t'inquiètes pas, la rassura Audric. Puis ça lui a sûrement permis de comprendre qu'on doit faire attention à ce qu'on fait, à ce qui peut se retrouver sur les réseaux sociaux…

– Elle n'est pas totalement fautive, Audric, Marc a aussi fait n'importe quoi, ajouta Greg.

– C'est vrai, continua Ben, Marc a été une vraie ordure. Ok, Abbie, tout comme n'importe qui, doit se méfier de ce qui peut être posté sur internet, mais Marc ne mesurait absolument pas les conséquences possibles après avoir publié ces images. C'est un con.

Les autres étaient heureux d'entendre ces paroles sortir naturellement de la bouche de Ben, jusque-là bras droit de Marc. Ninon semblait plus satisfaite que le reste du groupe.

– Marc est un enfoiré, et ça le restera toujours, même si parfois, il peut se montrer gentil et comique, assura-t-elle.

– Je suis d'accord avec toi, répondit Ben.

– On l'est tous, je crois, rit Chavy.

– Et pour être honnête, j'étais loin de penser que tu pourrais changer aussi, avoua-t-elle à Ben. Mais t'as changé, et je suis ravie.

– Eh ouai, t'as vu ça ! sourit-il fièrement en écartant les bras, regardant complice Ninon et Lola. »

Ninon savait que si Ben avait changé, c'est parce qu'il s'était confié. Il avait écouté Ninon, retenu les leçons de ses erreurs, s'était comporté comme un homme avec Lola. Les bouleversements viennent parfois à l'encontre d'une personne comme la vague trop forte vient tailler le roc. Cela change bien souvent la personne, qu'elle le désire ou non. Le rocher n'évite pas la vague. Avec un peu d'idéal, on peut se dire qu'avec le temps, le rocher est préparé à affronter la vague, qu'il comprend qu'il y a et qu'il y aura des vagues, aussi fortes soient-elles, qu'il ne devra qu'affronter. Certaines parties ne bougeront pas, d'autres s'effriteront. L'écume et la vie peuvent s'acharner sur le caillou, c'est lui qui décidera quoi en faire. Ben avait abandonné tout ce qui ne lui plaisait plus, ce qui lui causerait du tort. Il se détachait de ce qui le dégoûtait chez lui tout en gagnant en maturité. Comme s'il avait naturellement mué. Le soir où il s'était occupé de Lola, il avait vu, compris ce qu'un homme pouvait faire à une fille, avec de simples mots. La peur, le dégoût, les pleurs ; il avait senti tout cela dans les yeux et les larmes de Lola. Le garçon qui se tint face au harceleur du tram, Ben l'avait désormais bien saisi, ce ne fut pas le lycéen, mais l'homme qu'il deviendrait avec le temps. Celui qui se comporte avec dignité, qui protège ce qui lui tient à cœur, celui qui avait laissé s'effriter le vain, le méchant, l'immature. Ben se détacha ce soir-là, en une fraction de seconde, de ces poids qui étaient bien inutiles et sans importance à son égard. Il affronta les vagues et laissa derrière lui les marques de la mauvaise influence, de la stupidité. Et en sentant les battements du cœur de Lola, ses tremblements, ses frissons, il devint un homme et savait qu'il était changé pour de bon.

Chavy avait un regard méfiant et critique envers les réseaux sociaux et tout ce qui se partageait sur le net. Il savait le bon côté que tout cela apportait, mais se méfiait de toutes les conséquences que cela pouvait aussi engendrer. Le groupe l'avait bien vu avec Abbie. Avec ses photos, Marc a eu une emprise sur Abbie. Elle était tombée dans le piège de l'impardonnable comportement de son copain. Elle avait commis une erreur, mais cela arrive. Des erreurs, tout le monde en faisait. À leur âge, les erreurs surviennent comme si elles étaient là pour servir de leçon, comme si elles devaient être commises pour que les jeunes comprennent. Tantôt ils écoutent et changent, tantôt ils continuent de flirter avec les vagues des événements, à provoquer la colère et danser avec les flammes, à leurs risques. Une chose était sûre, Chavy savait que cette mésaventure servirait de leçon à Abbie. Ninon et lui savaient que ces choses-là, l'alcool, la fête, l'inconnu, l'excitation, le désir n'étaient pas des interdits et ne devraient jamais l'être – aussi étaient-ils tous les deux les premiers à goûter à tout cela –, seulement faut-il savoir avec qui l'on fait ces choses-là, ce que l'on risque à essayer tout ça. Ce que Chavy voulait dire, c'était que l'on pouvait essayer, découvrir, tenter mille et unes choses, et que c'était le principe même de la liberté, que cela signifiait « vivre » tout simplement, « profiter », mais qu'il fallait le faire avec intelligence, que l'on puisse retomber sur ses pattes sans souci. « Faut s'éclater, faire autant de conneries que l'on veut, mais le faire intelligemment, sinon on est le con dans l'histoire », répétait-il souvent.

Une chose que seul Audric avait comprise était la trahison qu'avait subie Abbie de la part de Marc, en plus du sentiment ignoble de l'humiliation suite à la publication des photos. Abbie était attachée à Marc, elle ne savait l'expliquer, mais elle était attachée à lui jusqu'à ce jour-là. Elle éprouvait des sentiments, lui faisait confiance malgré tout ce qui avait déjà pu se passer. Le jour où elle est arrivée face à Marc après avoir découvert les photos de la soirée publiées sur les réseaux, elle était détruite. Moralement et sentimentalement. Humiliée et trahie, « prise pour une conne », comme elle le définissait. Ça, Audric le gardait en tête. Ninon et Lola avaient un peu oublié ce côté de l'histoire, ne comprenant pas comment leur copine avait pu s'attacher à quelqu'un comme lui. Mais ce soir, au Jane&Tonio, Marc somnolait dans le gouffre profond de l'estime que chacun portait envers lui. Personne ne lui donnait aucune considération, tous soutenaient Abbie. Ils savaient qu'elle avait compris, Ninon en avait assez de la distance prise avec elle et tous voulaient les revoir ensemble à nouveau.

L'ambiance à leur table était mouvementée, tous étaient excités par cette soirée. Ils étaient heureux de se retrouver ensemble, Chavy et Norton blaguaient sur tout et faisaient rire les autres, comme à leur habitude. Les burgers leur ayant rempli l'estomac et les garçons se tordant de rire sans arrêt, ils commençaient à avoir mal au ventre, mais cela ne les empêcherait pas de s'amuser au bowling. Ben était nouveau dans la bande mais il était déjà bien intégré. Greg appréhendait sa venue, il n'avait jamais été proche de lui et avait en réalité plutôt une mauvaise impression de l'ancien copain de Marc. Mais les fous rires qui avaient lieu durant le repas prouvaient que les garçons s'entendaient bien, et que Ben était aussi bon public que franc complice de nombreux délires. Il ne connaissait ni Norton ni Greg très bien jusqu'à ce soir-là, et remarqua à quel point ils étaient drôles, sympathiques et matures ; bien plus qu'il ne l'imaginait. Quand ils se vannaient ou se moquaient, il n'y avait ni méchanceté ni volonté d'humilier. Ils respectaient la règle d'or de Chavy, celle de faire les choses intelligemment. Et c'est grâce à cette conscience commune, ce respect instauré que l'humour était possible, qu'il y avait un esprit de groupe serein et qu'ensemble ils arrivaient à avancer. Dès lors que certains aspects toxiques règnent dans un groupe, il ne reste soudé que très peu de temps. C'est aussi de cette manière qu'on rencontre de nouvelles personnes, qu'on découvre celles qui nous ressemblent ou ne nous ressemblent pas, et que certains changent, apprennent, se trompent.

Le groupe sortit repu, en ce qui concernait surtout les quatre amateurs de burger, et tous marchèrent dans les rues illuminées du Neuf Pays. Un quart d'heure de marche les séparait du bowling, et la promenade se déroula dans les rires et la bonne humeur. La fraîcheur de l'air fit se coller Lola à Ben au bout de cinq minutes de marche dans les ruelles pavées. Chavy et Norton s'amusaient à enjamber à tour de rôles les poteaux et poubelles dans la rue, bien qu'ils n'eussent pas tenu longtemps, le ventre plein, les galipettes étaient difficiles. Greg, lui, marchait plus loin devant avec Audric et Ninon. Ils discutèrent rapidement de Mme Garnierre, pour laquelle ils ressentaient beaucoup d'empathie, puis d'Élodie, la petite amie de Ninon. Elle racontait à Audric et Greg une énième fois leur rencontre lors de la soirée chez le coéquipier de Marc, leur discussion sous les étoiles, perchées sur le toit. Ça avait été le coup de foudre pour elle, se rappelait Ninon. Jamais elle n'oublierait cette nuit. Elle gardait aussi ce souvenir bien ancré parce qu'elle voulait oublier celui du débordement d'Abbie avec Marc.

Élodie était restée quelques jours avec Ninon. Elles ont pu se découvrir encore, progressivement. Il y avait ce que l'une aimait chez l'autre, ces petits moments de bonheur, elles ressentaient ce qu'était l'affection, de se sentir écoutée et comprise. Ninon partageait des moments différents de ceux qu'elle avait l'habitude de vivre avec Abbie et Audric. Elle aimait être avec Élodie, discutaient de tous ces tas de choses, ces sujets qui semblent infinis et sans réponse. Elles se complétaient, donnaient à l'autre ce dont chacune avait besoin, ce qui leur manquait, leur plaisait.

La beauté de l'amour ne réside pas tant dans le fait de montrer au monde toute la reconnaissance et l'affection que l'on ressent pour l'autre, elle est bien plus humble ; ces petits gestes qui servent à faciliter la tâche de l'autre, à donner le sourire, à soulager, montrer que la personne compte. Elle est une poésie discrète et la jeunesse de l'âge lui donne un aspect tendre et naïf. Quand elle est naturelle, la beauté de l'amour est sincère, réelle, savoureuse. Il était bien trop tôt pour observer cela entre les deux copines, mais elles vivaient et s'aimaient comme si elles attendaient patiemment cette poésie-là, certaines qu'elles goûteront, en temps venu, à cette mélodie quotidienne et chaleureuse qui fait valser les cœurs. On commençait à distinguer la même chose dans les yeux de Lola et Ben. Ils flirtaient et le cœur de Ben s'attendrissait pour elle.

Ils arrivaient au bowling, impatients de jouer. Greg avait promis de mettre la pâtée à Chavy et Norton, sûrs qu'ils ne perdraient pas la moindre partie. Ben pariait sur Norton, ce qui le mettait d'autant plus en confiance. Mais gagner la partie n'était pas l'objectif de tous. Ce qui comptait pour Ben, c'était de faire plus ample connaissance avec la bande et de passer du bon temps avec Lola, elle-même contente de passer la soirée en sa compagnie. Ninon, elle, n'attendait qu'une chose : la venue d'Abbie. Se réconcilier, pouvoir parler de toutes ces choses qu'elle ne lui avait pas dites ces derniers temps. Se pardonner.

Ils s'installèrent à une piste, commandèrent des boissons et entamèrent leur partie. Chavy, Norton et Greg se concentraient plus que les autres, chacun avec le but de l'emporter sur les deux autres. Lola et Ben se taquinaient et faisaient leur propre compétition. Elle le filmait quand il lançait, cela l'amusait et déconcentrait légèrement le garçon. Elle filmait ses lancers parce qu'elle voulait garder les vidéos. Elle le trouvait beau, lui semblait fan d'elle. C'était la première fois qu'il fréquentait une fille dans l'optique d'une relation sérieuse. Envisager un futur avec quelqu'un, cela n'avait jamais été dans ses cordes, et pourtant rien ne lui faisait peur. Il n'avait jamais cherché une personne bien en particulier, il n'avait pas de « type » de fille. Lola semblait lui correspondre, c'était tout. Elle n'était ni la plus intelligente, ni encore bien mature. Ses cheveux châtains ne déplaisaient pas à Ben, tout comme les formes que ses vêtements laissaient deviner. Elle faisait plus d'une tête de moins que Ben, possédait un grain de beauté sur le bras et faisait partie de ces filles envoûtées par la mode et les tendances qui se font. Amel et Julia étaient comme elle, c'était d'ailleurs sur ces points que les filles s'entendaient le plus. Elle pouvait avoir des défauts, comme tous les autres adolescents de sa génération, et même s'ils étaient différents de deux ans, ils s'entendaient pour le mieux du monde et Ben n'avait d'yeux que pour elle. Sa manière de se retourner quand elle réussissait son lancer, ses genoux qui se repliaient maladroitement vers l'intérieur, l'air idiot qu'elle prenait quand elle ne savait pas, le sourire qui apparaissait quand elle était joyeuse et qui faisait le bonheur de Ben... c'était tout ça et des milliers d'autres exemples que Ben gardait en tête, qui lui venaient à l'esprit quand il entendait son nom et qu'il pensait à elle. Les autres trouvaient qu'ils allaient bien ensemble et remarquaient, depuis le début de la soirée, la proximité admirable entre les deux adolescents. Il y avait une connexion entre Lola et Ben qui les rendait beaux ensemble et qui ravissait leurs amis, heureux de les voir heureux. Ninon était soulagée pour lui. Il était un autre garçon depuis leur discussion et le voir aussi proche et attaché à une fille rendait fière Ninon. Puis Lola semblait mettre de côté la réputation de Ben. Elle savait qu'il avait coupé les ponts avec Marc et Ninon lui assurait qu'il avait changé. Lola faisait confiance à Ninon pour ce genre de choses, alors il était naturel pour Lola d'oublier de son côté l'image qu'elle et les autres pouvaient avoir de Ben. C'était important.

Audric et Ninon ne donnaient pas beaucoup d'importance au jeu. Les deux n'étaient pas très forts ni vraiment à l'aise au bowling, et préféraient discuter des personnes qu'ils croisaient, juger les gens autour d'eux comme ils aimaient le faire. Dans ces endroits-là, on croise toujours quelqu'un que l'on connait, voilà pourquoi ils aimaient venir ici ; ils avaient toujours un sujet de discussion. Puis Ninon se tracassait de la venue d'Abbie. Elle ne savait encore pas si elles allaient se retrouver ce soir. Elle se mettait rarement dans des états pareils pour une personne. Il y avait Élodie, Audric, Abbie. Peut-être aussi le chien d'Audric. Elle tenait beaucoup à eux, c'était sûr, presque physique. Pour ces choses-là, Ninon ne faisait pas semblant.

    Au fond de lui, Greg était aussi excité à l'idée de passer la soirée avec Abbie, bien qu'il sache qu'elle consacrerait surtout son temps à Ninon. Après tout, il se disait que ce n'était pas forcément l'endroit adéquat pour les discussions longues et passionnées et espérait qu'Abbie libérerait un peu de son temps pour lui et les autres, et qu'elle conviendrait d'une « soirée papotage » avec Ninon pour un autre jour. Le sentiment d'attirance pour Abbie se réveillait crescendo chez Greg. Il n'y avait pas vraiment pensé avant la soirée, mais en voyant Lola et Ben, Greg pensait de plus en plus à celle qui faisait vibrer son cœur. Lui aussi voulait quelqu'un à filmer, lui aussi avait envie d'un sourire à contempler, d'une fille à soutenir, d'un être à aimer. Il se sentait bête et seul, et n'avait même plus tellement envie de remporter la partie. Mais il ne le montrait pas aux autres. Greg ressentait pour Abbie ce que Ben ressentait pour Lola, seulement, quand ce sentiment n'est pas partagé ni réciproque, il devient âcre et vain, presque utopique et désespéré. C'est tout le piège de l'amour, et il est bien plus sérieux quand on grandit. Petit, tout cela n'a d'importance que par les dessins que l'on offre et les souvenirs qu'on en garde. Plus grand, on se sent bête, déçu, nul, puis on choisit d'avancer, de se tromper encore, d'espérer. Peut-être qu'adulte, on le vit avec cette impression de déjà-vu et une expérience pleine de vécu. En voyant la passion dans les yeux de Lola, Greg comprenait pourquoi il était tant attaché à Abbie. En sentant combien Ben tenait à elle, Greg se persuadait de garder espoir et de se donner les moyens et le temps d'être au clair avec Abbie. Il voulait connaître ce bonheur, même s'il fallait lui offrir un dessin idiot ou en garder un souvenir saumâtre.

La première partie était sur le point de se terminer. Chavy lança la boule en éclatant de rire après que Norton l'ait déconcentré. La boule atterrit directement dans la gouttière et tous en rirent narquoisement. Il n'y avait plus de doute possible, Norton l'emportait de loin sur les autres. Puis Abbie se joignit naturellement à eux. Elle apparut derrière Ben et Lola, qui sirotaient un soda chacun. Lola sursauta de joie et les deux accueillirent chaleureusement Abbie parmi eux. Les autres n'avaient pas encore remarqué sa présence. C'est Chavy, en se retournant après son deuxième lancer, qui interpella Abbie derrière les sièges, tout juste finissant de faire la bise à Ben. Tous se retournèrent alors, et le cœur de Ninon s'accéléra. Chavy et les autres garçons foncèrent accueillir leur amie comme ils aimaient le faire. Ils blaguèrent sur l'incertitude de sa venue et la mirent tout de suite à l'aise. Il n'y avait plus aucun malaise. Tout était redevenu comme avant. Abbie salua tout le monde et termina par Ninon, qui l'attendait au bout de la rangée de sièges. Elles se prirent dans les bras, Ninon la remercia tendrement d'être finalement venue et se sentait rassurée en apprenant que l'entraînement avait duré plus longtemps et que son arrivée tardive n'était pas due à de l'hésitation ou de l'appréhension. Abbie était heureuse de la retrouver. De les retrouver, tous ensemble à nouveau. Elle n'avait pas arrêté de les fréquenter, rien n'avait vraiment changé dans la relation avec la bande. Il y avait seulement eu ce silence qui régnait entre elle et Ninon, elle y pensait malgré tout. Mais ce soir, au bowling, elles oublieraient tout. Leur prise de distance fut nécessaire pour Ninon, utile pour Abbie, mais elle était close désormais.

Norton narguait sans peine Chavy avec sa victoire. Chavy finissait au milieu du classement, derrière Norton, Ben, Lola et Greg et juste devant Audric et Ninon, ce qui le mettait en colère. Audric et Greg se moquèrent de lui juste avant de remarquer l'excellente partie de Lola, ayant rentré plusieurs Strike sans savoir comment. La partie se clôtura juste après l'arrivée d'Abbie. Ben, Lola, Norton et Chavy décidèrent d'en lancer une à nouveau, les autres allèrent s'asseoir à une table plus loin, près du bar et des billards. Chavy comptait prendre sa revanche coûte que coûte mais Norton ne le prenait même plus au sérieux tant il le trouvait mauvais et ridicule la boule en main. Ben et Lola continuèrent leur compétition et aimaient se chercher l'un et l'autre. Ils aimaient jouer à ça, chacun souhaitait secrètement que ce jeu dure toujours. Le flirt des premiers temps, quand on ressent la présence de l'autre près de soi, quand l'on tombe amoureux avec des regards, des cheveux que l'on touche, des peaux qui se frôlent.

Greg et Audric commandèrent une bière, Ninon et Abbie deux sodas, et s'installèrent dans les fauteuils. Les filles commençaient à se raconter leur journée et les dernières nouvelles, comme si rien n'avait changé entre elles ces derniers temps. Ils riaient de rires naturels et sincères et Audric était heureux de les retrouver complices. Greg les écoutait tranquillement et gardait ses yeux posés sur Abbie. Il se dit qu'il avait oublié combien elle était belle. Ou peut-être l'était-elle plus qu'avant. Il ne réfléchissait plus vraiment, il se taisait et écoutait. Puis souriait quand elle souriait. Sans s'en rendre compte, Greg n'écoutait même pas la moitié de ce qu'ils racontaient, jusqu'au moment où Audric et Ninon se levèrent pour aller jouer à la Machine à Pince. Il se retrouva donc seul avec Abbie, quelque peu désorienté. Il ne savait pas trop quoi dire et se sentit le plus idiot pendant plusieurs secondes. Mais elle trouva rapidement des sujets de conversation. La partie de bowling, les embrouilles avec Marc, sa saison de rugby... seul le thème des amours n'avait pas été abordé. Greg trouva lui aussi des sujets de conversation à propos d'Abbie, mais ne questionna pas sa vie sentimentale. Deux amis parlent souvent de ça, mais eux ne s'en approchèrent même pas, et ils savaient pourquoi. Avec Audric et Ninon, ils avaient discuté de Ben et Lola, d'Audric et de sa dernière aventure en soirée, de Ninon et Élodie. Mais Abbie ne parla pas d'elle, et ils ne posèrent aucune question à ce propos à Greg. Greg et Abbie sentirent donc bien que, tous les deux, il y avait un seul et commun sujet dont ils turent le débat. Ils le sentaient, et sans en avoir parlé, ils comprirent malgré tout.

Leur seconde partie de bowling terminée, Chavy et les autres se joignirent à eux. « Bon, c'est quand que vous vous bougerez un peu, vous deux ?! Ça se tourne autour mais ça ne concrétise pas, c'est nul ! » s'écria-t-il en arrivant en trombe, une limonade à la main et en sautant dans un des fauteuils. Pour le coup, il brisa le silence et la barrière que semblaient s'être mis les deux amis. Mais ils rirent à ce que disait Chavy, se regardèrent et rougirent tous les deux. Chavy aimait bien cela, il détestait les malaises et quand les choses n'avançaient pas. Voilà pourquoi il n'avait que faire du regard des autres et faisait tomber les masques dès qu'il en avait l'occasion et les moyens pour. Lola sollicita Abbie pour aller aux toilettes, ce qui laissa la place à Ben et Norton de s'asseoir. Ils se retrouvaient pour la première fois de la soirée uniquement entre garçons et en profitèrent pour parler de ce que Chavy avait mis sur le tapis.

« T'es con Chavy ! lui reprocha Greg.

– Quoi !? J'étais obligé, j'suis désolé. Mais vous deux, vous me gênez parfois.

– Vous parlez d'Abbie et Greg ? interrogea Ben, en souriant.

– Exactement, acquiesça Norton. Eux deux se tournent autour depuis un certain temps.

– Enfin, c'est surtout Greg qui est piqué, je crois, ajouta Chavy.

– Oh ça va, hein !

– Mais y'avait pas un truc avec Marc, aussi ? Je sais qu'il s'est passé pas mal de choses entre eux, mais j'ai jamais misé un seul centime sur leur relation.

– Ouai, elle était pas mal attachée à Marc, et même Ninon ne comprenait pas pourquoi. Personne n'était d'accord avec ça, continua Greg.

— À ce que j'avais compris, elle était en kiffe sur Marc et pour tout vous dire, ça m'étonnait pas mal. Je voyais mal ce qu'une fille comme elle faisait avec un gars comme lui. Je veux dire, elle est beaucoup trop bien pour Marc. En revanche, vous iriez bien ensemble, vous deux ! avoua Ben.

— J'suis complètement d'accord avec toi, confirma Norton.

— Et vous avez déjà parlé de votre situation, avec Abbie ? demanda Chavy.

— Bah... non, pas vraiment. Je sais pas trop comment m'y prendre, j'ai pas l'habitude, moi ! C'est surtout que je veux pas tout faire foirer.

— Moi je sais, fit Chavy. Chaque année, y'a un stage en bord de mer organisé par le lycée. Cette année c'est à notre promotion d'y aller. Bon, il y a un nombre de places limité, mais les inscriptions commencent dans deux semaines. Et tu sais ce que ça veut dire, les voyages entre potes !

— Des bêtises, mec, des bêtises ! C'est toujours dans des sorties comme ça qu'il se passe des trucs de fou. Genre on ose faire les choses et se lancer, ajouta Norton.

— J'suis sûr que ce sera un bon moyen de concrétiser, continua Chavy.

— Les gars, c'est dans cinq mois... ça ne fait pas long ?

— Faut pas brusquer les choses, mec ! Cinq mois, ça passe vite.

— Greg, je vais te dire, commença Ben plus sérieusement. Les filles sont toutes différentes, mais y'a des manières de s'y prendre qui passent toujours. Je vais t'expliquer : certaines peuvent attendre des semaines sans s'avancer, sans discuter, à attendre simplement que le mec vienne mettre les choses au clair. D'autres prennent les devants et larguent direct les amarres, soit c'est un stop net, soit elles vident leur sac et ça fait un peu flipper. Mais c'est rare, d'habitude, elles attendent. Jusqu'à quand ? Tu ne sais pas. La mauvaise passe avec Marc, elle est passée à travers et maintenant, elle veut autre chose. D'après ce que Chavy m'a expliqué, elle semble pas mal intéressée par toi.

— O... Ouai, avoua Greg timidement, en souriant à Chavy.

– Bon, et elle, elle t'intéresse depuis longtemps. Donc il faut faire quelque chose. Si tu lui expliques tout et que tu poses un ultimatum, ça lui fera peur. Donc évite. Mais faut te montrer entreprenant, qu'elle sache que tu prennes les choses en main. Faut lui montrer que tu sais ce que tu veux, et que tu veux te bouger et faire en sorte que ça marche. Ça va la rassurer et la mettre en confiance. Ne le fais pas ce soir, elle saura qu'on en aura discuté et que ces conseils viennent de nous, puis ça va faire un peu tôt. Parle-lui d'ici deux semaines, histoire de faire mijoter tout ça, que t'y ailles en étant sûr de ce que tu veux et qu'elle soit vraiment passée à autre chose depuis l'histoire avec Marc.

– Mais je lui dis quoi, moi ?!

– Faut tout te dire, c'est pas possible Greg ! lui reprocha Chavy.

– Doucement, moi non plus je ne saurais pas quoi dire dans ces cas-là, soutenu Norton.

– Norton, ton cas est désespéré de toute façon ! rit Chavy.

– Écoute, tu dois simplement lui dire ce que tu ressens pour elle, en restant sobre et sincère, n'exagère pas sinon elle va paniquer ! rit Ben. Donc tu lui expliques ce que tu ressens et que tu ne sais pas ce qu'il en est pour elle, mais que tu voudrais en savoir plus pour pouvoir avancer.

– Sois naturel, mec, ne récite pas un truc tout préparé, continua Chavy. Faut que ça vienne de toi. Nous, c'est des conseils qu'on te donne, c'est pour te guider et rien de plus, t'en fais ce que tu veux !

– Ce sont d'excellents conseils, je vais essayer d'assurer les gars. Je ne me précipite pas, et bien sûr que ce que je lui dirai viendra de moi. Je suis certain que je vais stresser de toute manière, je flippe un peu de sa réponse, mais bon.

– Si tu n'oses pas, il ne se passera rien », conclut Chavy.

Lui savait que ce ne serait pas un mauvais choix que d'aller parler à Abbie. Il ne fallait pas que Greg brusque les choses et pose un ultimatum à son amie, mais sa discussion avec Abbie au gymnase pendant la pause du déjeuner lui avait laissé un bon pressentiment. Et Chavy se trompait rarement à ce sujet. Il ne voulait malgré tout pas en parler à Greg, mais simplement le guider sur la bonne voie.

Greg se frottait les mains durement tout en réfléchissant à leur discussion. Il ne pensait pas que Ben lui serait d'aussi bon conseil. Évidemment, il se demandait comment il s'y prendrait pour aborder le sujet avec Abbie. Au fond de lui, il espérait qu'Abbie sache quoi lui dire, qu'elle sache déjà comment elle agirait pour introduire le sujet. Surtout, il espérait avant tout qu'elle pense la même chose que lui, de tout ça, d'eux deux. Rien n'était plus terrifiant pour Greg que de se demander s'ils allaient, Abbie et lui, dans le même sens. Si cela valait la peine de se tracasser autant pour une fille qui, peut-être, n'avait même pas imaginé quelconque histoire avec lui. Il en avait presque mal au ventre, mais l'ambiance du bowling et la détente des copains lui faisaient vite oublier ce tracas. Puis il s'autorisa à rejeter la faute de son mal de ventre sur le hamburger englouti plus tôt.

Les filles revinrent vers les fauteuils dans lesquels les garçons s'étaient tous avachis. Chavy avait envie de faire le pitre dans la salle des jeux et emmena avec lui la troupe au complet, qui abandonna les sièges pour des parties d'arcade et d'air hockey. Ils s'amusèrent alors à taper dans le palet dans des parties serrées, à frapper le punching-ball pour atteindre les plus gros scores, à monter sur les motos pour se défier dans une course acharnée. Les lumières clignotaient et scintillaient de tous les côtés, le bruit des machines et la musique assuraient l'ambiance de la salle. Ils ne faisaient plus attention au temps qui passait et profitaient de la soirée en oubliant tous les événements des derniers temps. Ben et Lola se cachèrent dans le photomaton pour saisir l'instant et garder des souvenirs d'une de leurs premières soirées ensemble, puis les autres vinrent les embêter et se jetèrent dans la cabine pour d'autres photos souvenirs. Tous appréciaient leur soirée, sans exception, et Ninon était heureuse de la passer aux côtés d'Abbie. La soirée se déroulait dans la plus belle des atmosphères, comme si durant quelques heures tous avaient décidé de laisser leurs poids de côté, enterrés, enfouis, masqués, pour laisser place à l'insouciance, au lâcher prise, au bonheur d'être entre amis, jeunes, libres et fous. Ils jouaient aux adolescents à qui le monde appartenait, incarnaient la jeunesse désinvolte, celle qui aime danser sur les toits et se coucher sous les étoiles, animée par cette soif de rêves qui brillait dans leur cœur et leur tête. Celle qui aimait se prendre en photos, qui aimait le risque et la provocation, qui se trompait, qui apprenait, naïve et inconsciente, qui pleurait, se cassait la voix, ne respectait ni les règles ni la banalité, qui prenait les choses en mains, qui parlait d'amour et d'alcool, qui buvait ses sodas à la paille et sautait dans les photomatons. Cette jeunesse qui aimait dire au monde qu'elle était là, qu'elle profitait de l'instant, qu'elle mordait la vie à coups de vodka et de soirs de fête.

XIII

Discret demeure le joyau de l'âme

Ninon n'avait pas oublié la proposition de Chloé. Elle s'était dit qu'aller à son exposition avec Abbie serait une belle idée pour passer du temps toutes les deux. Elles se retrouvèrent alors le samedi après-midi à la salle Ruth Benedict, dans laquelle plusieurs artistes débutants de la ville exposaient leurs œuvres. Ninon et Abbie s'intéressaient à l'art et aimaient débattre de plein de choses à ce sujet. Les ouvrages littéraires, les polémiques que créaient certains artistes, les films qui sortaient au cinéma. Puis elles aimaient se tenir debout face à une œuvre et en discuter. Deviner ce que l'artiste souhaite transmettre, ce que l'œuvre communique, imaginer l'auteur travailler, effacer, faire à nouveau, se tromper dans les rouages de la matière puis se tenir debout comme se tenaient les deux amies, devant l'ouvrage, fier et satisfait, à ressentir ce que dégage la sculpture ou le tableau se tenant en face. C'était ce qui faisait pour les filles toute la beauté des œuvres d'art et la richesse de l'artiste ; ce qui émane d'une idée, d'une illumination, du cœur. Le bout des doigts, des crayons et des pinceaux, là se trouvaient la plus pure finesse et élégance que l'on pouvait se permettre de mettre au monde. Abbie et Ninon se trouvèrent impressionnées par le coup de pinceau que possédait encore assez secrètement leur amie Chloé. Certaines peintures dégageaient quelque chose de très prenant, de très puissant, et l'on ressentait là la force et la sensibilité de la jeune artiste.

La sensibilité. Voilà bien un maître-mot, un des grands piliers de la vie que chacun découvre et apprend à connaître tôt ou tard. Ce joyau auquel l'adolescence fait face et que la vie s'obstine à provoquer. La sensibilité est une perle sur laquelle les plus sombres faiseurs de troubles et causeurs de maux aiment s'acharner, et grandir, c'est surmonter ces monstres en maintenant vivante cette brillante étincelle.

Audric, en bon investigateur, avait parlé à Ninon du flirt probable entre Abbie et Greg. C'était l'occasion rêvée pour que Ninon puisse récolter plus d'informations du côté d'Abbie. Un endroit calme, une sortie sans les garçons, juste entre copines, Ninon s'impatientait d'aborder le sujet avec Abbie.

« C'était sympa, l'autre soir au bowling ! se réjouissait encore Ninon, cherchant un moyen de parler de Greg.

– Oh oui ! Ça m'a vraiment fait plaisir de passer du temps avec vous tous.

– Oui, c'est à faire plus souvent. Bon, toi ça ne t'a pas changé beaucoup, tu passais déjà pas mal de temps avec Greg et Chavy, non ?

– Oui, du coup... Puis ça m'a permis de connaître un peu plus Fanny et Lucas, ces derniers temps. Ils sont tellement choux !! remarquait-elle avec une mine mignonne et réjouie. Puis au bowling, j'ai pu faire connaissance avec Ben. Je l'imaginais comme Marc et le voir avec Lola me faisait bizarre au début, mais finalement, il est bien comme garçon.

– Et au fait, toi, il n'y a pas un petit quelque chose avec Greg ? avança Ninon discrètement.

– Avec Greg ? rougit Abbie. Qu'est-ce qui te fait dire ça ?

– J'sais pas, je pensais que vous étiez super proches ! Puis vu comme il se comportait au bowling...

– Il se comportait comment ? s'étonnait Abbie.

– Bah... il aimait bien être avec toi, c'est évident ! Vous avez joué ensemble au billard, puis toutes les petites remarques qu'il te faisait, là... j'sais pas, ça se voyait qu'il y avait un truc. Et quand t'étais à côté de lui, tu le déstabilisais un peu, riait Ninon. Audric et moi sommes du même avis, il y a quelque chose !

— Mh... réfléchissait-elle, silencieuse. Oui, il doit y avoir un truc, c'est possible... Bah déjà au lycée, quand on se voyait avec leur bande, Chavy et Greg étaient ceux avec qui j'étais la plus proche. Puis... je ne sais pas, j'ai l'impression qu'il y avait souvent un petit jeu entre nous, parfois un léger malaise quand on se retrouvait juste lui et moi... rien de très important...

— Mais ça veut quand même dire quelque chose, Abbie. Crois-moi. Greg en pince pour toi, c'est certain. Ne me dis pas que t'es indifférente à tout ça ! la gronda tendrement Ninon.

— Non ! Je ne suis pas indifférente ! Avec tout ce qu'il s'est passé, Marc m'a complètement dégoûtée...

— Merci de le reconnaître ! intervint Ninon.

— ... et à force, je crois m'être bien attachée à Greg. Il est beau, adorable, puis il me fait rire avec Chavy et Norton !

— Que des bons points, tu vois ! insista Ninon.

— C'est vrai, mais je flippe encore un peu d'essayer quelque chose avec un garçon... Je veux dire, Marc m'a pourri la vie et je n'arrive plus à faire confiance.

Elles marchaient tranquillement entre les tableaux exposés des jeunes artistes, le long des murs et des piliers.

— Je comprends, ça ne doit pas être facile. Mais aujourd'hui, ça va déjà mieux, puis tu m'as moi et je suis heureuse qu'on laisse ça derrière nous. Je suis heureuse qu'on se soit excusées et pardonnées... on a agi bêtement, toutes les deux.

— Oui, je suis d'accord, je n'aurais jamais dû boire autant et me laisser embarquer par cet idiot, regrettait Abbie.

— Et moi te laisser seule et ne pas avoir été là pour te soutenir, prendre de la distance, ça me paraissait juste pour te faire comprendre ton erreur... c'est comme ça que mes parents ont toujours agi avec moi. Je suis désolée... au moins je sais que s'excuser, discuter, pardonner, c'est faire preuve de maturité, et je suis la plus heureuse de savoir qu'on a franchi ce cap. Je t'aime, s'émouvait Ninon.

– Je t'aime aussi, répondit Abbie.
– Et pour Greg, prends ton temps pour réfléchir à ça, mais on le connaît toutes les deux, il n'est pas comme Marc !
– Loin de là, tu as raison.
– Ça vaut le coup d'essayer », lui murmura-t-elle.

L'exposition plaisait beaucoup aux deux amies, impressionnées par certains tableaux et surtout par le travail de Chloé. Quelques jours plus tard, Ninon alla proposer au conseil des lycéens et à Chloé d'accrocher certains de ses tableaux sur les murs du lycée, une idée qui plaisait bien à tout le monde. Au printemps, c'étaient des dizaines de dessins, peintures, bricolages qui siégeaient sur les murs des couloirs, et Ninon était un peu plus heureuse de s'y promener. Sans doute avait-elle su que c'était la bonne chose à faire, que Chloé restait trop timide pour proposer ces idées à l'administration et que parfois, pour démarrer, se lancer, on a besoin d'un petit coup de pouce, et Ninon était emplie de joie que de le lui donner.

Abbie pensait beaucoup plus à Greg qu'avant ses discussions avec Audric et Ninon. Ce que Ninon semblait vouloir lui dire, sentait-elle, était qu'elle devait se rapprocher de Greg. Mais Abbie, même si elle écoutait toujours les conseils de ses amis et surtout de Ninon, n'aimait pas se diriger vers quelque chose qu'elle n'avait pas décidé. Si elle devait aller voir Greg pour mettre les choses au clair, pour comprendre ce qu'il ressent pour elle et inversement, cela devait venir d'elle-même. Pour cela, Abbie sentait qu'elle devait attendre un petit peu, elle voulait entendre sa propre voix dans sa tête qui la pousse à parler à Greg et non plus celle de Ninon qui lui résonnait à la place les injonctions excitées et les compliments sur le jeune homme. Néanmoins, Abbie savait qu'à force d'écouter le discours élogieux que portent Chavy et tous les autres sur Greg à longueur de temps, elle finirait par tomber sous le charme. Au fond d'elle, elle savait qu'elle l'était déjà, mais elle ne se l'avouait pas encore vraiment. Peut-être avait-elle peur de s'attacher.

C'est fou comme à cet âge on aime se faire tout un monde de quelques choses qui n'en valent pas tant la peine. Aimer, s'attacher, oser. Certains naviguent sur ces évènements, quitte à s'abandonner et subir les foudres de leurs retombées, d'autres prennent peur, reculent dès lors qu'ils font face aux éléments, comme Abbie le faisait avec Greg. Peut-être parce qu'à cet âge, on ne sait pas ce qu'est l'amour. On en a une idée, alors on cherche ou on attend la personne qui s'en fait la même représentation et on espère vivre un rêve. On cherche à découvrir ce qu'on ne connaît pas, alors on se dirige sur une certaine voie, parfois mal éclairée et l'on commet l'erreur, parfois porteuse de chance et l'on ne regrette pas. Peut-être qu'à cet âge, on ne sait pas ce qui nous attend et cela nous effraie. On imagine le grand amour, on rêve d'une vie idéale. À cet âge, on apprend à se tromper. On sait qu'on ne réussira pas sans échouer. On ne sait pas non plus le prix d'une erreur, alors on a peur d'en faire. C'est ce qui est dur avec les erreurs. On en fait et on en fera, c'est comme ça. Mais elles doivent toujours servir de leçon, jamais de martyr. Elles doivent permettre de se relever, pas nous laisser assommé, au sol. Les erreurs sont des portes à franchir pour en ressortir grandi. Elles ne doivent pas nous détruire. À cet âge, si l'on sait cela, on est prêt pour la suite. Mais parfois le cœur nous dicte l'inverse et la moindre erreur, le moindre tourment peut nous assassiner. Voilà sûrement pourquoi à cet âge, on prend cela tellement au sérieux ; on se laisse la liberté de rêver, mais dans ces rêves, c'est évident, personne ne veut d'obstacle.

Il fallait voir le sourire de Chloé lorsqu'elle vit apparaître Abbie et Ninon de derrière l'un des panneaux qui séparaient la salle en village d'exposants. Elle les avait accueillis avec tendresse et émotion et ne pouvait cacher sa joie. Elle remercia les filles un millier de fois et son bonheur de les voir là prouvait la sincérité de l'admiration qu'elle leur portait. Elles ne manquèrent pas de transmettre à Chloé tous les compliments du monde en admirant ses tableaux. Certains plaisaient beaucoup, d'autres moins, mais sans hésitation aucune Chloé prit soin d'expliquer et décrire chaque toile. Le temps consacré, les techniques utilisées, les sentiments qui s'en dégagent... Les filles se montraient très intéressées, Chloé plus que passionnée. Elle n'était plus, aux yeux des deux amies, la lycéenne introvertie et en marge des autres mais leur apparaissait comme une autre fille ; une femme, qui savait ce qu'elle faisait et qui y mettait toute son âme entière, d'une distinction et d'une élégance nouvelle et envoûtante. C'est là que l'on voyait l'adulte qu'elle était en passe de devenir, ce qu'elle était en-dehors du lycée. Ce qu'elle savait faire de ses mains, comment elle savait s'exprimer.

L'adolescence, c'est emprunter un chemin vers la vie d'adulte. Ninon se sentait bête et ridicule quand elle l'entendait parler. Mais cela lui plaisait, de l'écouter parler. Rien n'est pire que de voir se fermer la porte à son visage alors qu'on était prêt à ouvrir son cœur. Ninon le savait, et voulait montrer à Chloé comment il était bon d'ouvrir son cœur, et cette dernière savourait ce plaisir en détaillant chacune de ses œuvres, en exprimant la joie qu'elle avait de les présenter, les exposer au monde et en goûtant à l'honneur et la fierté de se savoir écoutée et comprise. C'était à la fois fusionnel et enrichissant, Ninon et Chloé partageaient la même empathie et l'on oublie souvent à quel point cela rapproche les gens.

L'après-midi accordait au soleil une envoûtante chorégraphie, rare en ces jours d'hiver. Il ne faisait pas chaud, mais l'air permettait de sortir sans quelconque hésitation, ce que Ben et Lola avaient décidé de faire. Ils profitèrent du temps extérieur pour se promener tous les deux au Parc de l'Hirondelle. Étonnamment, les oiseaux chantaient encore et accueillaient les joggeurs et les rêveurs qui se croisaient sur les différents sentiers. C'était la première fois que Ben prêtait autant d'attention aux passereaux. Depuis qu'il fréquentait Lola, les choses autour de lui changeaient peu à peu, sa perception du monde et de ce qui l'entourait se transformaient.

Il entendait le chant des oiseaux et appréciait l'odeur des marrons chauds dans les rues du centre-ville. Il sentait la neige se poser sur son visage et chaque flocon lui frapper la peau. Quand il voyait quelqu'un en train de lire, il se mettait à déchiffrer le titre du bouquin, par curiosité. Et Lola, sans le vouloir et sans volontairement intervenir dans le monde de Ben, jouait beaucoup dans tout cela. C'était elle qui inconsciemment donnait au garçon l'envie de lire et de rêver, qui lui faisait apprécier les odeurs et les musiques, qui lui faisait découvrir tout ce qu'il n'avait jamais pris le temps d'aimer, de sentir ou de faire. Tout ce qu'il s'était empêché ou interdit d'atteindre. Il acquérait une sagesse d'esprit qu'il n'avait jamais connue auparavant, avec Marc ou n'importe quelle autre personne qu'il avait pu fréquenter. Ben était tombé sous le charme de Lola, elle sous le charme de Ben et ils savaient silencieusement qu'ils s'étaient bien trouvés. Ils ne s'étaient pas encore embrassés car ils n'avaient jamais trouvé le temps de le faire, et voulaient s'y prendre de la meilleure des manières. Ben voulait que la journée dure toujours. Il aimait la voir marcher devant lui, tantôt maladroite, tantôt sûre d'elle mais toujours pétillante. Ben l'admirait et se sentait le plus heureux d'être à ses côtés. Il s'estimait chanceux et balayait loin toutes les rumeurs qui avaient pu être lancées sur Lola. Il n'en croyait pas un seul mot et connaissait désormais assez bien Lola pour savoir combien elle était sensible. Alors ce qui se disait sur elle était de toute évidence ridicule et complètement faux. Il n'aimait pas les rumeurs, et détestait d'autant plus les gens qui les relayaient. Voilà encore une raison de détester Marc, s'amusait-il à penser. Aussi Ben se sentait un nœud dans le ventre quand il voyait Lola stressée ou touchée par ce qu'on entendait ou ce qu'on disait sur elle. Il se montrait attentionné, intéressé, ce qu'il n'avait jamais eu l'habitude de faire. Mais c'était naturel avec Lola, et sentait que l'endroit était adéquat et le moment bien choisi pour l'embrasser enfin. Lola n'attendait que ça. Tout se chamboulait dans sa tête, tout cela était nouveau. Fréquenter un garçon, elle l'avait déjà fait. Mais sans trop savoir pourquoi, elle sentait que cette fois-ci serait autre histoire, comme quelque chose de plus sérieux. Ben était différent à ses yeux. Différent de tous les autres. Des histoires avec d'autres garçons, Lola en avait eues et vécues, mais aucune n'avait été très sérieuse et la jeune fille n'était jamais allée plus loin que les embrasser. Malgré tout, elle croyait au prince charmant et semblait en avoir trouvé un qui lui convienne plus qu'elle ne l'aurait imaginé. Il la faisait rire, elle le déstabilisait par son sourire, ils n'attendaient que de pouvoir se connaître davantage pour pouvoir tomber amoureux encore des dizaines de fois l'un de l'autre. Ils croisaient des vieillards sur les bancs, des coureurs au visage rouge et transpirant, des parents et des poussettes et pourtant tous semblaient silencieux et transparents, orbitant autour de l'univers que Ben et Lola s'étaient créés. Il n'y avait sur leur banc qu'elle et lui et l'histoire qu'ils s'apprêtaient à écrire ensemble.

XIV

La nouvelle année

Les adolescents entamèrent fatigués la nouvelle année, la rentrée avait lieu peu de temps après le nouvel an. À la rentrée, au lycée, il était drôle de voir tous les élèves assommés par les fêtes de fin d'année et le retour à contrecœur des cours.

La bande s'était réunie pour fêter ensemble. Depuis leur soirée au bowling, ils ne se quittaient plus. Niels, le batteur du groupe de Greg et Lucas, s'était joint à la bande. Il avait rompu avec sa copine, qui ne ressentait plus rien pour lui et qui voulait encore s'amuser un peu. Cela arrive, peu importe l'âge. Tout ne peut pas toujours aller comme on le voudrait. Mais Niels ne le vivait pas trop mal, sa relation n'avait pas encore atteint un stade trop sérieux, alors il voyait la chose comme un essai non concluant plutôt qu'une histoire gâchée ou un amour perdu.

Lola et Ben avaient donc pu fêter ensemble la nouvelle année. Élodie était aussi présente chez Greg ce soir-là, au grand bonheur de Ninon. L'occasion pour elles de passer une soirée ensemble et en compagnie du reste de la bande, chose qu'elles n'avaient encore jamais faite. Élodie avait convié quelques-uns de ses amis aussi, tous bien accueillis par le groupe. Chavy fut le premier à rapidement faire connaissance avec eux. D'abord Alison, une fille plutôt réservée, maigre et pas très grande. Puis Jason et Théophile, deux copains aussi inséparables que Norton et Greg. Ils s'entendirent donc vite tous très bien. Ils étaient sur la même longueur d'onde et heureux de passer la soirée du nouvel an ensemble, avec de nouvelles têtes et une ambiance agréable. Enfin, il y avait William, le garçon qui écrivait des histoires et que connaissaient bien Élodie et Ninon. Il était venu avec deux amies à lui, Shannon et Lucy, et personne n'était étonné de le voir ici. Il se trouvait partout et connaissait beaucoup de monde. Ce garçon fascinait beaucoup Ninon. Il fascinait beaucoup de ses camarades, en réalité. Il était intelligent, peu assidu aux cours mais se passionnait pour la mythologie, pratiquait le latin, adorait l'histoire et les cours d'arts plastique. Il vivait un peu en marge du reste du monde, et le fait qu'il ne possède pas de smartphone – plutôt un simple téléphone à clapet – faisait de lui un extraterrestre aux yeux de certains pauvres d'esprit. Il écrivait et ne s'en cachait pas, sans l'exposer à tout son entourage non plus. Il aimait ça, la littérature et le théâtre. Ce qui impressionnait Élodie, c'était qu'à travers la mentalité, le mode de vie, il était un adolescent comme un autre, ne s'éloignait pas de sa propre génération. Il n'avait pas besoin de réseaux sociaux pour se faire des amis et pour exister, et ceux qui comprenaient cette qualité trouvaient cela magnifique. Il faut beaucoup de maturité et de recul pour comprendre comment fonctionne sa génération, comment il faut faire et agir pour être bien intégré, et lui avait compris tout cela en ne délaissant pas pour autant ses passions qui vouaient pourtant à l'éloigner des autres, à l'écarter de la norme.

Ninon était moins sociable, alors elle respectait d'autant plus la facilité de William pour rencontrer de nouvelles personnes. Il n'avait aucune difficulté à se rendre aux soirées, se faire accepter par les autres, ne craignait ni la critique ni le regard que l'on portait sur lui. Il savait s'y faire et avait compris comment les gens fonctionnaient. Seulement lui naviguait au-dessus de tout ça, sans pression, sans contrainte, sans doute, sans hésitation. Il dégageait quelque chose qui rendait facile et proche tout contact avec lui, qui rendait son rapport au monde, aux autres, aux choses souple et naturel. Il maquillait tout ce qui n'allait pas, toutes les distances que les gens se mettaient entre eux d'une poudre délicate. Le tact, le savoir-vivre, la maturité, Ninon ne savait pas comment il faisait, mais elle savait que tout cela faisait de lui un garçon plein de qualités, un être humain qu'on ne croise certainement qu'une fois dans sa vie. Il était un Will Hunting au brin de nonchalance, à qui l'on accordait une tendre naïveté qui chez lui parfois faisait naître l'once d'une utopie, qui sûrement lui maintenait vivantes les flammes de l'inspiration, des rêves et de sa sensibilité.

Ninon savourait vraiment cette soirée. Tout d'abord, elle était contente de s'être réconciliée avec Abbie et de passer du temps avec sa petite-amie. On admirait sur son visage un sourire qu'il était rare de voir apparaître chez elle. Audric et elle n'avaient personne à critiquer, puis elle avait naturellement abandonné toute sollicitation nerveuse : rien ne la dérangeait, elle avait mis ses questionnements de côté et son humeur hargneuse loin des rires et du bonheur. Puis elle se sentait bien, avec eux. Avec Élodie, à qui elle commençait à s'attacher, avec qui elle s'autorisait à imaginer un avenir, avec qui elle se sentait en sécurité même en vivant avec son père et la violence de ses propos. Avec Abbie, qu'elle ne voulait jamais perdre, avec qui elle voulait encore vivre les meilleurs moments. Avec Audric et son impertinence, son honnêteté, infatigable partenaire de discussions et de confidences, à se réjouir pour les autres et donner son avis pour chaque détail qui puisse exister. Avec Greg, qu'elle voyait comme un petit frère à conseiller, un grand frère à aimer. Avec Ben, heureux avec Lola, qu'elle a vu changer en l'espace de quelques mois seulement, passé de l'idiot au comportement sadique et pervers, homophobe et raciste au garçon grandi et respectueux, mature et amoureux. Ninon avait les yeux pour voir ces choses-là. Certains pouvaient croire que Ben redeviendrait celui qu'il était auparavant avec Marc, mais Ninon maintenait la confiance qu'il méritait qu'on ait de lui, pensait-elle. Elle aurait pu donner sa main à couper que Ben avait changé pour de bon. En le voyant sourire et regarder Lola, Ninon voyait chez Ben quelqu'un d'autre, différent de celui à qui elle parlait au rocher, renfermé, dur au cœur de pierre. Elle le savait parce qu'elle le sentait. Dans la façon d'être du garçon, sa façon protectrice de regarder Lola. Il la protégeait, sans tomber dans l'extrême. Il l'admirait, il la respectait et ils avaient confiance l'un en l'autre. À les voir, on les comparait à deux meilleurs amis, et Ben se comportait comme jamais il ne s'était comporté avec quiconque. Il montrait une face, une image différente de lui-même, qu'il n'avait jamais montrée auparavant. C'était cela que Ninon voyait chez lui, quand il baissait ses yeux sur Lola et que l'amour qu'il portait pour elle le trahissait à travers les pupilles pétillantes et tremblantes de son regard. En parlant avec lui, Ninon lui avait sans doute ouvert le cœur et fait s'éveiller des sentiments qu'il avait toujours eu peur d'approcher. Il ne s'était pas confié sur grand-chose, ne s'était même pas consciemment remis en question. Tout cela était resté silencieux chez lui. Ninon lui avait expliqué les choses clairement, sans haine ni confrontation. Elle lui avait exposé la réalité au chevet de son cœur, duquel, qui sait, avaient éclos un brin d'empathie, de sensibilité, de recul qu'il avait toujours enfouis au fond de lui lorsqu'il fréquentait les mauvaises personnes. C'est aussi comme ça qu'on fait changer les choses, les comportements ou les mentalités, que l'on devient quelqu'un d'autre et parfois, en croisant le chemin de l'humilité, quelqu'un de meilleur.

Ninon était heureuse parce qu'elle se sentait bien et que la soirée ne ressemblait pas aux autres soirées qui étaient selon elle toutes les mêmes, dans lesquelles elle avait pu atterrir et croiser ces personnes avec qui elle ne se sentait pas à l'aise. Celles qui se prenaient en photo sans arrêt, qui filmaient tout pour le partager au monde entier sur les réseaux sociaux. Ces personnes, critiquait-elle, qui ne trouvent leur importance et leur personnalité que dans le fait de tout montrer. Montrer, montrer, montrer. Tout, partout, à tout le monde. « Pour quoi faire ? » s'interrogeait-elle. « Dans quel but ? pour prouver quoi ? à qui ? » Ninon trouvait dans ce comportement, la plus abstraite et superficielle des activités. Combien de fois s'était-elle retrouvée à ne parler de rien, autour d'une table ou assise sur un canapé avec d'autres personnes plongées dans leur écran de téléphone et dans la vie virtuelle, et que ça ne dérangeait visiblement même pas. Elle n'aimait pas ce monde irréel partagé sur les profils, étalé par des photos et des statuts. Encore moins quand cela représentait l'activité principale d'un moment entre amis. Et dans cette soirée du nouvel an, personne ne touchait aux téléphones pour montrer à tous que la soirée était conviviale et réussie. Abbie, Audric et Lola postèrent quelques photos pendant la soirée, mais Ninon ne releva pas plus que ça. Avec eux, elle avait l'habitude mais trouvait ça malgré tout inutile et narcissique. Montrer à des gens qui ne sont pas avec nous à quel point on se trouve beau, à quel point on s'amuse ? Inconcevable pour Ninon. Mais elle s'amusait, parce que les gens discutaient, chantaient, buvaient, dansaient, riaient ensemble et aucune distance n'était installée entre ses amis et ceux d'Élodie. On apprenait à se connaître, on partageait des moments, on vivait l'ivresse des soirées et le bonheur d'être jeune, simplement et librement, sans ne se soucier ni du paraître ni de la vie virtuelle. On se prenait en photo et on filmait non pas pour l'exposer aux autres, mais parce qu'on voulait garder ces souvenirs imprimés sur du papier glacé, accrochés sur les murs, ancrés dans les mémoires.

Tout comme elle avait l'habitude de s'asseoir sur le rocher en haut de la ville à observer l'enseigne du bowling et du casino briller, à se demander combien de personnes traversent les rues et combien sont arrêtées devant la vitrine d'une boutique ou d'une pâtisserie, Ninon aimait prendre un moment de répit, en aparté, pour prendre un peu de distance et profiter du moment, pour sentir le bonheur qu'elle est en train de vivre et des gens qui l'entourent. Elle voulait saisir le pouls de l'instant présent, se souvenir du sentiment qu'elle en garderait. Repenser les discussions, s'inventer des scénarios, se fixer des défis ; prendre un temps en-dehors du temps qui passe, pour en contrôler ne serait-ce qu'un soupçon d'instant ou en modifier le cours. Rêver, observer les gens qu'elle aime, sourire et rêver encore. Fêter le nouvel an procurait à Ninon ce sentiment de renouveau, comme si la pause qu'elle prenait durant cette soirée lui servirait à recommencer sur de nouvelles bases et se demander ce que chacun deviendra dans un an, cinq ou dix. Elle pensait à Shannon, l'amie de William qu'elle ne connaissait que depuis le début de la soirée. Une magnifique fille, brune, mince, grande et élégante. Elle portait une casquette gavroche noire et un long manteau léger de la même couleur. Des habits fins et classes. Elle était une fille distinguée et cela sautait aux yeux à la seconde où on la rencontrait. En discutant avec elle, Ninon avait appris que Shannon vouait une extraordinaire passion pour la mode et le chocolat noir, qu'elle traînait une maladie chronique depuis ses sept ans et qu'un de ses oncles habitait dans le même immeuble qu'elle. Ninon la trouvait somptueuse, presque parfaite à l'exception de son adoration pour le chocolat intense en cacao, ironisa-t-elle. Aussi somptueuse que Lucy, une belle fille blonde et presque aussi grande qu'elle. Elle n'était ni vouée à la mode ni douée pour la couture, mais elle chantait et faisait des concours, dont elle montra quelques vidéos à Ninon, ébahie face à son talent d'interprète. Lucy avait une voix de déesse, Shannon cousait ses propres vêtements, William écrivait. Ninon voyait chez eux un avenir presque tracé et les imaginait dans quelques années. Des femmes et des hommes ; des adultes accomplis, flirtant avec leurs rêves d'enfant. Ninon savourait son petit moment de solitude et son esprit se perdait sur le rythme d'*Inside of Love*, de Nada Surf. Elle souriait bêtement et savait qu'elle aimait ces personnes avec qui elle débuterait cette nouvelle année. Alors elle visionnait les fous rires qu'elle avait eus cette année et ceux qui rythmeraient celle qui viendrait, aux larmes qui se déverseront, de joie ou de peine sur les joues et les cœurs. Aux choix à faire, aux décisions à prendre, aux difficultés à surmonter et apparaissant comme un nouvel élan, l'année qui arrivait promettait à Ninon – et elle en était certaine – plus d'amour que de haine, autant de peur que de frivolité. La jeune fille s'animait d'un coup d'une excitation pour les jours à venir et les temps à traverser ; sans plus tarder, elle voulait embrasser celle qu'elle aimait et prendre dans les bras tous ses amis, dévorer le monde, accepter les différences, pardonner l'erreur, tolérer les bêtises, puis elle se leva, la musique la bouleversant faisant naître de ses pupilles un sanglot de joie et lui décrochant un sourire habillé de fossettes et d'une timide sensibilité, pour rejoindre les autres.

Il n'y avait pas beaucoup de pétards à allumer, seul Chavy en avait ramené quelques-uns qu'un ami lui avait refilé. Il n'y en avait qu'une poignée, mais ils étaient surpuissants et éclataient dans un grondement qui faisait trembler chaque personne à moins de vingt mètres et le sol sur lequel chacun se tenait. Greg et Abbie se vidaient une bouteille de vin à eux deux et se rapprochaient ridiculement. Même si Greg mourrait d'envie de l'embrasser, Abbie montrait à certains moments un peu de distance, une certaine hésitation quant à leur rapprochement. Elle n'était pas sûre de ce qu'elle ressentait et ne voulait pas faire d'erreur sous l'effet de l'alcool. Les filles criaient aux retentissements des pétards, bruyants et agressifs. Greg se fâcha contre Norton et Chavy qui eurent la merveilleuse idée d'en faire exploser un dans une bouteille d'alcool vide, qui éclata un mille morceaux au milieu de la route. Il cria sur Norton et donna de grosses tapes sur l'épaule de Chavy, content de sa bêtise. Ils continuèrent ensuite à en jeter dans les caniveaux, jusqu'au dernier. Ça fit finalement bien rire tout le monde à l'exception de Lucy et Audric qui restèrent à l'intérieur, trop effrayés par les pétards et plus à l'aise au chaud, tenant compagnie au chien tout aussi apeuré.

Abbie et Greg se cherchaient et aimaient jouer à ça. Il aimait les yeux d'Abbie. Ils semblaient briller beaucoup plus quand elle était saoule, ou peut-être était-ce le froid qui les faisaient doucement pleurer. Il n'empêchait que le garçon tombait sous le charme, et Abbie commençait à ressentir la même chose pour lui. Au fond d'elle, Abbie avait peur de ce qu'elle ressentait, peur de tomber amoureuse et d'être déçue par une bêtise, une faute qu'un d'eux commettrait peut-être un jour. Elle n'était pas vraiment prête à s'engager, elle le savait. Mais l'alcool lui brouillait l'esprit et ses idées comme ses sentiments s'entremêlaient. Puis elle se sentait idiote avec ses yeux qui pleuraient, elle se sentait idiote à fixer Greg, son sourire de tombeur et ses oreilles un peu cassées.

Les deux se trouvaient un peu à l'écart du groupe, et une fois les pétards explosés, tous rentrèrent tranquillement et heureux à l'intérieur. Il ne restait que Norton et William, plus loin, qui se soulageaient côte à côte le long des buissons. Ils rirent pendant deux minutes puis rejoignirent le groupe dans la maison, en titubant jusqu'à la porte. « Pas de bêtises les amoureux, là ! », leur lança William. « Tu me diras si elle a mis la langue, mec ! » enchérit Norton, que Greg insulta bonnement en riant. Ça fit rire Abbie, qui commençait à se sentir un peu fatiguée. Elle eut dans un éclair de pensée l'envie de poser sa tête contre la poitrine de Greg pour qu'il l'entoure et la réchauffe de ses épaules et de ses mains. Ils parlèrent encore un peu et se partagèrent la bouteille, presque vide. L'alcool efface les barrières et la gêne, et Greg aborda le sujet.

« Tu sais que je te trouve superbe, comme fille, avoua-t-il.
– Ah oui ? sourit-elle timidement.
– Carrément, ouai, répondit-il en souriant.

Les deux se regardaient dans les yeux, Abbie détournait parfois le regard des yeux ténébreux de Greg mais lui ne voulait manquer aucune seconde de ce moment ni du visage d'Abbie.

– C'est gentil, ça...
– Oui, je sais, moi aussi j'suis un mec en or, merci ! ajouta-t-il sur le ton de la dérision, ce qui fit rire Abbie.
– T'es bête, Greg, rit-elle en lui tapant le bras.
– Oh bah merci du compliment ! Il leva les yeux en signe de mécontentement et fit un pas en arrière, l'air boudant. Abbie se pencha en avant pour lui retenir le bras et le garder proche d'elle.
– Je rigole, Greg... c'est vrai, t'es un chouette gars...
– Un « chouette gars » ? La classe ! ironisa-t-il, je suis chouette !
– Arrête, continua-t-elle de rire, avec l'alcool j'ai un peu de mal pour parler, te moques pas, le supplia-t-elle d'un air triste. Et je suis gênée aussi, un peu.

— Je ne me moque pas ! sourit-il amusément. Faut pas être gênée, pas avec moi ! la rassura-t-il. Puis y'a personne d'autre dans la rue, là, et la bouteille, elle écoute pas ce qu'on dit, elle s'en fout.

Elle riait encore, toujours en tenant le bras de Greg et en le secouant un peu, pour jouer avec. Elle aimait bien, et ça faisait disparaître sa gêne et sa peur.

— Eh... je peux t'avouer un truc ? demanda Greg.
— Dis-moi ? répondit-elle en levant les yeux.
— Mais ça fait con de le dire comme ça !

Il commençait à être gêné et pouvait difficilement faire marche-arrière. Puis il voyait Norton, Chavy et Greg lui faire des signes à la fenêtre. Ils firent rire Greg puis il posa à nouveau les yeux sur Abbie.

— Je te trouve magnifique, vraiment, et genre là, maintenant, j'ai grave envie de t'embrasser. Il attendit un temps et vit Abbie sourire. Désolé j'suis bête et ça fait trop con de dire ça comme ça ! Mais honnêtement si je ne te le dis pas, je vais le regretter et je n'oserais jamais le faire.

— Bah... tu veux que je dise quoi ? répondit-elle en riant. Pour ça faut finir la bouteille d'abord ! » Son cœur battait fort, aussi fort que celui de Greg.

Puis elle prit la bouteille, se retourna et la serra fort contre elle pour que Greg ne puisse pas l'atteindre. Peut-être faisait-elle ça pour faire durer le moment, parce qu'elle avait peur de l'embrasser ? Elle ne savait même pas vraiment pourquoi elle avait répondu ça, mais Greg se jeta sur elle et ils se débattirent pour attraper la bouteille. Il lui pinça une hanche et lui saisit le bras pour attraper la bouteille, qui tomba par terre et se brisa. Ils s'arrêtèrent alors de gesticuler mais Greg tenait toujours Abbie entre ses bras. Ils attendirent un temps puis se regardèrent en riant de leur bêtise. Puis Abbie se retourna vers lui.

« Bon, bah... on fait comment du coup ?
— Je m'en fous je t'embrasse quand même », répondit-il en s'avançant vers elle et en l'embrassant.

Greg ne les voyait pas mais les garçons, rejoints par Théophile et Jason, criaient de joie en sautant partout, derrière la fenêtre. Norton tapa sur la vitre et Greg leva la tête, en souriant et en l'insultant rituellement.

En rentrant à l'intérieur, presque tout le monde était au courant de ce qu'Abbie et Greg avaient fait dehors. Norton et Chavy n'ont pas manqué de mettre tous les autres aux nouvelles. Dans l'exaltation de la soirée, le grondement de la musique et l'ivresse de l'alcool, ce fut passé quasiment inaperçu, vu comme une évidence enfin franchie, aux yeux d'Audric et Ninon. Mais ni Greg ni Abbie ne savait ce que ce baiser signifiait réellement. Aucun d'eux n'était sûr de ce qu'ils venaient de faire, ni de ce que cela engendrerait par la suite. Ils se laissaient le temps de comprendre vraiment le lendemain matin. Pour le moment, les deux adolescents voulaient profiter de la soirée ensemble et avec les autres, alors ils ne restaient pas collés tous les deux mais préféraient se retrouver par moments, au cours de la nuit, pour discuter de choses auxquelles on pense quand on a bu, pour rire des choses qui nous font rire quand on n'a rien à dire de sérieux. Rien n'était sérieux, à ce moment-là, de toute façon.

★★

Le lendemain fut rude pour tout le monde. Maux de crâne et de ventre étaient au rendez-vous. C'est ça, les lendemains de soirées. Audric, Lucy et Lola n'avaient pas bu grand-chose et étaient en forme. Ils commencèrent le ménage avant tous les autres. William, qui avait dormi avec Shannon, eut du mal à se lever mais avait l'énergie nécessaire pour aider les autres dans le rangement de la maison. Ninon fumait une cigarette sur la terrasse, rejoint par Ben. Elle se promettait de ne plus jamais boire autant et fit rire Ben qui n'en croyait pas un seul mot. En regardant vers la piscine, Ben regretta d'y être entré totalement nu avec Jason et William après avoir perdu à un de leurs jeux d'alcool. Ninon ne manqua pas de rappeler la stupidité de ce genre de pari et se réjouissait de ne pas y avoir joué.

L'entame d'une nouvelle année marquait un nouveau départ, l'occasion pour certains de se concentrer sur leurs projets personnels, le moment pour d'autres de s'éloigner des mauvaises personnes ; chacun considérait le nouvel an à sa propre façon. Mais pour l'heure, le temps était à la décuve et au ménage. Élodie rejoignit Ninon sur la terrasse. L'air matinal était d'une fraîcheur à faire vibrer la peau, alors tous avaient mis un gros pull pour pallier le froid. Élodie avait même glissé sur ses épaules un plaid large et épais qui l'enveloppait jusqu'aux genoux. Ses cheveux étaient décoiffés, ses pieds nus dans ses gros chaussons. Elle venait de boire un jus d'ananas, comme à son habitude. Elle préférait les fruits, l'eau et les légumes à toute autre nourriture disponible, végétarienne depuis une dizaine d'années. Chavy finissait une bière tiède lorsqu'Abbie vint lui embrasser le front, les yeux plissés témoignant de son mal de crâne. Elle portait son large oreiller qu'elle prenait pour mieux dormir et tenait son vieux lapin violet froissé. Elle demanda autour d'elle si quelqu'un n'avait pas, à tout hasard, quelques médicaments pour faire passer le bourdonnement qui raisonnait à l'intérieur de sa tête, interpellée par Ninon qui en cherchait aussi. Ben s'apprêtait à monter fouiller dans la salle de bains pour en trouver mais Élodie prit les devants en leur indiquant son sac à dos, dans lequel elle avait pensé à glisser une boîte de comprimés. L'année commençait bien pour tout le monde, et elle annonçait encore de nombreuses soirées comme celle-ci. Elle annonçait aussi des milliers de bons moments que la bande vivrait ensemble, mais personne ne pensait à cela en ce lendemain de fête.

XV

Derby

Les entraînements de rugby avaient repris pour Greg, Niels et Ben. C'était le premier entraînement dans son nouveau club, pour Ben. Il avait quitté l'équipe de Marc et de ses coéquipiers car il ne s'y sentait plus à l'aise et ne s'entendait plus avec beaucoup de monde non plus, en réalité. Alors le garçon prit la décision de changer de club, passant outre les critiques et le jugement de ses anciens coéquipiers. Dans certains moments, il faut savoir écouter son cœur et dépasser la pression du groupe. Même si notre choix ne plaît pas, gardons en tête que si l'on pense que c'est une bonne décision, alors c'est la chose à faire. La colère passe, les regrets sont plus difficiles à effacer. Savoir si c'est bien notre cœur qui nous parle est une situation opaque et complexe, et il arrive que l'on se trompe.

Ben arrivait dans l'équipe comme un nouvel atout, il avait un excellent niveau et cela réjouissait tout le monde de pouvoir remplacer Bonaventure, blessé depuis quelques semaines. Ben était heureux de pouvoir jouer aux côtés de Greg, lui aussi impatient de fouler le terrain dans la même équipe. De plus la saison reprenait très fort : le second match qu'ils joueraient, dans un mois, les affrontait aux rivaux, Marc et ses coéquipiers, pour un derby qui s'annonçait haut en tension et d'une adversité sans merci. Au fond de lui, Ben appréhendait un peu cette rencontre. Il en avait parlé à Lola, qui lui ordonna de ne pas trop se mettre en danger, craignant une blessure douloureuse et des représailles hargneuses. Ben le craignait aussi, mais il savait que dès lors que l'on monte sur un terrain, on se met en danger. Et affronter son ancienne équipe n'arrangerait pas la chose. Il connaissait leur mentalité et savait que les joueurs ne le lâcheraient pas et redoubleraient d'efforts pour l'empêcher de jouer correctement.

Greg comprenait sa situation et appréhendait presque tout autant que Ben le derby prochain. Il savait comment se comportaient les joueurs de cette équipe et ce que lui racontait Ben ne le rassurait pas du tout. C'était sûr, ils s'attendaient à un match douloureux et décisif.

Lorsque le jour de match eut lieu, la pression montait dans chacune des deux équipes. Marc était rancunier et avait de la haine pour Ben, bien qu'au fond de lui, il ne savait même plus pourquoi. Il voulait juste jouer au méchant, montrer à ses adversaires, à Ben, à Greg, à Niels à quel point il était énervé et impatient de monter sur le terrain. Lui et ses coéquipiers arrivèrent au stade silencieux, fermés, imposants. Marc et Ben s'étaient éloignés depuis longtemps, il n'avait plus rien en commun si ce n'est des souvenirs d'après-midis à ne rien faire, à fumer et rabâcher leurs sujets habituels, des souvenirs de soirées à boire et jouer au plus abruti. Il y avait aussi leurs séances de sport où ils s'étaient essayés à la musculation, à soulever des poids face au miroir sans grande assiduité ni réelle technique. La musique à fond dans les oreilles comme moteur de leurs efforts, ils s'étaient pris souvent pour des acteurs connus ou des sportifs de renom, fiers de leur reflet dans la glace, à exagérer la taille de leurs muscles et passer plus de temps à contracter chaque partie du corps pour en apercevoir l'ombre d'un relief qu'à maintenir un rythme d'efforts régulier et convenable.

Ben avait quitté le club et l'avait vécu de manière presque logique. Il ne s'entendait plus avec personne, et Greg et Niels l'avaient convaincu de les rejoindre dans leur équipe. Ben était un bon élément, quelle que soit l'équipe dans laquelle il jouait, mais avoir quitté Marc et le reste de l'équipe n'avait pas été vécu comme une grande déchirure. Si Marc en voulait à Ben, c'était simplement pour marquer le coup. Il avait envie de s'énerver et faisait du transfert de Ben une raison valable pour lui en vouloir et pouvoir se défouler sur quelqu'un pendant le match. Ben savait que Marc lui en voulait car il le connaissait bien et sentait que Marc en profiterait pour s'entêter contre lui. Il était comme ça, il avait besoin d'un stimulant, d'une cible sur qui frapper, d'extérioriser une haine qui reposait sur un fond dénué de sens et une violence gratuite.

Lui et ses coéquipiers arrivaient aux vestiaires et croisèrent l'équipe de Niels dans les couloirs. D'une manière condescendante et téméraire, Marc et ses coéquipiers passèrent devant leurs rivaux sans broncher, le regard droit et fier, et se comportaient comme des stars. Comme s'ils avaient quelque chose à prouver ou à faire comprendre, ils jouèrent cette scène comme des acteurs. Greg les trouvait ridicules. Ils se prenaient pour des célébrités et défilaient devant lui comme des coqs trop fiers se prenant pour des paons trop stupides, jugeait-il. Malgré leur numéro d'acteurs, les joueurs de Niels ne se laissèrent pas déstabiliser. Et en bon capitaine d'équipe, Niels ne comptait pas laisser paraître une once de doute, de peur ou un semblant de faiblesse. Il disait toujours que « montrer aux adversaires qu'on les craint peureusement, c'est les reconnaître supérieurs. Et en s'avouant inférieur, on a déjà perdu. » Ce garçon avait une prestance et un charisme qui donnaient à son titre de capitaine une valeur d'autant plus respectueuse et légitime. Il avait les mots pour guider, soutenir, aider, encourager, peu importe la situation. Une aisance dans les discours et la communication primordiale pour un tel rôle, qu'il possédait aussi quotidiennement. Il était fier d'être capitaine, et agissait en leader, pas en chef. Il appuyait et défendait ses couleurs avec ferveur et ses coéquipiers avec fraternité, en se mettant au même niveau qu'eux. Il respectait les autres et ne prenait jamais personne de haut. Ce qui le rendait puissant, au-delà de son physique athlétique et de sa réussite dans presque tous les domaines, était ce qu'il dégageait. Sa présence suffisait généralement à instaurer l'ordre et il n'avait jamais de mal à se faire respecter. Mais il ne montrait ni volonté de dominer ni condescendance envers les plus timides, calmes ou fragiles. Au contraire. Son rôle de capitaine, il le portait avec honneur et fierté, et il était naturel aux yeux de tous que le privilège de porter le brassard lui revienne.

Les garçons entamèrent le match le cœur frappant. Aucun ne savait comment il finirait. Les coachs avaient confiance en leur équipe, Niels encourageait les siens et Marc faisait de même. Les joueurs se connaissaient, la pression ne faisait qu'augmenter au fur et à mesure du temps s'écoulant. Mais Marc avait un objectif bien personnel : faire comprendre à Ben son erreur d'avoir quitté les siens. Il n'en avait parlé qu'à quelques-uns de ses coéquipiers, il ne voulait pas que l'entraîneur apprenne à quel point Marc en voulait à son ancien camarade. Le coach n'avait vu la situation que comme un derby habituel et l'affrontement d'un ex-coéquipier ; il sentait la pression, ne cherchait pas plus loin. Les essais s'enchaînaient des deux côtés, le match était rude et intense, comme tout le monde l'attendait.

Lola et Audric étaient venus assister à la rencontre, et les deux s'étonnaient de la violence de certains chocs et montraient leur satisfaction à rester assis dans les gradins, une couverture sur les genoux pour combattre le froid, seul défi de leur après-midi. Et c'était vrai, les coups et les chocs ne se comptaient plus, entre les cris d'encouragement et de colère. Le sang montait à la tête, tous avaient les poils hérissés et les jambes salies par la boue. Le spectacle était au rendez-vous, et ce n'était pas pour déplaire à Audric. Lola, elle, appréciait moins le match. Les duels étaient coriaces, les physiques des joueurs imposants et la pression maximale. Son cœur battait aussi fort que ceux des joueurs, mais battait d'inquiétude, d'inquiétude pour Ben. Elle ne voulait pas qu'il se blesse, avait peur des coups qu'il prenait. Elle ne le quittait pas des yeux et restait tendue, droite comme un chien d'arrêt, le nez goûtant et un bonnet sur la tête, les mains sur ses cuisses et le dos droit. Elle ressentait tout l'attachement qu'elle avait pour Ben. Sur le terrain, le garçon était transpirant, rouge d'efforts et de froid et sanguin face aux adversaires. Son ensemble était sale, sa voix fatiguée à force de crier et ses muscles s'usaient. Il était comme un autre homme et pourtant, Lola l'aimait toujours autant. Sa tenue, son état, son humeur n'altéraient pas le moindre sentiment qu'elle ressentait envers lui. Leur fusion était claire et naturelle et Lola savait que la situation inversée, Ben serait dans le même état qu'elle, à porter le même intérêt, à ressentir la même inquiétude, à apprécier le même attachement.

Au bout d'un moment, Audric, en train d'écrire un message à son petit-ami, s'effraya lorsque Lola bondit de son siège, propulsant la couverture sur la rangée devant dans un cri d'effroi et de colère qu'Audric n'avait jusque-là jamais entendu sortir de la bouche de son amie. Elle criait et dévala les quelques marches des gradins pour rejoindre la barrière de sécurité, qu'elle aurait pu tordre et réduire à néant si elle n'avait pas usé toutes ses forces pour maudire Marc. Le salaud venait de blesser volontairement Ben dans un face à face qui ne requit pourtant pas un tel affront. Après une passe de Niels, Ben se lança sans hésitation droit devant en essayant de feinter Marc. Mais le jeune homme ne fit qu'une bouchée de son ex-coéquipier, l'attrapant par les hanches et lui tombant par-dessus, le genou placé volontairement de façon à lui faire mal. En se relevant, Marc lui marcha dessus avec ses crampons métalliques sans aucune pitié, pendant que Ben se plaignait de douleur, étourdi au sol. Niels sauta sans hésiter sur Marc pour venger son camarade, rejoint par les membres des deux équipes. Une bagarre générale éclata en une poignée de secondes, mettant en scène la relâche de la pression qui sévissait sur les joueurs depuis l'arrivée des équipes au stade. Greg se pencha sur Ben, s'inquiétant de son état. Le garçon se tenait le côté du ventre et saignait au bras, ouvert par les crampons sous la semelle de Marc. Lola se tenait à la barrière en l'empoignant d'une force qui la dépassait, ses larmes piquantes explosant ses petits yeux, regardant son copain au sol et fixant Greg en l'appelant pour connaître l'état de son coéquipier. Niels était sur Marc et le tenait au sol malgré les autres joueurs autour et par-dessus eux, malgré les coups qu'il prenait des adversaires. La rage était trop forte, c'en était trop. Niels ne le lâchait pas, lui assénant des coups démontrant une haine sans précédent, nageant dans une adrénaline furieuse. Il voulait lui faire payer tout le mal qu'il fait et qu'il a pu faire. Lui faire comprendre qu'il avait commis une grave erreur d'avoir agressé Ben de cette manière. Lui faire rentrer dans le crâne qu'il pourrait agir comme ça autant qu'il le voulait, jamais il ne gagnerait. Et Marc ne faisait pas le poids face à Niels. Il ne lui décrocha que deux violents coups de poing dans les côtes et se chargea surtout de le maintenir au sol en l'insultant, écarlate de colère. Il savait que Marc serait suspendu pour quelques temps après ce geste ; Niels tenait à sa saison, il ne voulait pas aller trop loin. Sa bouche crachait de la bave et ses cheveux mouillés laissaient dégouliner sur la tête de Marc les gouttes de pluie et de transpiration. Finalement, l'arbitre vint séparer les garçons de la bagarre, sans pour autant chasser l'énervement. La tension régnait, les joueurs étaient prêts à se sauter dessus et se casser les dents. Greg s'était relevé et avait rejoint le bord du terrain pour informer Lola sur l'état de Ben, mal-en-point. Il voulait continuer de jouer, mais le responsable médical préféra le faire sortir du terrain pour éviter toute aggravation.

Ben avait redouté ce moment au fond de lui, mais restait sous le choc encore que Marc ait réellement osé lui faire mal. Lola était partie prendre des nouvelles de Ben, elle longea tout le terrain jusqu'en face, retrouvant son copain dans le vestiaire. Le soigneur lui constata une côte certainement fêlée et plusieurs hématomes sur le bras, entaillé par les crampons du joueur adverse. Ben ressentait juste de la rage envers Marc, mais savait que se venger, surtout par la violence, n'était pas la bonne marche à suivre. De toute façon, blessé comme il l'était, il ne pouvait pas faire grand-chose. Il peinait à effectuer les moindres gestes ; s'asseoir, se lever, encore arrivait-il à embrasser sa copine et c'était pour le moment ce qui lui paraissait le plus important.

Marc fut exclu pour son geste odieux et cela avait pour Ben déjà un bon goût de justice. Il savait que Marc ne rejouerait pas de match avant un certain temps. Lola restait inquiète pour

Ben, les marques sur son bras l'impressionnaient énormément. On entendait de l'intérieur des vestiaires les cris sur le terrain. Le match avait repris, un joueur de moins dans l'équipe adverse, un joueur de sang neuf pour remplacer Ben. L'équipe de Niels menait de peu et cela avait sûrement tapé sur les nerfs de Marc, l'ayant poussé à bout et à agir de la sorte avec son ancien coéquipier. Il agissait tout le temps comme ça, sur un coup de tête, sans réfléchir ni penser aux conséquences. Et cela valait pour tout, dans le sport, dans la vie quotidienne, au lycée, et il était le « garçon différent au comportement instable » pour ses camarades, le renforçant dans son rôle et son attitude. Personne ne savait pourquoi il aimait se comporter ainsi, alors tout le monde autour de lui mettait ses écarts sur le dos d'un trouble et de pulsions incontrôlées. Ben n'était pas surpris de l'acte de Marc, ni Lola, ni aucun des joueurs. De la part d'un garçon comme lui, ce n'était pas quelque chose d'extraordinaire. C'était le fait qu'il ait osé le faire, en plein match, qui avait désarçonné tout le monde.

Ben le savait, il en aurait pour quelques semaines de repos si sa côte était réellement fêlée, ce dont il doutait peu. Il était surtout énervé de ne pas pouvoir continuer le match et les prochains qui suivraient auprès de ses coéquipiers sur le terrain. Une convalescence paraît toujours trop longue, Ben savait la frustration que c'était de rester dans les gradins.

XVI

Et l'on se bâtit

L'accrochage entre Marc et Ben avait secoué tout le monde qui y avait assisté et ceux qui l'avaient appris aussi, la nouvelle s'étant vite répandue au sein du lycée. Marc savait qu'il était désormais plus détesté qu'il ne l'était déjà. Lors du match, l'attaque volontaire du garçon sur son ancien coéquipier avait jeté un froid, remarquablement palpable après la sortie sur blessure de Ben et l'exclusion de Marc. La tension ne fut qu'accrue à la poursuite du match et demeurait la même lorsque les garçons des différentes équipes se croisaient dans les couloirs du lycée. Ni Niels ni Greg ne pouvait voir Marc, au risque de lui sauter à la gorge. Ben était surtout dégoûté de l'acte commis. Mais il s'en remettait doucement et savoir que Marc avait écopé de neuf matchs de suspension lui apaisait sa côte douloureuse.

Malgré tout, cette mésaventure renforça l'esprit de groupe de l'équipe de Niels et rapprocha beaucoup les joueurs, par la force des choses. Lola et Ben commençaient à s'aimer vraiment. Quand Ben s'était retrouvé au sol, Lola palpitait affreusement et, au fond d'elle, avait ressenti une coquille lui électrisant le ventre, comme si elle se fissurait. Elle n'eut pas le temps d'essayer de comprendre et de se dire que c'était peut-être ça, l'amour. Tout son cœur battait pour Ben, allongé dans l'herbe, faible et souffrant. Elle n'eut pas de temps non plus pour la haine. Toutes ces réflexions et tous ces sentiments sont venus plus tard, pas à pas. La haine contre Marc, elle, est vite arrivée et tardera à repartir. Ce qu'elle ressentait pour Ben, en revanche, elle ne savait pas encore mettre de mot dessus, mais elle en était presque certaine. Ces choses-là, ça ne se sait pas, ça se sent. La fraternité entre Ben, Greg et Niels s'est aussi renforcée après ce chapitre mouvementé. Ils savaient qu'ils pouvaient compter les uns sur les autres, et cet esprit de camaraderie aidait énormément Ben dans sa remise en forme, rassurait Greg dans sa confiance en lui, plaisait à Niels dans ce rôle d'humble leader.

Cet événement rapprocha aussi tout le reste du groupe, Audric, Abbie et tous les autres en les confortant dans l'idée que Marc était un bel enfoiré. D'un autre côté, s'ils paraissaient aussi plus soudés, c'est parce qu'ils savaient qu'ils vivaient des choses qui les marqueront, pendant longtemps encore. Ils s'étaient tous trouvés, par ci et par là, certains se sont détachés des personnes avec qui ils ne partageaient plus rien. Ben de Marc ou Lola d'Amel et Julia. Ils savaient qu'ils rencontreraient encore davantage de personnes, avec qui ils partageront tout ou plus de choses encore. Mais ils n'y pensaient pas. C'était maintenant l'heure du lycée, chaque chose en son temps. En pleine adolescence, tous apprenaient peu à peu la vie, s'enseignaient des choses et découvraient ensemble. Ils assimilaient les leçons de cours et les leçons de vie, chez les uns et à travers les autres ; c'était cela de découvrir la vie. Pas comme des gamins, plutôt comme de futurs adultes. Alors ils profitaient de leur jeunesse, de leur liberté, de leur statut et le fait de vivre ces événements entre eux, ce groupe qui s'entendait tellement bien, rendait déjà mémorables leurs fous rires et presque stupides et dérisoires leurs peines et leurs histoires de lycéens.

L'hiver avait été intense mais le mois de mars annonçait un peu d'accalmie : plus de soleil, moins d'humidité désagréable et de froid fragilisant les oreilles et les doigts. Néanmoins, toute la bande continuait de se voir. Ben sortait moins pour se remettre au mieux de sa blessure, mais Ninon, qui voyait de moins en moins Élodie, occupée par ses cours et ses examens, n'avait pas manqué à son habitude de s'installer sur les bancs du Jane&Tonio pour en apprécier la chaleur et l'ambiance et de papoter de tout et de rien avec ses amis. Audric était le plus souvent présent, n'étant pas occupé à grand-chose et raffolant toujours des potins à partager avec son amie. Chavy aimait aussi beaucoup passer du temps avec eux. Tant qu'il pouvait raconter ce qu'il voulait sans que cela ne dérange personne, ça lui convenait. Niels passait lui aussi de plus en plus de temps avec eux et voyait aussi Julia, commençant à se rapprocher d'elle. Abbie venait régulièrement partager un banana split avec Ninon et rire un peu avec les autres lorsqu'elle n'était pas prise par les cours de piano ou par les entraînements de volley. Alors ils avaient souvent l'habitude qu'elle les rejoigne en cours de route, une moitié de dessert qui l'attendait sur la table et des nouvelles à lui raconter brûlant sur la langue d'Audric. Ils formaient une belle bande d'amis. Ils étaient heureux ensemble, vivaient de beaux moments et apportaient tous un coup de pinceau à leur toile de souvenirs. Personne n'en était exclu, aucun n'y était rabaissé. Ils s'apprêtaient à vivre encore de magnifiques choses ensemble et souvent Ninon pensait à la soirée du nouvel an, au moment pendant lequel elle resta figée, à contempler autant ses amis que les moments vécus et ceux à vivre encore. Parfois, il lui survenait un temps hors du temps, comme si elle se distanciait de la situation et se plaçait à l'extérieur des autres pour admirer ce qu'ils faisaient, ce qu'ils étaient, ceux qu'elle aimait tant, impatiente de graver ces souvenirs dans la roche ou du moins de les écrire dans un vieux carnet.

Un soir, les garçons se retrouvèrent juste entre eux au Jane&Tonio. Ninon voyait Élodie, Lola et Audric s'étaient réunis pour un travail en cours de langues et Abbie était au volley. C'était dommage, Ben commençait à sortir à nouveau et voulait passer la soirée avec tout le groupe entier. Bien souvent, les choses ne vont pas comme on l'aurait souhaité et ce fut le cas ce soir-là, mais ce n'était pas bien grave. Ben était content de retrouver ses coéquipiers. Niels et Greg s'étaient déjà installés à une table et buvaient une bière en grignotant des cacahuètes, le bol presque vide. Chavy et Norton finissaient une partie d'un de leurs jeux de société qu'ils aimaient, à base de stratégie bien complexe et de règles farfelues, bien au chaud dans le garage aménagé de Chavy. Mais tous les garçons finirent par se retrouver au complet. Ils n'abordaient pas des milliers de sujets. Ils avaient commencé à parler du match de rugby puis dévièrent sur les filles, le genre de conversation que chacun appréciait beaucoup.

« Et toi, avec Lola, ça se passe bien, alors ? interrogea Chavy.

– Ouai, carrément ! se réjouit Ben. Franchement, c'est con à dire, les gars, mais je suis fou d'elle et je suis heureux que ce soit réciproque.

– Je te crois ! Vous êtes bien, ensemble, le complimenta Greg.

– Ça fait combien de temps, en fait ? demanda Niels

– Qu'on est ensemble ?

– Oui.

– Euh... ça doit faire un peu plus de trois mois !

– Cool ! À l'époque je te voyais pas du tout en couple, ajouta Niels.

– Ah oui ?! s'esclaffa Ben.

– Bah clairement, mec ! Tu choppais les filles à droite et à gauche, sans problème, t'étais un vrai félin ! T'as changé, depuis, c'est tout aussi bien de te voir comme ça, avec Lola, posé et amoureux, c'est mignon ! le taquina-t-il.

– C'est vrai, j'ai eu bien cinq ou six conquêtes, en riait Ben. Non mais c'est fini, maintenant, les choses sérieuses ont commencé ! Et je suis bien comme ça, c'est clair, répondit-il en reposant sa bière sur la table, la fixant des yeux, repensant aux discussions au rocher avec Ninon.

– Et toi, Niels ? demanda Chavy.

– Moi ? Bah... je parle à Julia, en ce moment.

– Jure ! s'exclama Chavy.

— Faut pas que Lola le sache, elle sera pas contente de l'apprendre ! ironisa Norton.

— C'est clair ! poursuivit Niels. En vrai, je pense que si ça devient plus sérieux, je ferai bien d'en parler à Lola...

— Tu penses ? interrogea Greg.

— Ouai, affirma Niels en regardant Ben.

— Je pense aussi, ajouta Ben. Ça ne lui fera pas plaisir, mais vaut mieux qu'elle soit au courant plutôt qu'elle apprenne que tu le lui cachais.

— En soit, je ne dois rien à Lola, je veux dire, je fais ce que je veux ! Mais par principe, quoi. On passe beaucoup de temps ensemble, toute la bande, alors c'est la moindre des choses. Je sais très bien qu'elle et Julia ne s'entendent plus du tout, donc si déjà, je préfère la prévenir et lui en parler. Je ne veux pas installer de gêne ni de conflit dans la bande, déclara Niels.

— T'as raison ! fit Greg.

— Enfin bon, pour l'instant c'est tout récent avec elle. On verra par la suite, si ça devient plus sérieux ! conclu Niels. Et toi, Chavy ?

— Bah moi, je vis ma vie, pépouze !

— Fumette et minettes ? se moqua Norton.

— Exactement, je veux pas me casser la tête avec une copine. Enfin, j'ai jamais eu l'envie de me projeter ou d'imaginer un « plus tard » avec une fille... si je m'intéresse à une nana, j'ai du mal à me dire que genre... trois mois après, je suis toujours avec elle.

— Ah bon ? T'es bizarre, mec ! lui envoya Greg.

— Bizarre ? Pourquoi bizarre ?

— Bah, bizarre d'aller vers une fille en sachant que, même si tu te mets en couple, tu ne resteras pas plus de deux mois avec elle. Je trouve ça bête !

— C'est pas bête ! dédramatisa Chavy.

— Tu profites d'elle, un peu, nan ? suggéra Niels.

— Non plus ! Je veux juste me faire des connaissances, discuter, plus si affinités mais toujours dans le consentement et dans la détente ! Puis fumer un bon pétard après le sexe, c'est d'une divinité ! mima-t-il en pinçant ses doigts contre ses lèvres. Je rigole, je rigole, mais vraiment, je vous assure les gars, j'ai un truc avec le flirt, genre... discuter avec la fille, se rapprocher de son âme, rêver à deux, déconner pendant un moment... tous ces trucs-là, c'est presque mieux que le sexe ! déclara Chavy.

– T'es complètement perché, mec, réagit Niels.

– Alors à quoi ça sert de s'intéresser aux filles, si ce n'est pas pour en tomber amoureux ? demanda Greg.

– J'avoue, tu crées tout un feeling, limite un début de relation avec la fille, puis tu ne vas pas au bout, c'est frustrant ! commenta Ben.

– Ouai, comme si tu te l'interdisais, ajouta Norton.

– Les gars, vous ne comprenez pas ! C'est pas intéressant, de tomber amoureux ! T'es là, tu installes une routine, tu te lasses, tu te ramollis... on a quasiment tous vingt ans, c'est pas le moment de s'enfouir dans une relation stable et ridicule ! Rimbaud, il disait qu'on n'est pas sérieux, quand on a dix-sept ans, bah les gars, je suis désolé, on ne l'est pas non plus quand on en a vingt. Ou vingt-cinq. Ou tr...

– On a compris, Chavy, le coupa Norton.

– Bref, ce n'est pas pour moi, être en couple. Enfin, pas pour l'instant ! termina Chavy.

– Bah profite si tu veux, nous, on a qu'à louper tous ces bons moments, mais au moins, on sera heureux et avec une fille à aimer ! contra Norton.

– Qu'est-ce que tu racontes, mec, t'es pas sorti avec une fille depuis deux ans ! enchérit Chavy.

– Et alors ? Je m'en fous, je prends mon temps ! De toute façon, c'est chacun sa mentalité. Et tu dis ça parce que t'as jamais connu le vrai amour ! argumenta Norton.

– Le vrai amour... gros, t'avais seize ans et tu me parles du grand amour, là ! se moqua Chavy.

– Bah moi, je te le dis, s'incrusta Ben, l'amour, c'est clairement bien. Moi, je m'éclatais, à l'époque, comme toi tu le fais maintenant, et c'est vrai : aucune contrainte, pas de prise de tête, personne à qui penser, beaucoup moins de dépenses, tu fais ce que tu veux, quand tu veux. Mais mec, je t'assure, quand tu trouves un joyau comme moi j'ai trouvé Lola...

– Mais quel canard celui-là, glissa Niels ironiquement.

– Ferme ta gueule, toi ! rit Ben. Bon, quand tu trouves une fille que tu aimes et qui t'aimes réellement en retour, franchement, ça te donne un de ces smile, un de ces bonheur mon pote ! »

Greg était pensif en entendant les paroles de Ben. Il voyait Abbie dans un coin de sa tête, souriante et pétillante. Il l'imaginait heureuse avec lui et espérait pouvoir l'être un jour avec elle, un éclat de reflet des néons de l'intérieur du Jane&Tonio se logeant dans le noir sombre de ses pupilles, témoignant de l'envie furieuse d'être avec elle. Leur baiser du nouvel an l'avait rendu le plus heureux des garçons, mais laissa Abbie plus indécise que jamais. Elle était dans une position qui ne lui convenait pas ; elle ne voulait ni forcer les choses, ni les gâcher. Alors elle mit les choses au clair avec Greg, lui avouant son doute, le flou qui brouillait ses sentiments. Greg était frustré, déçu, mais n'avait pas d'autre fille en tête. S'il fallait attendre, il attendrait, craignant juste d'attendre pour rien. Mais il ne pouvait rien faire d'autre. Il ne voulait pas la perdre, et si l'on pouvait connaître l'avenir, la vie serait trop simple. Il avait un peu l'impression de s'engager dans un entonnoir dont il ne pourrait s'échapper, en pensant de trop à Abbie et en s'attachant à elle. Mais il était prêt à prendre le risque. À cet âge, les garçons n'hésitent pas tellement ; soit abandonnent, soit décident d'aimer une fille comme la princesse de leur monde.

« Puis les sorties, tu vois ça comme des contraintes mais je peux t'assurer que c'est que du plaisir, passer du temps avec l'être que t'aimes, c'est incroyable ! Tu sais, tu penses qu'en étant en couple, on manque des moments mémorables qu'on vivrait si on vivait comme toi, à profiter et tout, mais au final, en couple, tu vis autant de bons moments ! Ils sont juste différents, pas à ton goût, certes, mais on se fait quand même de bons souvenirs, et souvent bien meilleurs que quand t'es tout seul ! assura Ben.

– Si tu le dis ! Perso, moi, je suis bien comme ça ! » mordillait Chavy, finissant de rouler sa cigarette.

Les garçons aimaient ce genre de discussions, « entre gars », à parler de ce qui les rapprochaient tous : le sport, les filles, les jeux vidéo. Et tous ces sujets leur paraissaient aussi vastes et intéressants les uns que les autres. Ils appréciaient de plus en plus discuter comme ça, entre jeunes, autour d'une bière, un peu comme le font les grands adultes. Leur manière de parler, leurs sujets, leurs arguments, le fil des conversations, le débat... tout changeait petit à petit et leurs conversations d'aujourd'hui ne ressemblaient en rien à celles qu'ils auraient pu avoir deux ans auparavant.

En imitant, en reproduisant ce que font les plus âgés, on change, on grandit, on évolue. Et tout cela se fait dans l'observation, dans l'interaction, dans les discussions. Souvent, on le fait consciemment, mais la majeure partie du changement se bâtit inconsciemment. Greg était heureux de discuter avec les garçons. Seul Norton avait le même âge que lui, et à dix-huit ans, on se plait de discuter avec plus âgé que soi. Les autres avaient plus ou moins la vingtaine, mais ça, Greg l'oubliait. Entre eux, il n'y avait pas de question d'âge, de génération ou bien quoi que ce soit d'autre encore qui puisse les distancier ou les hiérarchiser entre eux. Ils étaient simplement une bande d'amis, de coéquipiers s'agissant de Greg, Ben et Niels, de francs camarades pour tout le monde. Il était arrivé pour Greg l'heure des nouvelles discussions, des nouveaux sujets et il le comprenait peu à peu au fil des conversations et du temps passé avec ses amis. Il grandissait, s'apprêtait à connaître ce qu'était l'amour, l'amour des années de la vingtaine, plus celui du collège. Il ne savait pas à quoi ressemblerait sa vie d'adulte, mais avait au moins un avant-goût des discussions qui en feraient partie.

XVII

Trouver sa place

Certaines briques pèsent plus lourd que d'autres. Les peines, les remords, le sentiment d'échouer, d'être de trop, de ne pas compter. Autant de briques qui s'accumulent dans les cœurs et qui ne ménagent pas. Elles ne disent pas quand elles s'installent et on arrive difficilement à les faire partir. Quand on en sent trop la présence, on pèse beaucoup intérieurement. On se sent coupable, voire inutile ou incapable et l'on admire celui qui parait n'avoir aucune peine, aucune gêne, aucun complexe, qui est à l'aise avec tout et que tout le monde aime, qui a des histoires que l'on considère comme inintéressantes, comme ne comptant pas réellement. Des histoires qui sont juste là pour habiller le vide que ces personnes semblent posséder dans leur intérieur. Ils n'ont pas de briques, ces gens-là, nous obstinons-nous à croire. Ils n'ont pas de regret, aucune peur ni appréhension de l'avenir, du risque, de la découverte. Ils ne semblent ni souffrir, ni galérer. Ils ont leur place, ces gens-là. Acceptés de tous, ils ont la côte. Mais au fond, ont-ils réellement quelque chose à faire de leurs dix doigts ? Ont-ils un discours construit ? Quelque chose à raconter ? Un sujet à défendre ?

Voilà ce que Ninon se mettait à gratter dans ses vieux carnets. Voilà ce que certaines ou certains font trotter dans leur tête constamment, sans le décider. Peu importe le moment, l'humeur, l'âge ou la raison. Ninon et Chloé étaient de ces personnes-là, comme sans doute un bon nombre d'autres lycéens dont elles ne connaissaient rien. Personne n'arrive à décrypter cela de l'extérieur, si ce ne sont ces personnes elles-mêmes. Ninon l'avait ressenti chez Chloé.

Chloé en avait sur le cœur. Elle n'était ni bien dans sa peau, ni bien dans sa tête, et sentait en elle le besoin d'extérioriser sa peine et sa douleur. Elle devait en parler, c'était la meilleure chose à faire. Elle pensait à sa mère, mais avait la vive impression amère que ses parents ne comprendraient pas. Peut-être auraient-ils fait passer ce caillot douloureux pour une crise d'adolescence anodine ? Chloé avait l'habitude d'entendre ses discours tournés au ridicule par son père et décrédibilisés par sa mère. Sans grande méchanceté mais maladroit de leur part, certes, telle était leur façon de faire. Ils partaient d'un bon sentiment, mais leur bon sentiment n'était pas celui qui suffisait à Chloé. Elle avait au moins la maturité de se rendre compte de cela, silencieusement et intelligemment. Ses parents ne le comprenaient pas et voyaient cette situation, le silence de Chloé, comme le fruit de la timidité et d'une certaine pudeur. Alors elle gardait leur avis pour des choses moins lourdes, moins sérieuses, moins douloureuses. Mais Chloé n'avait pas beaucoup d'amies. Luann aurait été la seule à qui s'adresser pour se confier de la sorte, d'un sujet que peu de gens comprendraient. L'accumulation de peine, de réflexions profondes et négatives, de ruminations anxieuses et stressantes, n'était pas quelque chose de simple à partager, mais il fallait qu'elle s'en allège. Trop, c'était trop. Elle pensait à partir, prendre son sac et aller marcher jusqu'à ce qu'on s'intéresse à elle, jusqu'à ce que, par hasard, un paysan croisant son chemin vienne la récupérer dans son 4x4 à travers les champs. Marcher jusqu'à sentir ses jambes en feu. Prendre un carnet et un stylo, pour écrire, pour dessiner, pour évacuer les idées noires qui lui encombraient l'esprit sans relâche. De quoi manger, de quoi boire, de quoi écouter de la musique et de quoi lire. Tout ce qui pouvait lui changer les idées et lui adoucir les poumons. Ce sentiment d'inutilité et de solitude, Chloé ne trouvait pas cela normal. Pas à son âge, pas pour une lycéenne, pas pour une adolescente. Elle voulait de toute sa force et son courage effacer cette tristesse et empêcher que son cœur soit aussi perméable. « La sensibilité, quelle fausse amie », regrettait-elle. Elle se sentait seule au monde à ressentir cela et entendre les paroles de Luann qu'elle connaissait déjà par cœur ne soulagerait pas grand-chose. Ça pourrait valoir le coup d'essayer – ça en vaut toujours la peine. Mais elle s'attendait trop aux réponses auxquelles elle aurait droit et avait peur de se sentir plus seule et incomprise encore. Elle pensa alors à Ninon, sans trop savoir pourquoi, ça paraissait logique pour elle. Ninon, elle en était persuadée, l'écouterait avec plaisir et calme puis lui offrirait des réponses nouvelles, des portes à enfoncer, des chemins à prendre et même si elle ne savait quoi lui dire et ne lui donnait rien de tout ça, elle aurait au moins la douceur de lui montrer qu'elle est écoutée, comprise ; qu'elle n'est pas seule, qu'elle n'est pas folle, qu'elle n'est pas perdue.

Dans le bus, en rentrant du lycée, le soleil donnait de sa présence encore un dernier quart d'heure. Elle enfila ses écouteurs, lança *Draw Your Swords*, d'Angus et Julia Stone, puis envoya un message à Ninon pour lui demander de se voir. Elle s'adressait à elle comme une amie à part entière désormais et elle en était heureuse. « Hey, j'ai besoin de parler, je crois. Dis-moi quand t'es dispo ». Puis elle sortit son carnet et gribouilla sur le dessin qu'elle avait commencé en cours de géographie. Pendant les quelques minutes de trajet, elle laissa son esprit s'envoler ailleurs et prendre l'air, comme aimait aussi le faire Audric, quatre rangées de sièges derrière. L'ambiance confinée du bus, l'isolement à travers la musique et les écouteurs, la fin de journée, la possibilité d'aller nulle part ailleurs que le parcours effectué par l'autocar. Tout cela obligeait à prendre un peu de temps pour soi.

Ninon lui répondit très gentiment dans la soirée et lui proposa donc de la voir le lendemain, à la fin des cours, au Jane&Tonio.

Une nuit à cogiter avait privé Chloé de tout repos. L'insomnie lui tenait le ventre et la tête et rien n'arrivait à la faire partir. Elle pensait à ses peintures et à l'exposition à laquelle elle avait participé. Elle était encore heureuse d'y avoir pris part mais, à chaque fois qu'elle y repensait, s'installait rapidement un sentiment d'échec, sans qu'elle ne sache pourquoi. Elle doutait de son niveau, n'avait pas assez confiance en elle ou alors elle se disait que sans la peinture, elle ne saurait rien faire d'autre. Pour se rassurer, elle pensait à sa meilleure amie Luann, qui, elle, n'avait aucune passion particulière et qui était heureuse malgré tout, puis elle la soutenait toujours, pour chacune de ses toiles, pour chaque idée nouvelle. En y réfléchissant, cela lui redonnait du baume au cœur. Elle était contente d'avoir une amie comme elle. Avec Luann, elle se sentait à sa place, elle pouvait être elle-même, naturelle, silencieuse, timide, reconnue. Mais Chloé regrettait le fait qu'elle ne puisse pas être elle-même avec le reste du monde et par ces mots, elle entendait le reste de ses camarades du lycée. Ils semblaient, en avait-elle le sentiment, trop juger, trop critiquer, repousser celui ou celle qui était trop différent à leurs yeux, trop « pas comme eux », avait-elle l'habitude de dire. Ces gens-là n'ont rien d'intéressant, concluait-elle. Mais malgré sa pensée et son avis sur tout cela, elle se sentait mal de ne pas faire partie du groupe. Ne pas rentrer dans la norme, cela ne la dérangeait pas. Mais elle avait du mal à comprendre et accepter le fait qu'on l'exclue, elle et Luann et tous ceux qui semblent trop différents aux yeux de la majorité, pour cette simple raison. Que faut-il qu'elle fasse ? Comment fallait-il qu'elle se comporte ? Avec qui devait-elle parler ou vers qui devait-elle se diriger pour se faire accepter ? Qui devait-elle fréquenter pour se sentir reconnue ? Aimée ? Chloé ne pouvait s'empêcher toutes ces interrogations, qui selon elle ne valaient même pas la peine d'être posées. « Tous ces tracas sont d'un ridicule », se persuadait-elle. Elle se sentait stupide et terriblement coupable de se poser ces questions, mais elle rêvait de partager sa passion, qu'elle cachait encore bien enfouie dans son intimité, aux yeux du monde. Ce fut un grand pas de franchi que de proposer à Ninon de venir à l'exposition. Elle n'attendait que de pouvoir afficher ses tableaux sans gêne et avec fierté. Mais quelle force et quel courage faut-il pour monter une estrade sans savoir si le public qui se trouve en face nous huera ou bien nous applaudira. Chloé n'avait pas encore la vigueur et le mental pour le faire. Et quand on a besoin d'aide, on se tourne vers ceux qui sont capables de nous tirer vers le haut, si elle voulait parler à Ninon, c'était parce qu'elle savait quelque part ce que Ninon pensait d'elle, ce que Ninon allait penser de ce que Chloé lui dirait. Elle était sûre que Ninon tirerait le meilleur d'elle-même pour lui changer les idées, la convaincre du joyau qu'elle était.

Le réveil fut compliqué pour Chloé. Elle n'avait même pas dormi trois heures, ce qui rendit la sonnerie de son réveil beaucoup plus détestable que les autres matins. Un petit pain au lait, un jus d'orange, rien d'autre. Elle eut à peine le temps de se brosser les dents puis sauta dans le bus, qu'elle prit in extremis. Les deux premières heures de cours de la journée sont souvent dures à suivre et ce matin-là pour Chloé, elles furent impossibles. Puis elle n'avait qu'une seule envie, retrouver Ninon à la fin de la journée. Alors la journée fut longue et quand on a la solitude pour seule amie, une journée est un chaos sans nom. Mais elle passa, il lui fallut beaucoup de force, mais elle passa et Chloé retrouvait une once d'énergie à l'idée de rejoindre Ninon au Jane&Tonio.

« Hey ! salua Ninon, déjà assise sur sa banquette en cuir habituelle.

– Coucou, répondit Chloé, un peu stressée et d'un air gêné.

– Tu veux boire ou manger quelque chose ?

– Euh... oui, je vais prendre un lait-fraise et un cookie, c'est gentil. »

Ninon leva la main et s'adressa à Mike, qui faisait couler un café derrière le comptoir, en répétant la commande de vive voix à travers la salle. Elle commanda un deuxième cookie pour elle.

« Alors, qu'est-ce qui t'arrive ? demanda Ninon, intriguée.

– Mh... c'est compliqué. Je sais pas trop, à vrai dire. Y'a un peu tout qui me tracasse, et je me pose trop de questions. J'avais besoin d'en parler.

– Oh... je vois, ça m'arrive aussi, t'inquiètes. Tu ne voulais pas en parler à Luann ?

– Non... je lui parle souvent de mes questionnements et j'ai toujours le droit à ses mêmes réponses. Disons que pour le coup, je voulais changer et j'apprécierais beaucoup d'en parler avec toi.

– Eh bien, je suis là ! Ses mains enveloppaient sa tasse de chocolat chaud.

– C'est super gentil, je te remercie », lui dit Chloé, heureuse de pouvoir parler à Ninon.

Il faisait quasiment nuit. La pluie s'abattait sur les baies vitrées du café. On entendait les voitures se croiser sur la route, les pneus jouant la mélodie des routes mouillées. Mike avait lancé une playlist plutôt calme, donnant à l'intérieur de la salle une ambiance paisible, relaxante. *Ruby Falls*, de Guster, venait adoucir les cœurs et donnait aux gouttes d'eau tombant sur les vitres un air tremblant et naïf. C'était du moins ce que ressentait Chloé.

« Au fait, l'exposition t'a plu ? interrogea Ninon.

– Oui, beaucoup ! J'ai eu de chouettes retours, beaucoup de compliments. Puis je suis contente que vous soyez venues voir mes tableaux, se réjouissait-elle encore.

– Mais attends, c'est la moindre des choses ! Ça m'a aussi beaucoup plu. J'aime visiter les expositions, contempler les œuvres, tout ça ! J'y passerais des journées entières si je le pouvais !

– Ahah à ce point-là ? C'est trop cool !

– Je t'assure ! rit-elle encore. Merci Mike, ajouta-t-elle au serveur lorsqu'il posa les cookies et la boisson sur la table.

– Les cookies sont pour moi, les filles. Bon app', fit-il d'un clin d'œil et le sourire aux lèvres.

– Oh, merci ! firent-elles en cœur.

– Alors, dis-moi, ça concerne quoi, exactement, tous ces questionnements qui te brouillent le cerveau ?
– Oh... plein de choses... je dirais, moi-même surtout.
– Toi ?
– Oui... je réfléchis beaucoup à ma place dans... dans la société, au lycée, par rapport aux autres peintres débutants, enfin... c'est assez vaste, en fait, expliqua-t-elle.
– Ouai, je vois carrément. Moi, je me dis que c'est normal de se poser ces questions. Surtout à notre âge, enfin, même si on a genre un ou deux ans d'écart, on reste des lycéennes, des ados, et c'est grave logique de réfléchir sur tous ces trucs.
– C'est vrai, mais en même temps je me demande si tous les autres se posent autant de questions que moi, si je suis seule à me tracasser pour autant de choses...
– Tu sais, des questions, tout le monde s'en pose et sur plein de sujets, parfois super débiles. Souvent, on s'arrête sur des choses qui n'en valent même pas vraiment la peine, on s'embrouille de pensées inutiles. On ne sait même pas pourquoi on se pose ces questions-là, mais si on y réfléchit c'est qu'on se sent concerné par la chose, que le sujet nous tient à cœur. Ça témoigne aussi d'une grande sensibilité ! D'ailleurs, cette sensibilité, elle se ressent dans tes tableaux, lui confia Ninon amicalement.
– Ah oui ? Sans doute... Mais c'est vrai que je suis assez sensible à pas mal de choses, je fais attention aux détails plus qu'à ce qui est vraiment évident.
– C'est pour ça que tu peins, lui assura Ninon. T'es une artiste, Chloé, et souvent, les artistes ont cette sensibilité-là !
– Oh, merci ! rougit-elle, je ne sais pas trop quoi répondre, continua-t-elle embarrassée. Puis j'aime bien interroger ou remettre en question ce que tout le monde considère comme acquis, comme une bonne chose, surtout quand ceux qui dirigent une façon de penser ou de voir les choses sont ceux qui se montrent dominants, enfin tu vois le genre de personnes dont je veux parler...
– Les dominants ?

– Ouai, enfin tu vois, ceux qui instaurent une norme, une mode, qui suivent et dirigent le mouvement, enfin j'sais pas comment les définir, hésitait-elle, embêtée. Dans tous les lycées, il y a quelques groupes comme ça...

– Si, si, je vois de qui tu veux parler. Ceux qui semblent tout réussir, les plus sociables, enfin non, pas les plus sociables... plutôt les plus populaires.

– Oui ! Ils sont sociables entre eux, mais dès que quelqu'un d'un peu différent essaie d'entrer dans ce groupe, il est exclu...

– Je ne dirais pas qu'il est exclu... tu vois bien, dans certains groupes, au lycée, les plus populaires sont entourés de personnes moins populaires, qui ne s'habillent pas comme eux, qui essaient de se comporter comme ils le font en les imitant un peu maladroitement ou très bêtement, et ceux-là s'en fichent complètement d'être ou de paraître différents, ou même d'être jugés par les gens populaires. Dans leur tête, ils font partie du groupe, ils s'y sentent plutôt bien ou du moins, sont contents d'apparaître à leurs côtés. Ça ne les dérange pas. Quand tu dis que ceux qui sont différents sont toujours exclus de ces groupes de gens populaires, ce n'est pas vrai. En réalité, ceux qui sont différents s'excluent eux-mêmes. Pas parce qu'ils ne sont pas assez bien pour eux, juste parce qu'ils préfèrent fréquenter des personnes avec qui ils se sentent bien. Donc si toi, par exemple, tu regrettes de ne pas faire partie des groupes populaires, « dominants » comme tu as dit, c'est parce qu'au fond de toi, tu ne veux pas en faire partie. Tu préfères te démarquer, montrer que tu vaux mieux qu'eux, ou au moins autre chose... pas vrai ?

– Sûrement, oui... mais tout ça me laisse un sentiment bizarre, comme si je n'avais ma place nulle part, se confia Chloé.

– Faut pas penser ça ! Ta place, tu l'as dans l'art, des rêves plein la tête et des pinceaux en main. Tout le monde est doué pour quelque chose, garde ça en tête.

– C'est difficile de s'en persuader quand on ne se sent pas vraiment utile... je ne sais pas, je tape une petite déprime, en ce moment. Ça ne sert à rien d'en parler à mes parents, ni à

Luann... je suis contente de pouvoir en parler avec toi, et c'est vachement intéressant ! soufflait Chloé, en souriant à Ninon.

– Je le fais avec plaisir, vraiment, j'adore parler de tout ça, moi. Et c'est vrai qu'Abbie, c'est un peu comme Luann pour toi, elle me rabâche aussi les mêmes choses et je peux difficilement parler de ces sujets-là avec elle. T'es super mature, Chloé, vraiment !

– Oh, merci beaucoup, répondit-elle enchantée.

– Je vais te dire, par exemple, en voyant Abbie, je vois une fille qui réussit tout, avec le rôle de modèle pour les filles plus jeunes... tu sais, typiquement la fille populaire, avec je ne sais combien d'abonnés sur les réseaux sociaux. Finalement, elle et moi, on n'a pas grand-chose en commun, moi je suis un peu la fille qui pense comme toi, celle qui déteste ceux qui réussissent sans souci, populaires et sans complexe. Ce qui nous unit, elle et moi, c'est notre passé, je veux dire... on se connaît depuis super longtemps, on a vécu énormément de choses ensemble, on s'aime comme des sœurs et pourtant on est super différentes dans ces manières-là de penser le monde, les choses. Donc je ne sais pas... on peut vraiment bien s'entendre avec quelqu'un de « populaire », qui semble « impressionnant » ou super différent de nous !

– Alors pourquoi j'ai l'impression de me sentir inférieure ? Je veux dire, pourquoi face à ces personnes-là, je me sens si nulle ou maladroite ou ratée ?

– Mais parce que toi-même tu les considère comme supérieurs ! Abbie, c'est une fille devant qui tu te sens comment ?

– Nulle, justement...

– Bah moi, Abbie, si on oublie le fait que je la connaisse depuis longtemps, je me sens égale à elle. Différente dans la personnalité, la façon de réfléchir et tout ça, mais je ne me sens pas nulle ! Je suis moi-même, elle est elle-même et on s'entend comme ça, avec nos défauts et nos qualités ! Personne n'est parfait, même notre meilleure amie. Puis être ami avec quelqu'un, ce n'est pas être totalement pareils l'un et l'autre, c'est juste s'entendre sur les fondamentaux, avoir un minimum de confiance. Puis je pense aussi que c'est psychique, un feeling qui doit être celui de la bienveillance, de la liberté et de la reconnaissance. Les gens toxiques, on ne reste pas avec eux.

– T'as de la chance de vivre de telles choses avec Abbie ! Je vous adore, toutes les deux...

– C'est gentil ! Tu vois, tu te sens bête devant Abbie mais tu l'apprécies quand même ! Après, c'est vrai qu'Abbie, c'est une fille magnifique et elle en impose. C'est aussi parce que c'est une fille somptueuse, qui dégage genre... un vrai truc, qu'elle est si populaire. Mais elle reste elle-même, elle est sincère et naturelle avec moi, c'est ce qui fait aussi son charme ! Si elle n'avait pas autant la tête sur les épaules, si elle était hypocrite et mauvaise langue, je ne sais pas si je la fréquenterais toujours... en tout cas, pas autant que c'est le cas aujourd'hui. Enfin bref, tout ça pour te dire que les personnes qui t'intimident ne sont souvent pas si extraordinaires que ça. Abbie, je la connais, elle est super mais il n'y a pas de quoi se sentir bornée ou abrutie devant elle ! On a tendance à accorder beaucoup d'importance aux personnes qui donnent l'impression d'en avoir plus que les autres, c'est pour ça qu'elles paraissent si spéciales. Ce n'est pas une bonne habitude à avoir, sens-toi aussi importante, belle et confiante qu'Abbie. Je t'assure, tu n'as pas à douter de toi.

– Oh... Ninon, c'est incroyable, ce que tu me dis... Ça me touche, vraiment. Mais c'est vrai, je ressens beaucoup de choses, j'observe tout, j'essaie de comprendre et tout ça me pousse à trop réfléchir. Et face à des gens comme elle ou comme Julia, Lola, Niels, Amel, enfin tous ceux qui sont si populaires au lycée, je me sens bête de me pourrir la vie avec tout ce tracas. Comme si je regrettais de ne pas arriver à vivre comme eux, qui ont l'air de vivre si simplement... Je les envie énormément.

– Oui, je comprends totalement. Déjà, si eux te donnent l'impression de vivre simplement, c'est parce que toi, tu penses ça d'eux. Mais je te rassure, personne n'a la vie tout en rose. Un exemple comme ça, je ne sais pas si tu la connais, parce qu'elle n'est pas de la même génération, mais la grande sœur de Niels.

– Non, je ne la connais pas, pourquoi ?

– Bah la sœur de Niels, elle a plein de soucis de santé. C'est comme ça, ça arrive pour quelques personnes et c'est super difficile et injuste. La vie s'acharne sur des gens et on ne peut rien y faire. Elle a des soucis depuis toute petite, et maintenant, elle doit avoir vingt-quatre ou vingt-six ans et elle continue de se battre, tu sais, elle a comme des problèmes au cœur, une maladie chronique et d'autres trucs. Et pourtant, Niels ne l'affiche pas, si tu ne le sais pas, tu ne le vois pas. Lui, c'est presque le garçon parfait, aucun problème de santé, il a dû se casser le bras étant plus jeune comme tous les rugbymen, mais c'est tout. Super beau, bien foutu, populaire...

– Oh... je ne savais pas du tout !

– Et c'est pareil pour Amel, elle affiche une vie parfaite sur les réseaux, se fait remarquer et tout, alors qu'elle vit un calvaire avec Johan, son mec.

– Comment ça ?

– Il l'insulte, je crois qu'il est même violent avec elle. Mais bon, ça, c'est ce que Lola me disait. Je ne sais pas si c'est encore d'actualité, si elle le voit encore, mais bon. Tout ça pour dire qu'il y a ce qu'on affiche, ce qu'on laisse paraître et ça, c'est ce qu'on veut montrer. Puis il y a la réalité, ce qu'on ne montre pas ou ce qu'on veut cacher, enfouir le plus possible.

– Oui... je comprends mieux.

– Toi, tu es super discrète, tu ne te fais pas remarquer, tu es mature et super respectueuse. T'as un grand cœur, tu sais ?

– Merci, répondit Chloé, ne sachant plus où se mettre.

– Et ce grand cœur, il te fait pas mal souffrir, hein ? Ta sensibilité, ton souci du détail ? Le regard des autres ?

– Ouai... c'est horrible !

– Horrible ! Ça pourrit la vie, sérieux. Mais ne t'inquiètes pas, ça changera. Avec le temps, avec les discussions, t'arriveras à t'ouvrir plus, à t'affirmer et à trouver des réponses.

– J'espère, j'espère vraiment...

– Ce qui te prend beaucoup de place dans la tête et ce que tu vois négativement, ce ne sont pas des défauts, la plupart du temps ce sont des qualités, pourtant. Enfin, je pense. Être sensible, ou discrète, moi, je trouve ça plutôt bien. T'es une gentille, toi.
– Une gentille ?
– Oui, une gentille, affirma Ninon, en saisissant sa tasse de chocolat chaud et en reculant contre le dossier du banc en cuir, un sourire confiant. Tu connais Fanny ? Tu sais, celle qui sort avec Lucas ?
– Euh... oui, oui je vois qui c'est.
– Tu vois Audric, continua-t-elle, cette fois-ci en connaissant la réponse de Chloé.
– Bien sûr, aha !
– Eh bah, t'es un peu comme eux.
– Ah bon ? Comment ça ?
– Une gentille !
– Mais explique ! rit-elle, impatiente de savoir ce que Ninon entendait par ce terme.
– Pour moi, un gentil ou une gentille, c'est quelqu'un qui essuie les tirs des autres. Qui est trop généreux ou trop peureux, peut-être, pour s'affirmer. Quand il arrive quelque chose, il encaisse les coups autant que celui concerné par le problème. Et tu sais pourquoi les plus gentils sont souvent ceux qui souffrent ? Parce que les gentils, ils encaissent tout, justement, ils parlent peu, les gentils. Ils gardent presque toutes les choses pour eux. Trop de choses. Ils préfèrent écouter plutôt que se confesser. On sait qu'ils ne disent rien, puis qu'ils ne râlent jamais. Ils sont timides et pudiques au fond d'eux, malgré leur apparente joie de vivre, leur sourire et leur bienveillance à l'égard de ceux qui, bien souvent, causent le plus de mal, inconsciemment ou pas. Alors on se permet de leur faire des remarques, aux gentils. Ils ne diront rien, ils savent que c'est "pas méchant", de toute façon. Et à force de tout garder pour soi, les gentils craquent parfois. On le sait toutes les deux, Chloé, quand il craque, le gentil, il ne fait pas semblant. Mais ça ne lui arrive que quelques fois dans une vie.

— C'est tellement vrai… je subis beaucoup l'intimidation des autres, puis timide comme je suis, j'ose pas trop parler ou contredire les autres…

— Moi, ce que je fais, c'est que j'écris. J'écris plein de trucs, tout ce qui me passe par la tête, et ça me permet d'extérioriser, avoua Ninon.

— Oui, je fais ça aussi, quelques fois, lui avoua Chloé à son tour.

— Et je pleure souvent, aussi.

— Ah oui ? s'inquiéta Chloé.

— Oui, enfin… c'est pas des gros chagrins, des fois, c'est juste quelques larmichettes qui évacuent la pression, la rage ou plein d'autres choses. Ça fait du bien. J'ai l'impression que les gens ne pleurent pas assez, c'est bizarre. Enfin, ça paraît triste dit comme ça, mais on pleure de joie, de bonheur, aussi. Ce que je veux dire, c'est qu'on n'oublie trop souvent la douceur d'une larme. Les garçons peuvent pleurer, les rires font pleurer et même une seule petite larme permet de tourner la page, de passer la colère ou la honte, je n'en sais rien.

— C'est vrai… moi-même, je pense que je ne le fais pas assez, en rit bêtement Chloé.

— Abbie avait pleuré toutes les larmes de son corps après l'histoire avec Marc. Elle voulait se cacher plus bas que terre, elle ne voulait plus voir personne parce qu'elle se sentait nulle, idiote et honteuse d'avoir bu et de s'être retrouvée dans le lit avec Marc, surtout après qu'il ait partagé les photos sur Instagram ou je ne sais plus où.

— Oui, je m'en rappelle… Quel enfoiré, ce mec !

— Évidemment que partager de telles photos sur le net c'est d'un irrespect et d'une atteinte innommable, Abbie n'y pouvait rien, c'était pas de sa faute. Mais elle a vu les conséquences d'un comportement complètement stupide avec l'alcool, avec les réseaux sociaux et ça lui a servi de leçon. Elle est suivie par beaucoup de monde sur ses comptes, alors le moindre problème peut avoir des répercussions vraiment lourdes. Du coup, ça l'a calmé, c'est sûr. Mais ce qui lui a permis de rebondir, de se relever, c'est une journée dans son lit, entre les pleurs et les mouchoirs, à comprendre que cette soirée avait été une erreur, que Marc était un con et que ce n'était pas la fin pour autant. Dieu merci, elle est passée à autre chose.

– Elle est courageuse, quand même, pensait Chloé.

– Et comment ! Je l'aime, cette fille, fit Ninon. Je regrette souvent d'avoir pris mes distances avec elle après la soirée...

– Pourquoi tu t'es distancée ?

– C'était en la surprenant dans le lit avec Marc, j'étais vraiment énervée. Je lui en ai affreusement voulu. Puis quand Marc a publié les photos, j'en avais après lui, plus tellement après Abbie. Mais je voulais juste qu'elle comprenne qu'on peut s'amuser, mais s'amuser avec les bonnes personnes.

– Ce n'était pas une mauvaise intention de sa part !

– Je sais bien, l'alcool l'a rendue joyeuse et dévergondée, alors elle a totalement lâché prise et s'est laissée faire. Je n'aurais pas dû la laisser toute seule avec Marc, mais je n'avais aucune légitimité à les séparer... ils étaient encore proches, à cette époque, regrettait Ninon.

– Au moins, aujourd'hui, tout est à nouveau en ordre avec elle, non ? tenta de positiver Chloé.

– Oui, oui ! Et heureusement, on s'est pardonnées toutes les deux. On se manquait trop, en fait », riait Ninon.

Un silence apaisant intervint dans la discussion, comme venant mettre un terme à tous leurs maux et leurs regrets, laissant place à un esprit positif, pour chacune des filles. Ninon était satisfaite d'avoir enfin tourné la page avec l'événement entre Abbie et Marc et n'y repensait plus. Puis elle était heureuse d'avoir passé cette soirée avec Chloé. Elle la connaissait désormais un peu mieux et ne s'était pas trompée sur la fille qu'elle était. Elle avait procuré beaucoup de bien à Chloé, qui se sentait plus confiante, moins tracassée. Vider son sac, avouer ses peurs, prendre les devants, discuter avec une amie l'avait grandement rassuré. Chloé dormirait mieux ce soir.

XVIII

Les cœurs se libèrent

Au lycée, le groupe essayait de se retrouver ensemble au maximum. Ben et Lola aimaient aller manger ensemble ou se balader, juste tous les deux, au Parc de l'Hirondelle quand ils en avaient le temps. Les beaux jours arrivaient et le jeune couple profitait encore plus régulièrement des balades extérieures, main dans la main, complices et joueurs, amoureux l'un de l'autre. Ils pouvaient se le dire, désormais. Norton, Greg et Chavy passaient leur temps ensemble, en cours, en pause, en-dehors. Niels restait plus souvent avec d'autres gars de l'équipe mais ils se rejoignaient parfois pour manger, avec les garçons et le reste de la bande. Il y avait malgré tout un petit malaise entre Abbie et Greg. Ils ne restaient jamais que tous les deux, quelque peu mal à l'aise l'un et l'autre. Il leur fallait encore du temps.

Niels avait pris un moment avec Lola pour l'informer de sa probable relation avec Julia. Elle savait qu'ils se parlaient depuis longtemps et étaient de bons amis depuis toujours, mais fut assez contrariée d'apprendre qu'elle et lui se rapprochaient. Elle se voyait mal passer du temps avec le groupe et Julia avec. Mais elle n'interdirait pas à Niels d'être avec Julia et décida de prendre sur elle pour accepter cette relation, pour accepter de la voir certainement plus souvent sans pour autant que cela l'affecte ou bien la perturbe. Lola s'estimait assez mature pour agir de la sorte et avait bien raison. Ben, en bon copain, la rassura et se plaça, sans hésitation aucune, de son côté, non sans soulagement de sa part et de la part de Niels, détendus de savoir Lola calme et sa réaction très sage.

Chavy squattait souvent dans son garage avec des amis de son grand frère ; il avait l'habitude de passer du temps avec plus âgé que lui. Il décida d'inviter la bande chez lui, profitant de l'absence de son frère et de ses amis. William, Lucy, Shannon, Alison, Jason, Théophile, les nouvelles connaissances du nouvel an, étaient aussi conviés. Quand il organisait quelque chose, Chavy ne faisait jamais les choses à moitié. Il voulait toujours satisfaire ses invités en les mettant le plus à l'aise possible, puis il était du genre à avoir beaucoup d'amis alors pour la moindre soirée, fête ou sortie, il n'hésitait pas à convier tous ceux qu'il connaissait. Chavy avait la « tchatche » comme le disaient souvent Niels et Audric, une grande bouche et un impressionnant carnet d'adresses. Comme William, il était un garçon formidablement sociable et peu actif sur les réseaux sociaux. Ninon aimait beaucoup ce côté naturel et sans filtre qu'il avait de parler aux gens, il n'avait pas non plus besoin de s'afficher ou de se donner un « genre » sur internet et c'était quelque chose que Ninon admirait, un peu comme si elle voyait chez lui – comme chez William – un certain réconfort dans l'idée que le monde change de trop et trop brusquement. Elle appréciait beaucoup ceux de sa génération faisant partie des jeunes assez déconnectés des réseaux sociaux, de la norme s'imposant ; ceux qui avaient réellement leur propre manière d'interagir avec le monde, sans hypocrisie ni laisser paraître. Juste du naturel, la relation vraie et sincère qu'ils avaient avec les autres.

La cave était plutôt grande et servait encore à entreposer du matériel. Des skateboards, des vélos, des chaises d'extérieur prenaient un peu la poussière au fond de la pièce, mais près de la porte, trois antiques canapés étaient disposés autour d'une table basse tenant à l'aide de quelques vis et une large plaque de plexiglas usée et découpée assez hasardeusement. Un des canapés était habillé d'un cuir blanc crème aux tâches et aux déchirures témoignant de son vécu. Sur la table basse, on retrouvait des cadavres de bouteilles de bière et des canettes de soda, deux fidèles cendriers, une bouteille de whisky entamée et une autre de soda presque vide, quelques marques de couteau et des dessins tracés au marqueur. Il y avait aussi un jeu de cartes suranné dispersé entre la table et les fauteuils. Les murs étaient décorés de vieilles planches à roulettes, de panneaux de signalisation volés sur des chantiers et de sous-bocks cloués sur les poutres. Deux haut-parleurs se faisaient face d'un côté et de l'autre du baby-foot, dont un ne fonctionnait plus très bien. Le baby-foot était usé et tagué au marqueur sur un des côtés. Chavy n'avait pas un très bon niveau, son grand frère était beaucoup plus fort. Niels, Ben et Norton étaient aussi assez expérimentés grâce au temps passé à jouer au lycée.

William, Jason et Shannon arrivèrent juste après Ben et les autres garçons. Niels et Norton s'affrontaient au baby-foot, concentrés et investis dans leur match serré. Chavy ramena une caisse de bière près de la table basse pour que tout le monde puisse s'y servir sans peine. Greg et Ben étaient assis l'un à côté de l'autre et trinquèrent à ces soirées et à leurs moments. L'été passé, les deux garçons étaient encore plutôt éloignés, adversaires rivaux au rugby et ne partageaient pas grand-chose en commun, Ben proche de Marc, Greg d'Abbie. Maintenant, ces choses avaient changé et c'était mieux comme ça, Ben avait découvert une belle personne, Greg s'était fait un très bon ami.

Les garçons étaient heureux de voir Jason, Shannon et William se joindre à la soirée. Shannon était remarquablement belle aux yeux des autres et depuis la soirée du nouvel an, elle semblait n'avoir pas cessé de s'embellir. Toujours classe, toujours raffinée, elle s'entendait bien avec tout le monde même si par certains moments son caractère de fille trop précieuse ou trop gâtée prenait le dessus. Il y avait malgré tout ce consensus avec les autres sur la manière de voir les choses, comme la liberté de penser et d'aimer qui l'on voulait, la place des femmes dans la société ou l'accueil des migrants et des réfugiés de guerre ; tous les problèmes d'actualité dans la société regroupaient les membres de la bande dans une même façon de penser. Puis Shannon était une fille qui avait de la prestance et une parole écoutée sur les réseaux sociaux, surtout sur Twitter se souvenait Ninon, puisqu'elle était suivie par beaucoup de monde de par son travail dans la couture et dans la mode. Alors quand il fallait défendre une cause, donner un avis, elle portait sa parole ainsi que celle de ses amis sur la vaste toile des réseaux sociaux. Elle et Abbie s'entendaient bien, sans doute parce qu'elle se reconnaissaient chez chacune d'elles. Deux filles élégantes et sur la même longueur d'onde, appréciant beaucoup l'art, la musique pour Abbie, la couture pour Shannon. L'amitié passait bien entre elles et se retrouver leur faisait réellement plaisir : elles avaient toujours quelque chose à se dire.

    Abbie, d'ailleurs, pénétra enfin dans la cave en s'accroupissant sous la porte de garage entrouverte d'un mètre, suivie par Ninon, Audric, Lola et Fanny. Après son cours de piano, elle avait rejoint les filles chez Audric qui n'habitait pas loin de chez Chavy. Ces derniers se racontaient leurs potins habituels, comme ils aimaient le faire, lorsqu'Abbie arriva. Un paquet de m&m's ouvert posé sur le sol, Lola et Fanny assises sur le lit, Ninon sur la chaise qu'elle tenait à l'envers, dossier contre torse et Audric en tailleur sur le sol, s'appuyant contre son armoire. Réunis ensemble, ils se partageaient une bouteille de jus de fruits et les nouvelles histoires qu'ils avaient à se raconter. Ils discutèrent rapidement de la relation entre Niels et Julia, que Lola appréciait peu mais qu'elle s'était promise de ne pas reprocher à son ami, fièrement soutenue par Audric. Le garçon les informa aussi sur l'état de santé de leur professeure de langue, Madame Garnierre, qui se dégradait malheureusement de plus en plus vite. Audric était proche d'elle, il aimait beaucoup lui parler et la contactait régulièrement en lui envoyant des mails. Elle appréciait beaucoup sa gentillesse et la sensibilité qu'il portait à son état de santé. Audric était comme ça, lorsqu'une cause lui tenait à cœur, le jeune homme témoignait sans hésiter son intérêt. Il se sentait concerné, et prendre autant de nouvelles de sa professeure lui semblait être la moindre des choses. Derrière sa franchise et sa manière éclairée et lucide de voir le monde, Audric restait un garçon très sensible. Puis il avait un petit-ami depuis peu et cela se passait pour le mieux. Il ne cachait pas son homosexualité. Sa mère l'avait accepté sans mal. Elle ne voulait que son bonheur, et tant que son fils était heureux, alors elle l'était aussi. Pour ses amis, c'était aussi quelque chose de normal ; tous défendaient la liberté d'aimer qui l'on souhaite. Seul Marc et quelques-uns de ses confrères aimaient se moquer des manières efféminées qu'avaient parfois Audric. Lui s'en fichait du jugement des autres ; il s'habillait, se comportait, vivait comme lui le voulait et regrettait que ce principe de base de la liberté ne soit pas assez compris ou exploité par les autres de ses camarades. À son goût, tout le monde se ressemblait et agissait de la même manière et c'était « trop dommage ». Il avait aussi de la peine pour Marc et sa bande, confinés dans leurs idées bornées et limitées, ce qui dégradait davantage le peu d'estime qu'Audric avait pour eux. Il n'entendait plus les critiques ni les insultes et cela lui permettait d'avancer, de vivre pleinement chaque moment de ses journées. En mettant la haine de côté, on laisse s'émerveiller notre regard sur les choses essentielles : le bonheur, la découverte, la passion, la satisfaction. On ne laisse rien d'autre noircir la clarté de notre route ou les lignes que l'on écrit de jour en jour. Telle était la mentalité d'Audric et cette mentalité, c'était la bonne. Le garçon aimait se retrouver avec Ninon, chez l'un ou chez l'autre ou bien quelque part en ville pour bavarder des derniers ragots, c'était un peu devenu leur rituel. Ce soir, ils en profitèrent plus que d'habitude avec Fanny et Lola et quand Abbie les rejoignit, ils se préparèrent tous pour se rendre chez Chavy.

Il y avait déjà un peu de monde présent dans le garage. Niels et Norton s'affrontaient encore au baby-foot, maintenant accompagnés de Jason et Shannon. Jason était un grand et élancé éthiopien. Il s'était fait depuis peu des dreadlocks sur le haut du crâne, qu'il attachait vers l'arrière. Les côtés et l'arrière étaient complètement rasés. Il avait la même facilité de contact que William et avait aussi beaucoup d'amis. Grand blagueur, bon musicien, il était du genre à être aimé de tous et détestait tout autant que les autres Marc et sa bande – il ne partageait rien avec les gens doués d'une pauvre et étroite mentalité.

Jason ne le savait sûrement pas, ni William, ni Audric, mais ils possédaient des valeurs qui les rendaient délicatement beaux. Pas au sens d'un esthétisme particulier, plutôt au sens de la richesse de l'âme et de la mentalité. Les gens ouverts d'esprit revêtent une légèreté invisible et inconsciente qui murmure humblement au monde combien ils sont complices et médiateurs de sa complexité, ils apaisent avec effacement les maux que ce monde s'acharne à s'infliger. Ainsi, à travers un certain regard porté sur ces gens à l'esprit éveillé, on remarque une subtile note de distinction. Celle du respect porté au monde, celle du respect qu'on leur porte, celle de la discrète déférence envers l'abondance du savoir nouveau, de la découverte, de l'infinité.

Greg et Ben dégustaient sagement leur bière avachis dans un des vieux sofas. Ils portaient tous les deux un sweat-shirt tout droit sorti des années 90. Greg avait une casquette bleu foncé, mise la visière à l'envers, surplombant la nuque et Ben un bonnet qui laissait tomber ses cheveux touffus derrière la tête et les oreilles. Ils débattaient des derniers matchs de rugby du championnat national diffusé à la télévision. La soirée commençait à peine, le week-end venait d'être entamé et tous étaient excités à l'idée de faire la fête. Surtout Chavy, intenable à courir partout. Quand Abbie et les autres franchirent le seuil du garage en se recroquevillant pour passer en-dessous la porte, Greg eut une vague de nœuds vacillant un instant dans le ventre. Elle apparaissait, là, rayonnante et étourdissante, comme un coquelicot perdu dans un champ de blé. Mais Greg devait se contenir. Ils en avaient déjà parlé : le temps était à l'attente, Abbie voulait prendre son temps pour être sûre de son choix. Elle ne voulait pas se tromper, pas être déçue, pas regretter de prendre une mauvaise décision. Chacun voit et ressent ces choses-là différemment, et pour Abbie, c'était quelque chose d'important. En hésitant pour ces décisions à prendre et en y réfléchissant, elle semblait avoir toute la pression du monde sur ses épaules, comme si elle se retrouvait face à un mur. Elle avait peur de tomber une fois installée sur son nuage et attachée à Greg et lui avait peur de faire confiance au temps. Ouvrir réellement son cœur à quelqu'un que l'on aime est un acte fort, autant un choix que l'on fait qu'un pas de plus dans l'éveil des sentiments et qu'un virage plus ou moins conséquent dans notre vie. Alors se sentir lâché par cette personne résonne, dans le vide qu'elle laisse, comme une trahison, un délaissement qui peut faire mal. Qui peut détruire.

Laisser le temps au temps. Ne pas y penser. Arrêter de se faire trop d'idées, de scénarios. Voilà ce que se répétait Greg en même temps qu'il souriait à Abbie, se faufilant entre les canapés pour saluer tout le monde. C'est dur de s'imaginer le glacial de la banquise quand on n'aime que la chaleur du désert. Ben lui conseillait de se changer les idées en jouant à la console avec lui, en lisant un vieil Orwell ou King ou bien en allant se brûler la gorge de whisky avec une bouteille de la supérette du quartier. Mais aucun de ces choix ne plaisait à Greg, certainement parce qu'au fond de lui, il ne voulait pas s'enlever Abbie de la tête.

Le reste du groupe arriva donc comme un nouveau souffle dans la soirée et Audric et Lola mettaient déjà l'ambiance, complices et joueurs comme toujours. Ben était heureux de la retrouver et l'accueillit en l'embrassant et en la tenant par la main, le temps de se raconter leur journée. Ninon vola la place de Ben sur le canapé et s'assit d'un bond. Elle s'ouvrit sa bière d'un adroit coup de briquet et tapa de sa main libre sur la cuisse de Greg, lui demandant des nouvelles. Ils passaient beaucoup de temps ensemble au lycée, tout le groupe réuni et il était souvent difficile de parler de certaines choses sans être dérangé, de s'isoler à deux pour plus de discrétion ou d'intimité. C'est pourquoi les discussions variaient entre le lycée et les soirées, sans doute parce que le cadre prêtait à plus de détente, moins d'indiscrétion, plus de liberté.

Les enceintes crachaient un morceau de rap reggae et Chavy s'ambiançait avec Shannon en dansant sur le rythme. Au baby-foot, Jason défiait encore Niels mais ils commençaient à délirer et faire n'importe quoi avec les joueurs et la balle. Un reste de cigarette reposait encore fumant sur le cendrier au-dessus d'une des cages. Ninon raconta à Greg le papotage dans la chambre d'Audric en attendant qu'Abbie les rejoigne. Il s'inquiéta alors pour Mme Garnierre lorsque Ninon l'informa sur son état de santé, puis elle lui raconta d'autres petits potins. Ben et Norton débattaient du nouveau jeu de guerre qu'ils avaient tous les deux acheté récemment, sous les moqueries et l'opinion dépréciative d'Audric. Lui rabaissait ces jeux violents de guerre ou de combat et préférait jouer aux jeux de son enfance sur sa console portable.

Tous se connaissaient assez bien et étaient à l'aise pour faire la fête ensemble. Les beaux jours du printemps arrivaient et inconsciemment, chacun grandissait peu à peu. Greg, Norton, Abbie, Fanny n'avaient pas tellement l'habitude de se saouler ou de fumer. Les autres connaissaient déjà tout cela parce qu'ils ont bravé les interdits plus tôt qu'eux. Chavy avait un peu d'herbe que son frère lui avait donnée, alors il voulait en faire profiter ses amis. Avec William, il roula quelques joints, sous les yeux méfiants d'Abbie. Greg sentait qu'elle n'était pas à l'aise avec ça, lui non plus, mais l'alcool montait progressivement à la tête de chacun et les chaînes commençaient à se briser et les peurs à disparaître. Alors certains du groupe fumèrent pour la première fois, d'autres n'avaient jamais mélangé le soda et le whisky.

Dans ces soirées qui regroupaient du monde, on découvrait des musiques, on apprenait à se connaître, on profitait de sa vie de jeune adulte. On s'imprégnait des codes de la jeunesse, de la génération, on les acceptait ou on les refusait. On jouait, on chantait, on se lâchait. Aucun ne critiquait rien ni personne.

Chavy, qui se pencha au-dessus de la table pour cendrer sa cigarette en bougeant la tête sur le rythme de la musique, était assis à côté de William. De l'autre côté du canapé se trouvaient Shannon et Fanny. Ils se partageaient un joint tout juste roulé. Norton et Niels s'entraînaient au baby-foot, chacun une bière à la main ; aucun des deux ne jouait la gagne. Lola, Audric et Greg se trouvaient dans le deuxième canapé et Abbie, Ben et Jason dans le dernier canapé, faisant face au premier. Les cigarettes et les joints tournaient entre les uns et les autres, faisant tousser Abbie et Norton qui n'avaient pas l'habitude et brûlant la gorge de Greg, qui tirait sur un joint pour la première fois, au grand amusement des autres. Ninon en fumait de temps en temps, en soirée, mais elle savait qu'il ne fallait pas en abuser. Alors ça la faisait rire de voir les novices y goûter, mais elle cachait malgré tout derrière ses esclaffements taquins la crainte qu'ils commencent à fumer et qu'ils en fassent un usage courant. Cela ne leur ressemblait pas, ni à Abbie, ni à Norton, ni à Greg alors Ninon ne s'en inquiéta pas tant que cela.

« Nan mec, t'es taré ou quoi, s'exclama Jason, jamais je ne pourrai faire ça !

– Sérieux ? demanda William, parce que ça a l'air d'enfer !

– Vous parlez de quoi ? interrogea Chavy.

– De le faire dans le lit d'un pote, répondit fièrement et hilare William.

– Comment ça, de le faire dans le lit d'un pote ?

– Bah toi et une meuf, vous couchez ensemble dans le lit de Jason par exemple ! continua William.

– Oh arrête ça, enfoiré ! s'écœurait Jason.

William riait de toutes ses forces, un peu défoncé par l'herbe fumée et aussi ivre que tous les autres.

– Moi je l'ai déjà fait et franchement, c'est vraiment un délire ! se vanta Chavy.

– Ah tu vois, s'excita William, on est d'accord que c'est le feu !

– Mais les gars, vous dégoûtez ! Vous souillez l'endroit où votre pote passe sa vie entière, ça se fait pas du tout ! argumenta Jason.

Norton et Greg s'étouffaient de rire en spectateur de la scène que faisaient Jason, Chavy et William. Puis Ninon et Audric rentrèrent dans le débat.

— Mais vous êtes barges les gars, c'est chez moi ou chez mon copain mais on ne le fera jamais n'importe où ! lança Audric en soutien à Jason.

— Bah en soit, y'a rien de mal à le faire dans le lit d'un pote ou dans la cuisine, ajouta Ninon.

— Ahhh ! Merci Ninon, souffla William.

— De toute façon, moi, je ne prends pas ça au sérieux, c'est plus une partie de rigolade, on est détendus et on kiffe le moment, fit Chavy.

— Ouai mec, t'as raison, c'est comme ça qu'il faut considérer la chose, jugea William, c'est pas un truc à prendre trop au sérieux !

— Oui enfin... on parle de coucher avec quelqu'un, quand même, c'est pas rien ! protesta Jason.

— Ah mais ça c'est sûr, justement ! réagit Chavy, l'acte en lui-même n'est pas à prendre trop à la légère, coucher avec quelqu'un c'est...

— C'est sacré ! le coupa Norton.

— Exactement, c'est sacré ! Divin, même ! continua Chavy. Mais moi je parle de tout ce qui se passe autour ! Faut de la communication, du respect, un peu de conscience et pas trop de pression, c'est pour ça que je préfère rire plutôt que de prendre ça trop au sérieux !

— Ouai, je vois, attesta Jason. C'est pas mal, comme manière de voir la chose !

— Bien sûr que c'est pas mal, j'ai toujours raison, moi ! rit Chavy. Je trouve ça nul, moi, de se mettre la pression pour ça ! Je veux dire, c'est deux humains qui couchent ensemble et...

— Ou trois ! rit Norton.

— Autant que vous voulez ! concorda Chavy, tant que vous kiffez le moment ! Ça ne doit pas être un moment qui fait peur ou un acte qu'on redoute, c'est trop dommage, ça ! »

Avec ces mots, Chavy mis d'accord tous ceux du groupe qui écoutaient. Sans le vouloir, il avait quelque part rassuré

Greg, qui appréhendait sa première fois, qu'il ferait pensait-il sûrement avec Abbie. Chavy avait aussi conforté Norton dans l'idée qu'un tel acte ne ressemblait pas aux films qu'il pouvait trouver sur internet et qu'il doive se faire naturellement, sans crainte ni humiliation. Lola se sentait apaisée de savoir que Ben validait totalement les dires de Chavy. Contrairement aux rumeurs qui circulaient, Lola n'avait jamais rien fait avec les garçons, et craignait de ne pas être à la hauteur le jour où elle le fera avec Ben, parce que oui, ce jour viendra, bientôt sûrement, et discuter de tout ça entre amis était, le sentait-elle, une bonne chose à faire. Cela la préparait peu à peu, lui enlevant progressivement tout le poids qu'elle se mettait sur les épaules.

« En tout cas, je me comporte comme ça avec les filles avec qui je couche ! Ce qui est important, c'est le respect, la confiance, argumenta Chavy d'un ton vacillant témoignant de son ivresse peu contrôlée et sagement écouté par le reste du groupe, l'esprit embrumé et les yeux fatigués. On peut coucher avec quelqu'un dans la détente, mais c'est pas un truc à prendre à la légère, c'est tout !

– Oui, c'est aussi pour ça que tu couches avec tes « amies » en restant amis, percuta Audric.

– Totalement ! C'est parce qu'ensemble, on instaure clairement la notion de plaisir, de délire, mais en tant qu'amis. On fait ça pour s'amuser, on ne se force pas et on fait ça avec indulgence et respect, confirma Chavy.

– Quel homme ! ironisa William en applaudissant, une cigarette dans la bouche.

– Mais c'est vrai, il a entièrement raison, affirma Ninon.

– Bien sûr qu'il a raison ! soutint William. Dans un couple, ces principes-là sont logiques, ça va de soi, mais si tu fais ça entre amis, faut clairement s'accorder sur tout ça ! »

Pour Abbie, tout ceci était un peu nouveau. Ses histoires avec Marc lui donnaient une image trop faussée de la réalité, lui ne s'était pas comporté de cette façon, n'avait eu ni la douceur ni la sagesse d'esprit dont les autres amis du groupe témoignaient, à la soirée. Et leur discussion redonnait à Abbie l'envie de découvrir ces choses-là, le bonheur qui en ressortirait, le plaisir qui s'en dégagerait. Quand Chavy et les autres en parlaient, elle sentait bien que Greg partageait le même avis qu'eux. Elle ne savait pas s'il s'y connaissait dans ces choses-là mais était persuadée que jamais il ne se comporterait comme Marc.

Avec le temps, les discussions sur ces sujets devenaient de plus en plus récurrentes et les amis du groupe prenaient plus d'aisance à discuter de tout cela. C'était bien sûr sous l'impulsion de Chavy et William, complètement décomplexés à débattre sur ce thème. Tous grandissaient et les discussions évoluaient, dans des sens différents dans le fond comme dans la forme. C'était en conversant sur ces sujets que tous devenaient plus confiants et à l'aise sur la question, mais aussi dans la pratique. Il n'y a qu'en communiquant que l'on avance et rien ne pouvait mieux se passer pour ces camarades qui pouvaient parler de tout sans aucun complexe. Découvrir et explorer des aspects délicats ou effrayants de la vie, en évacuant toute la pression à l'égard de l'inconnu, de la non-indulgence ou de la honte rendait doux et poétiques l'aventure, les embûches, le chemin de chacun. Ils avançaient ensemble, en groupe et cela rassurait tout le monde. Ils se sentaient compris dans leurs réflexions, guidés dans leurs doutes, soutenus dans leurs peurs et développaient de cette façon une certaine carapace les renforçant face aux événements.

La soirée s'était achevée dans le flou pour quasiment tout le monde. William, Jason et Niels étaient rentrés peu avant les autres. Ils avaient bien bu, mais l'effet des joints prenait le dessus. C'est les yeux écarlates et lourds de fatigue que les trois compères rentrèrent chez eux. La musique grondait encore entre les murs du garage. Chavy, Audric, Norton, et Fanny terminaient un jeu de cartes et vidaient les bouteilles d'alcool coupables de ne pas l'être encore. Shannon et Ninon discutaient entre elles, debout derrière le baby-foot, adossées à une vieille armoire et tenant chacune une cigarette fumante entre l'index et le majeur. Ninon avait de petites mains et des doigts courts aux ongles coupés et elle adorait celles de Shannon, qui avait de longs doigts fins habillés d'ongles rouge agressif. Lola et Ben étaient allés se coucher dans le lit du grand frère de Chavy tandis qu'Abbie et Greg discutaient, assis sur un des canapés. Greg tenait une bière, Abbie un gobelet de vodka-pomme et tous les deux, la tête tournoyante, avaient entamé le sujet de leur relation. Ils parlaient fort pour se comprendre à travers le bourdonnement de la musique et avaient laissé tomber toutes les barrières de la timidité et de la fierté. Greg la faisait rire, comme à son habitude, comme il aimait le faire et comme elle aimait qu'il fasse. Lui posait ses yeux sur elle parfois des minutes entières et l'ivresse de l'alcool l'empêchait par instants d'entendre ce qu'elle disait, couvrant les mots de sa bouche par les idées qu'il avait dans la tête. Et il s'imaginait ensemble, à rire et à rêver sur les toits des maisons ou sur les sièges des cinémas, se rappelait leur baiser du nouvel an, s'inventait des milliers de scènes à jouer, d'endroits à visiter, d'histoires à vivre, attendait le moment où elle éclaterait de rire et se noierait dans le creux de son épaule, songea au jour où peut-être se fatiguera-t-elle nue contre son corps. Greg visionnait tous ces instants qu'il était possible de vivre à deux, se laissait transporter par la mélodie de la gaieté. L'alcool n'avait qu'ouvert les portes de cet engouement et ravivé cette volonté qu'il avait de pouvoir l'aimer un jour. Il sentait qu'Abbie visionnait les mêmes choses que lui tant leur complicité brillait de chaleur et de volupté, exagérées par l'enivrement de l'ébriété. Il la trouvait belle et ses yeux étaient les mêmes qu'à la soirée du nouvel an ; ils brillaient d'un éclat qui lui étourdissait l'esprit. Les paroles semblaient claires, leur cœur s'accorder l'un à l'autre. Il mourrait d'envie de l'embrasser mais avait le pressentiment qu'il gâcherait le moment s'il le faisait. Alors, le cœur dur et le ventre noué, il l'écoutait parler et continuait de lui répondre, avec la même frivolité, le même enthousiasme, le même plaisir. Il priait au fond de lui pour que ce moment dure toujours, pour que la nuit ne s'estompe pas et que la fatigue ne vienne jamais. Alors il comblait le vide et l'amertume que lui donnait l'idée de voir cette discussion se terminer au bout d'un moment en la regardant, en souriant bêtement, en observant ses cheveux qui tombaient, en l'imaginant en robe chic ou vêtue d'un vieux t-shirt trop grand et d'un short court. Greg avait rêvé de ce moment, ce moment qui n'appartiendrait qu'à eux et qui laisserait de côté le reste du monde. Il ne l'avait pas attendue non plus toute la soirée durant et avait même presque oublié, par moments, la présence d'Abbie. Mais les moments comme celui-ci surviennent parfois quand l'on ne s'y attend plus et se déposent comme une friandise dans le creux de la main d'un enfant heureux, la méritant après l'avoir attendue la journée entière. Greg cogitait beaucoup par rapport à eux deux, alors cette conversation lui apparaissait comme un présent qu'il méritait, venant adoucir ses rudes pensées. Abbie parlait beaucoup et c'était à cause de l'alcool, elle racontait énormément de choses et cela plaisait à Greg. Parfois, elle avait du mal à trouver ses mots et Greg finissait ses phrases, parfois elle s'emmêlait dans ses propos mais Greg n'en avait rien à faire. Elle adorait quand il posait les yeux sur elle. Il ne la fixait pas ; il se perdait dans son visage, mais ça, Abbie ne s'en rendait pas réellement compte. Elle avait l'impression qu'il se moquait d'elle et de son état et elle se sentait bête et ridicule mais elle passait au-dessus de cela. Elle était gaie à souhait et n'en n'avait plus rien à faire de ce à quoi elle ressemblait, ce qu'on pouvait penser d'elle ou ce qu'elle laissait paraître. Et ce qu'elle laissait paraître, c'était son bonheur de parler à Greg, d'être assise à côté de lui et de ne plus ressentir aucune gêne. De la bienveillance, de l'euphorie, mais aucune gêne. Et elle était contente de lui parler, de lui raconter les choses. Alors elle parlait de son chien et Greg lui parlait du sien, elle avoua son inquiétude pour les prochains matchs avec son équipe de volley ou bien témoigna de la légèreté et de l'extase qu'elle ressentait derrière son piano. Puis ils se cherchaient aussi, Greg lui replaçait les mèches qui débordaient sur son visage, elle passait sa main dans la barbe courte du garçon en lui disant qu'elle la trouvait douce et agréable au toucher. Elle commençait à ressentir le désir d'être avec un garçon comme lui et s'avouer qu'elle aurait du mal à en trouver un autre, que c'était certainement lui, le garçon qu'il lui fallait. Que leur baiser du nouvel an n'était pas qu'une anecdote de soirée, qu'une erreur de l'alcool, qu'une folie d'un instant. C'était l'attirance qu'il y avait entre eux deux qui avait parlé ce soir-là et qui avait semblé vouloir leur susurrer à l'esprit que c'était la chose à faire, qu'eux deux seraient bien ensemble. Greg serait comblé d'avoir une si belle fille à aimer, à aimer à n'importe quelle heure du jour ou de la nuit, dans n'importe quel état et Abbie serait heureuse d'effacer ses peines passées et de redresser le tumultueux chemin de l'adolescence et des histoires de cœurs avec le bonheur d'être aimée par le garçon qu'elle aime en retour, de se sentir apaisée peu importe l'infortune subie, tant qu'il pouvait être à ses côtés.

XIX

Une semaine à la mer

Le stage de voile auquel s'était inscrite la bande d'amis arrivait à grands pas. La fin d'année approchait timidement et le groupe vivait tranquillement les jours heureux de printemps. Les nuits tardaient à tomber, la chaleur des après-midis les motivaient dans un bonheur à apprécier et des interdits à braver tandis que la brise parfois frissonnante les tenait en joug et leur rappelait qu'ils n'étaient qu'adolescents, ni maîtres du monde ni détenteurs du savoir et qu'une mèche virevoltant dans les yeux peut rendre en une seconde le plus fameux des souverains en le plus démuni des impuissants. Pour les élèves du lycée, les révisions pour les examens de fin d'année avaient débuté. Certains élèves comme Abbie, Lola ou Audric avaient attaqué cela de pied ferme, déterminés à décrocher une note exemplaire, alors que d'autres profitaient de leur temps libre pour se détendre ou s'amuser. Ben révisait assez sérieusement et c'était la première fois qu'il le faisait. Lola veillait derrière lui pour le pousser à reprendre ses cours et réussir les examens. Elle n'aimait pas le voir ne rien faire ou le laisser dans la difficulté, sans doute parce qu'il lui rappelait le garçon qu'il était lorsqu'il fréquentait Marc. Lola ne supportait pas ce garçon-là de l'époque, elle savait qu'il avait changé et qu'il avait fait des efforts colossaux pour qu'ils s'entendent au mieux. Elle ne voulait pas que le passé du garçon refasse surface et le regagne, alors elle le soutenait et l'aidait dans les révisions malgré le mal qu'il avait parfois à se concentrer, son manque de patience ou son dégoût envers certaines matières. Puis il était impressionné par Lola. Bien que moins âgée que lui, elle témoignait d'une intelligence et d'une détermination pour sa réussite qui le rendait finalement assez ridicule. Douée en langue, sportive, intéressée et habile dans presque toutes les matières, Ben ne trouvait rien à redire sur le niveau de sa petite-amie.

Ninon passait ses week-ends chez sa copine, laissant dans un fond lointain de sa conscience les révisions manquées. Passer du temps avec Élodie lui faisait penser à autre chose, l'évadait de ses tracas quotidiens. Elle était son bol d'air frais. Alors elles profitaient de leur intimité, se prenaient en photo, lisaient ensemble, jouaient ensemble, l'une cuisinait pour l'autre, l'autre la massait ou choisissait le film qu'elles regarderaient le soir. Elles ne passaient pas le temps en essayant de se divertir, ne se mentaient pas non plus pour ressembler à celles qu'elles n'étaient pas, non, au contraire. Elles vivaient, avec amour, ferveur, tumulte et passion, le bonheur qu'elles avaient lorsqu'elles se retrouvaient. Elles vivaient vraiment, cartes sur table, sans hypocrisie ni aucun filtre. Elles étaient elles-mêmes, simplement, heureuses de s'être trouvées. Elles profitaient de cette vie qu'elles méritaient, ces moments d'amour et de complicité et reprochaient au ciel et aux horloges réglées de n'avoir qu'un temps à consacrer, que des endroits à quitter et des moments à abandonner.

Tous vivaient leur vie d'adolescents, entre les événements qui se déroulaient au lycée et les sorties en ville, au Jane&Tonio, au bowling ou encore les après-midis au Parc de l'Hirondelle. Greg, Niels et Lucas se voyaient régulièrement pour répéter dans la cave de chez Niels. Dans une petite pièce aménagée, ils y avaient disposé la batterie de Niels et deux amplificateurs pour leurs guitares électriques. Sur le mur, de vieilles boîtes d'œufs vides recouvraient une bonne partie, faisant office de filtre insonorisant. Tous les trois se défoulaient vivement quand ils jouaient, leur répertoire variait entre les musiques calmes et celles qui bougeaient un peu plus. Les jours de pluie, ils avaient l'habitude de se retrouver pour répéter dans le garage et profitaient ainsi des journées ensoleillées en allant au Parc, sur la Place de la Liberté ou en ville pour faire les boutiques ou se promener dans le Quartier Neuf Pays, près des cafés, des fast-food et des cinémas. William, Shannon et Lucy passaient, eux, beaucoup plus de temps en ville. Ils restaient parfois des après-midis entières assis dans l'herbe du Parc de l'Hirondelle et étaient du genre à connaître les sièges du cinéma mieux que les chaises de certaines salles de classe. Le petit cinéma situé près du Jane&Tonio était un de leurs lieux de prédilection. Il n'y avait que trois salles, moyennement grandes et les trois adolescents connaissaient tout le monde là-bas. Ils étaient de vrais habitués, de vrais passionnés. On leur offrait des popcorns et même des places de temps en temps. D'autres fois, ils squattaient sur les parkings ou les rues désertes près de la zone industrielle avec d'autres copains, avec leur petite voiture. Ils mettaient de la musique, s'essayaient au skate, faisaient des vidéos, tuaient le temps. Les autres adolescents, comme Norton ou Greg, les considéraient comme des gens à part, qui avaient en eux comme une fraction de mystique. Ils semblaient avoir de la facilité partout, être à l'aise avec tout, puis ils étaient suivis par beaucoup de monde sur les réseaux sociaux et adorés par tous au lycée. Ils étaient les rois de leur propre univers, c'était sûrement cela qui leur donnait cet aspect d'une jeunesse idéale, apparaissant comme maîtres du monde et tenants de la liberté.

★★

Tous avaient pris place dans le bus de voyage. Il était beaucoup plus grand et spacieux que les navettes qu'ils avaient l'habitude de prendre pour leurs trajets en ville. Les sièges semblaient neufs, aucune poussière apparente et ils avaient de la place pour leurs jambes. Au plafond, des dizaines de petites LED scintillaient et de larges casiers accueillaient les sacs à dos, les coussins et les diverses affaires de chacun. C'est toujours un moment particulier de se retrouver entre élèves, certains qui se connaissaient tandis que d'autres non et en compagnie des professeurs, hors du temps des cours. Il était huit heures et demie du soir, le soleil pointait pour quelques rapides minutes encore généreusement le reflet de ses derniers rayons. Les camarades étaient partagés entre l'excitation du voyage et de la semaine au bord de la mer et l'agacement d'un trajet long et certainement trop incommode. Tous avaient choisi leur binôme bien avant le jour du départ. Greg avec Norton, Ben avec Lola, Niels avec un des coéquipiers de l'équipe, Chavy avec Audric, Ninon avec Abbie. Tout le monde parlait avec tout le monde, les blagues fusaient de chez Chavy, de chez Niels, de chez Norton. Au bout de deux heures de trajet, tous étaient convaincus qu'ils allaient passer une semaine de bonheur et de folie tant les fous rires furent déjà intenses et nombreux. Norton et Greg avaient pleuré de rire trois ou quatre fois, toujours à cause de Chavy et Niels. Encore une belle poignée de minutes hilarantes qu'ils ajoutèrent de suite à leurs souvenirs mémorables.

Après presque trois heures de route, le chauffeur fit sa première pause. Toute la bande des garçons en profita pour amuser la galerie entre les rayons de la station de l'aire de repos. Du parking jusqu'aux toilettes, les garçons n'arrêtaient pas de se badiner et une chose était sûre : la semaine qui les attendait ne les calmerait pas. Ils embarquaient d'ailleurs dans leurs bêtises Abbie et Lola, qui se mettaient aussi à s'amuser et faire les pitres. Lola acheta un paquet de friandises et une bouteille d'une des boissons à la mode, qu'elle prit en photo, bouteille et bonbons tenant dans sa main. Chavy acheta une boisson énergisante et Niels une barre céréales protéinée.

La nuit était tombée depuis longtemps désormais et la profondeur de la nuit et la longueur de la route en fatiguaient plus d'un. Chavy comptait rester éveillé toute la durée du trajet, mais rapidement, tous tombaient de fatigue. Quelques dizaines de minutes après avoir repris la route, les adolescents fermaient les yeux les uns après les autres et tentaient, pour certains tant bien que mal, de trouver le sommeil dans le bourdonnement de la vitre contre l'oreiller ou dans le calme envoûtant de la musique dans les casques et les écouteurs. Audric s'était installé à côté de Ninon, Abbie avait rejoint Greg ce qui laissa à Chavy l'occasion de se joindre à Norton, désormais côte à côte. Greg n'attendait que cela, d'être assis à côté d'Abbie. Elle portait un jogging qui peluchait et lui serrait les chevilles et un épais gilet à capuche, doux et chaud à l'intérieur. Puis elle avait ôté ses chaussures et son maquillage, laissant nus ses petits yeux dont Greg était fan. Elle était recroquevillée, les pieds sur le peu de place encore disponible sur le bord du siège et tenait entre ses bras un large oreiller. Greg portait lui aussi un jogging et un pull et laissait reposer sa tête dans un petit coussin qu'il avait coincé entre le côté du siège et de la vitre. Il n'avait pas tardé à trouver le sommeil ; il s'endormait facilement et quand il fermait les yeux, c'était pour de bon, malgré le bruit ou l'endroit, aussi inconfortables qu'ils soient. Il faut avouer aussi qu'Abbie aimait secrètement son côté balourd et « gros nounours », comme elle aimait l'appeler. Cela rendait mignon son aspect viril et trapu, trouvait-elle. Ils avaient discuté cinq ou dix minutes ensemble, pas beaucoup plus longtemps, avant que tous deux tombent de fatigue.

Chavy et Norton se racontaient encore des blagues et étaient les derniers encore réveillés dans le bus, ce qui leur valaient de temps à autre des remarques, des insultes ou des menaces de ceux qui peinaient le plus à s'endormir. « Putain, Chavy, ferme-la ! » insistait Audric à plusieurs reprises, la voix fatiguée et les cernes abondants, ce à quoi Chavy s'amusait d'acquiescer d'un « oui » ni sincère ni sérieux. Progressivement, Norton montrait les premiers signes d'une fatigue trop importante et d'un sommeil imminent, jusqu'à ce que Chavy se rende compte qu'il parlait tout seul depuis presque un quart d'heure. Lola dormait dans les bras de Ben, qui ronflait chaleureusement et inconsciemment. Il fallait plus que deux camarades qui éclatent de rire non loin de lui pour qu'il se réveille. Comme Greg, Ben avait trouvé le sommeil en un rien de temps et savoir sa copine profondément endormie et sagement apaisée contre lui l'avait chaudement bercé.

Une heure trente-neuf. Tout le monde autour somnolait paisiblement, les têtes recroquevillées sur elles-mêmes ou à l'aise dans le creux doux et chaud d'un oreiller. Ninon avait ouvert les yeux, n'arrivant plus à dormir. Une heure trente-neuf sur la montre digitale fixée au plafond à l'avant du car. Le sommeil semblait avoir fui comme on effraie un oiseau peureux. En retournant sa tête, son regard tomba sur un camarade éveillé lui aussi, sur son téléphone, les écouteurs dans les oreilles, puis sur une autre, plus loin derrière buvant des gorgées de thé glacé. Ninon se retourna à nouveau vers l'avant. Une heure quarante. Elle se sentait seule, seule avec ses pensées. Tout semble calme, plat, tamisé, savoureux, quand il est une heure quarante. Les douleurs semblent lointaines, le vacarme distant. Reculé. Presque sourd. Elle commença à penser, inspirée par la poésie envoûtante de l'instant. Elle n'avait pas son carnet et ne voulait pas sortir son téléphone pour écrire dessus, pensant que cela gâcherait le moment. Alors elle s'imagina en train d'écrire, écrire ce qu'elle ressentait à cet instant précis et décida qu'une fois l'instant passé, ces pensées appartiendraient au passé, s'effaceraient de sa mémoire sans doute mais resteraient gravées dans l'âme du temps. Sa pensée n'était pas embrumée par l'alourdissement de la nuit, non, ses idées lui étaient plutôt claires. Elle appréciait le calme, qu'elle considérait comme le repos des artistes et par ce terme, elle désignait les plus turbulents et excités de la troupe, comme Chavy, Niels ou Norton. C'était le calme qui annonçait une semaine agitée, qui préparait l'esprit à profiter et savourer les rares moments de répit. En scrutant ses amis qui dormaient autour d'elle, Ninon appréciait toute la beauté de chacun. La passion qui vibrait entre Ben et Lola et cette complicité naturelle et sincère qu'ils montraient au monde sans prétention aucune. Ninon trouvait que cela les rendait encore plus adorables. Elle était fière de ce que Ben devenait, un garçon aimant antagonique au dévoyé qu'il avait été auprès de Marc. Devant eux, Greg et Abbie ne bougeaient pas non plus et étaient assoupis comme deux anges. Abbie reposait contre Greg, la tête contre le bras du garçon. Ninon n'attendait qu'une seule chose, c'était qu'ils se mettent ensemble. Elle savait le temps dont Abbie avait encore besoin, elle savait la fragilité qui l'avait gagnée après sa rupture avec Marc. Elle était forte mais elle avait manqué de recul à ce moment-là, voilà pourquoi elle était tombée de haut. Puis on se sent toujours assommé quand la personne que l'on aime montre son vrai visage et efface d'un seul coup brutal toute la magnificence qui semblait rayonner autour d'elle. On tire un trait sur celle-ci lorsqu'on se rend compte que cette personne, que l'on trouvait si spéciale, ne l'est pas tant en réalité. Elle s'était sentie déçue et pire encore : trahie. Cette trahison lui avait fait peur, elle la faisait douter et planait autour d'elle la crainte de se faire trahir à nouveau. Ce n'était peut-être pas elle qui avait peur de s'attacher encore, plutôt son cœur qui freinait la danse, qui lui suppliait de faire un pas en arrière pour ne pas avancer trop vite. Une décision est vite prise, un bond vite exécuté et même si les sentiments ne se contrôlent pas, il faut tout de même s'efforcer de les guider vers un chemin à suivre. Mais un cœur est vite brisé et les vases en miettes ne sont pas simples à réparer. Audric disait souvent qu'il valait mieux connaître la danse plutôt que d'enchaîner les faux pas, mais il oubliait que les faux pas, personne ne décide de les faire. Ils arrivent comme un caillou dans les rouages et on ne les prévient pas. Une heure quarante-sept, les chiffres rouge mat affichés sur la montre analogique à l'avant du car semblaient eux-mêmes aussi harmonieux que les pensées dans la tête de Ninon, aussi tempérés que l'atmosphère du bus. Personne ne s'était réveillé, sa camarade qui buvait sa boisson s'était endormie, l'autre regardait un film ou une série sur son téléphone qu'il avait coincé contre le dossier du siège face à lui, toujours les écouteurs dans les oreilles. Elle ne se souvenait pas de son prénom, qui commençait selon elle par un T ou un M, ou encore un B peut-être. Elle se trouva idiote de ne connaître rien de lui, alors qu'ils s'apprêtaient à passer une semaine au stage de voile et qu'à cet instant, ils n'étaient que les deux élèves réveillés. Elle eut alors un regret soudain, celui de ne pas aller assez vers les gens, de ne pas faire plus connaissance avec ceux dont elle ne connaissait rien. Elle n'était qu'assise à côté de tous les autres élèves, seule, silencieuse et éveillée, mais il était une heure cinquante. Et à une heure cinquante de la nuit, nos pensées sont un peu les mêmes que lorsqu'on est euphorique ou qu'on a bu un peu. Notre imagination semble avoir brisé ses frontières, notre lucidité se protège d'un voile flou et chaleureux, presque mystique. Un voile qui autorisait Ninon à penser à des choses auxquelles elle s'interdisait de penser. À s'imaginer des idéaux ou des scènes qu'elle ne s'imaginait pas habituellement. Peu importe le nombre de personnes qui roupillaient à côté d'elle ; au milieu de la nuit, quand tout est calme et propice à l'entendement des réflexions et des rêves, on se sent misérablement seul, avec notre esprit pour seul ami, gardien de notre liberté. Elle posa la tête contre l'oreiller qu'Audric avait installé entre eux deux. Il ne suffit que de quelques secondes pour qu'elle trouve le sommeil, venant clore ses pensées éphémères en en gardant sûrement quelques-unes de côté, agrippées au fond de sa mémoire.

Elle n'ouvra les yeux qu'au petit matin. Les camarades autour d'elle étaient tous bien réveillés et c'est un éclat de rire de Norton qui extirpa Ninon de son sommeil. Elle était un peu perdue, pas vraiment à l'aise d'émerger de sa nuit au milieu des autres, apparemment tous bien reposés et éveillés depuis longtemps. Elle en avait presque oublié la semaine au bord de mer qu'elle s'apprêtait à vivre avec ses amis. Les lueurs du soleil frappaient le côté de son visage au travers de la vitre et elle sentit que sa nuque lui faisait un peu mal. Elle regrettait déjà ce souvenir que lui laissait la position inconfortable qu'elle avait adoptée pour dormir. Chavy était déjà aux aguets, on n'entendait quasiment que lui. Il fascinait Ninon, ce garçon. Il était de ceux qui semblaient avoir toujours de l'énergie, ne jamais se fatiguer. Une chose était certaine, c'est que Chavy fatiguait souvent les autres de ses camarades qui se trouvaient avec lui. Ninon l'adorait mais elle savait pertinemment qu'il lui faudrait redoubler d'efforts pour surmonter une semaine entière à ses côtés.

Ben et Lola émergeaient tranquillement, dans leur bulle. Se réveiller auprès de la personne que l'on aime, peu importe l'endroit, procure un sentiment de bien-être, de chez-soi, de confort et de familier. C'est un bonheur que l'on aimerait savourer pour toujours. Lola se sentait au chaud, rassurée, comme si les bras de Ben et son pull peluchaux la coupaient des camarades bruyants. Ben, lui, se sentait comme sur un nuage, rien ne l'inquiétait tant qu'il avait sa copine contre lui. Il se sentait plus fort que quiconque.

 Le chauffeur marqua une longue pause au moment du petit déjeuner, laissant le temps aux lycéens de débuter leur journée en se dégourdissant les jambes et en mangeant correctement. La matinée parut courte pour tout le monde. Fanny passait son temps à observer le paysage par la fenêtre et Lucas dans son carnet s'amusait à en dessiner les éléments principaux. Les villes au loin, quelques massifs montagneux, de longues routes à travers champs et sous un soleil de plomb. Au fond du bus, Chavy balançait de la musique avec une enceinte qu'il avait amenée avec lui. Il régnait en maître à la banquette, épaulé par Niels, Julia d'un côté et Jason et Théophile de l'autre. Certains morceaux semblaient passer sans arrêt et Ninon sentait sa tête à la limite d'exploser. Audric, à côté d'elle, lui massait les épaules tout en essayant de décompresser face à la lourdeur de ses camarades, derrière lui. En plus de ça, la présence de Julia au sein du groupe l'agaçait déjà. Le son de sa voix semblait prendre le dessus sur la musique que mettait Chavy. Les autres camarades chantaient ensemble les morceaux du moment, ceux que tout le monde connaissait plus ou moins, riaient les uns des autres, se prenaient en photo, en vidéo, jouaient en ligne à des jeux de course ou de combat, inventaient des jeux à faire quand on ne peut qu'être assis sur un siège. Des mimes, des devinettes, des jeux ou des défis qui leurs venaient en tête et qu'ils trouvaient sur les réseaux sociaux. Ils ne pouvaient que s'amuser avec Chavy en meneur de troupe, Norton en enchérisseur de blagues ou Niels en provocateur de défis. Quelques fois, le chauffeur amusait la galerie en racontant une anecdote amusante ou une blague à pleurer de rire. Leur périple touchait presque à sa fin et après concertation générale entre le chauffeur, les accompagnateurs et les élèves, la destination serait atteinte plus tôt que prévu, en sautant le déjeuner méridien.

C'est dans une excitation sans précédent que la classe des soixante élèves arriva enfin à l'auberge. Leurs jambes tremblaient presque à la descente du car, les genoux raides et le dos en compote mais l'envie de rejoindre la mer masquant la douleur. Les roulettes des valises fusaient sur le sol, certains avaient préféré un large sac de sport lourd comme un cheval mort, qu'ils peinaient à transporter. Dans un bourdonnement euphorique, les élèves gagnèrent leurs chambres. Les filles devaient contourner le bâtiment pour rejoindre les leurs, situées à l'opposé de celles des garçons. Greg, Norton, Ben, Chavy et Audric avaient choisi une chambre ensemble. Niels se retrouvait avec Jason, Théophile et deux coéquipiers du rugby. La ville n'était qu'à cinq minutes de marche, la mer à trois cents mètres. Une fois les valises posées et les affaires sorties, les élèves partirent chacun de leur côté à la découverte du lieu de séjour. Niels gonfla sans tarder un ballon de rugby que les garçons s'empressèrent de tâter. Les moniteurs les accompagnèrent jusqu'à la plage. Il fallait choisir le bon sentier qui menait jusqu'à elle, l'un menait directement à la mer, l'autre partait dans les bois. Dès lors que les élèves aperçurent l'eau, les plus impatients et excités coururent sur la plage pour sentir l'air frais de l'océan, se rapprocher des algues et de l'écume. Niels, Théophile, Ben et Norton se jetèrent sans hésitation dans l'eau tiède et s'amusaient déjà avec la balle ovale. Audric resta sur la plage avec Fanny et Chavy. Ils n'avaient pas envie de se mouiller les pieds, le sable se collerait entre les orteils et ça serait désagréable. Les autres profitèrent tout de même du moment pour marcher au bord de l'eau, certains allant jusqu'à se noyer les genoux. Greg arrosa Abbie et Ninon puis Lucas se joignit à lui pour alimenter la bataille. Leurs shorts étaient complètement mouillés, et Abbie avait enroulé une serviette autour de sa poitrine tant son haut avait été trempé par les garçons. Glisser dans le sable, sentir les mouvements des vagues se frotter contre les chevilles, apercevoir un bateau çà et là à l'horizon, des riens qui faisaient oublier aux élèves l'interminable et fatiguant trajet en bus, aussi épuisant qu'animé fût-il.

Une heure était passée, qu'aucun des adolescents n'avait vu défiler. Les professeurs regroupèrent tout le monde pour discuter de la semaine à venir. Catamaran, surf, volley, course à pied, une semaine chargée en activités, mais sous le soleil et entre copains, plus rien n'effrayait les élèves. Les moniteurs semblaient tous sympathiques à première vue, une courte présentation de chacun d'eux suffit à convaincre les jeunes d'une bonne ambiance lors des futures activités. Lola, Audric et Abbie tombèrent raides dingues d'un des animateurs. Il était rugbyman, avait la peau mate et des épaules colossales, presque démesurées. Greg et Ben, pour rire de la situation, faisaient mine de n'en avoir rien à faire, mais témoignaient malgré tout une certaine jalousie envers Gab, l'animateur sexy. Niels et Chavy se firent tout de suite remarquer et sympathisèrent déjà avec les quatre animateurs. Les deux garçons faisaient rire tous les autres. Tous ne se connaissaient pas forcément bien, n'étaient pas encore bien intégrés au groupe, mais même les plus silencieux, timides ou distants étaient contents d'avoir ces deux énergumènes au sein du stage de voile.

Le soir, c'était l'ambiance autour des dortoirs. Jason et Niels se firent gronder par un des professeurs parce qu'ils se baladaient en caleçon, Ninon et Chavy parce qu'ils avaient allumé une cigarette et Lucas, Greg et Norton parce qu'ils squattaient les chambres des filles. L'agitation n'avait pas cessé après le couvre-feu, certains sortaient encore récupérer des affaires chez les uns et chez les autres, un groupe de filles mettait de la musique trop fort et dans la chambre de Greg, Norton, Audric, Chavy et Ben le bazar régnait déjà. Les affaires éparpillées, des fous rires à s'en tordre le cou. Dans leur chambre, Niels et Théophile improvisaient un combat de lutte au milieu des lits superposés. Les parents étaient loin, les adolescents avaient la semaine pour eux. Ils savoureraient les jours à venir, les après-midis sous le soleil, les soirées à traîner aux dortoirs, le rythme des vagues, les fumettes en cachette et les alcools dans les bouteilles en plastique et tous les moments de joie ou de fatigue dans l'insouciance des rires heureux.

    Les sorties en catamaran amusaient beaucoup les lycéens. Ils formaient des groupes de trois et alternaient chaque jour pour profiter du moment tous ensemble. Les matinées se déroulaient dans des conditions tranquilles, dans la bonne humeur et passaient paisiblement. Le soleil n'était pas trop fort, le vent pas trop violent et juste assez clément pour faire avancer les embarcations. Pour Audric et Ninon, c'était le temps des potins. Tantôt accompagnés d'Abbie, tantôt de Fanny ou encore de Greg, ils débattaient des sujets habituels, riaient et, de temps à autre, se confessaient. Ils n'avaient pas peur de le faire, d'avouer ce qu'ils avaient sur le cœur, à Ninon et Audric. Eux ne portaient pas de jugement à ce qu'on leur concédait, ils étaient des personnes de confiance. Aussi, inconsciemment et sûrement du fait de se trouver entre amis, loin de chez eux, loin des grilles du lycée et des histoires que connaissent ses murs et ses salles de classes, les discussions que les adolescents avaient sur les catamarans et sur les sièges du bus tournaient souvent sur le ton des aveux, des confessions, des secrets. Pas à la manière du déchirement rude et douloureux, mais plutôt à l'arôme de la libération d'un sentiment qui pesait sur le cœur pas même le poids d'une mésange boréale. Ces conversations avaient la couleur des délicates déclarations, celles qui franchissaient le cap de la timidité et donnaient aux journées le goût du renouveau et de l'inhabituel, le sentiment d'avancer, de vivre, de grandir.

    C'était l'occasion de recueillir les confidences d'Abbie et de Greg. Ensemble, les deux adolescents ne parlaient pas de ça. Ils se laissaient emporter par ce qu'ils avaient à se raconter et le plaisir de parler seul à seul, mais n'abordaient pas le sujet d'une éventuelle relation, de quelque chose de plus sérieux. Chacun racontait à Audric et Ninon ce qu'ils ressentaient pour l'autre, ce qu'ils imaginaient, envisageaient, espéraient, attendaient, comprenaient. Abbie avait encore du mal à mettre des mots sur ce qu'elle ressentait, parce qu'elle savait que les sentiments qui lui apparaissaient et lui apparaîtraient encore auraient leur importance à l'avenir et décideraient d'une quelconque histoire avec Greg. Ces réflexions l'effrayaient un peu, avouait-elle. Il n'est jamais ni habile ni plaisant de se projeter dans le temps quand il nous est encore flou. Ninon et Audric le comprenaient bien et le regrettaient un peu, mais le discours de Greg les réconforta. Le lendemain, ils accueillirent Greg sur leur embarcation et Audric dirigea rapidement la discussion vers le cas d'Abbie. Il était curieux de savoir ce que Greg pensait d'elle et lui. Et Greg leur montra qu'il avait compris qu'il fallait encore du temps à Abbie. Il savait ce qu'elle craignait, ce dont elle avait peur, ce qu'elle avait vécu. Il était patient, compréhensif, deux qualités pour le coup nécessaires à la situation. Ninon fit remarquer à Greg qu'elle approuvait de tout son cœur ses qualités et affirma que pour qu'une relation fonctionne, ou qu'elle puisse simplement démarrer sur de bonnes bases, elles étaient plus que vitales. Il n'y avait aucune hésitation, ni pour Audric, ni pour Ninon, Greg était un garçon parfait pour Abbie ; il était le garçon dont elle avait besoin.

À travers les différentes discussions avec Abbie et avec Greg, Ninon et Audric avouèrent à chacun d'eux certaines confessions que l'autre leur avait faits. Ce n'était pas de la trahison ou de l'abus de confiance. Ils voulaient faire avancer les choses, en éclairant chez chacun des deux adolescents ce qui leur était trop obscur. Ce qu'ils ne comprenaient pas chez l'autre, ce qu'ils auraient aimé savoir de l'autre, ce qu'ils aimeraient dire à l'autre. À cet âge-là, c'est souvent comme cela que les relations naissent, avancent – ou se compliquent parfois aussi, malheureusement. Les amis entendent les confidences, comprennent les doutes, épaulent dans la difficulté et transmettent les messages ; quand on est jeune, les amis changent bien souvent notre vie. En bien ou en moins favorable, tout est une question de décisions, de point de vue, d'affinités et d'éducation. Seulement les bons amis nous guident sur les bonnes réflexions, ceux-là ne sont pas à perdre ; ceux-là écoutent les confidences, partagent les doutes, soutiennent dans la difficulté et inspirent les messages. En discutant avec sa meilleure amie, Abbie savait que Ninon n'irait pas répéter ce qu'elle lui racontait. Elle se doutait fatalement que Ninon et Audric s'immisceraient dans cette histoire mais parce qu'ils aimaient souvent le faire, tous les deux et parce qu'Abbie et Greg étaient des personnes qu'ils aimaient du fond du cœur. Il n'y avait rien de mal, ni embrouille ni quiproquo dans cette situation. Ils voulaient juste les diriger vers le bon chemin, comme on aide un enfant à résoudre un casse-tête. Alors Abbie savait que Ninon ne raconterait pas à Greg tout ce qu'elles se disaient, mais elle comprenait bien que pour que les choses avancent, il fallait qu'elle parle à Greg, sans attendre ni espérer que Ninon ou Audric le fasse à sa place. Lui n'attendait que ça, pas parce qu'il était pressé ou impatient mais parce qu'il voulait savoir ce qu'elle pensait de lui, ce qu'elle imaginait avec lui. Malgré les rassurantes déclarations d'Audric et de Ninon, Greg gardait en tête cette part de doute qui régnait. Quand on ne sait pas ce que l'autre pense de nous, il est difficile d'avoir les idées claires ; quand on soupçonne l'orage, on n'a d'intérêt que pour les nuages, de dévotion que pour le ciel, on oublie l'herbe verte.

Les après-midis étaient complètes en activités, les journées riches en animation. Audric et Fanny mettaient leur peur de l'eau à rude épreuve pendant l'activité d'initiation au surf. Pour eux, la planche de surf n'était qu'un poids en plus quant au risque de se noyer et n'était en rien synonyme de protection contre les algues ou les méduses. Niels, Greg et Théophile tenaient debout sur les planches sans trop de difficulté et s'amusaient comme des fous sur l'eau. Chavy, énervé par l'aisance des autres garçons, préférait rester assis sur la planche, les jambes trempant dans l'eau de chaque côté. Même dans cette position le jeune homme tremblait parfois et peinait à garder son équilibre. Il papotait avec Ninon qui avait opté pour la même activité que lui, bien plus tranquille et beaucoup moins fatigante. Assise sur la planche, elle avait le temps de voir au loin, d'observer les autres, de ne penser à rien, d'oublier un peu son père, de qui elle se détachait progressivement, de penser un peu plus à Élodie, qui lui manquait tout de même petit à petit. On s'habitue à un être et une seule de ses absences nous déstabilise.

Le troisième jour, juste avant de rejoindre la cantine, le ton monta entre Julia et une autre fille du groupe. Personne n'avait vraiment compris la raison de leur altercation, mais elles se jetèrent l'une sur l'autre pour en venir aux mains. Julia tirait les cheveux de la fille tandis que cette dernière lui mettait des claques sur la tête et tentait de lui ôter les mains des cheveux, sous les regards exaspérés des camarades. Ninon, Audric et Lola, réunis à ce moment-là, ne s'étonnèrent même pas de cette dispute. Julia était du genre à réagir au quart de tour et souvent dans l'excès et elle était apparemment tombée contre une fille qui avait un répondant aussi vigoureux qu'elle. Niels essaya de les séparer en cherchant à décrocher les doigts de Julia des cheveux qu'ils empoignaient, jusqu'à ce qu'un moniteur les interpelle. L'altercation avait surpris tout le monde, mais la tension ne fut pas pesante très longtemps. À l'intérieur du réfectoire, les bruits des couverts et l'ambiance que mettaient Chavy et Niels prirent rapidement le dessus sur l'atmosphère mitigée qu'avait suscité la dispute. C'était aussi dans ces moments-là qu'on considérait Niels comme un leader de groupe. Il avait la prestance, mais il avait aussi le comportement. Il avait été là pour séparer les filles de leur dispute et il était encore présent pour remettre en ordre l'atmosphère de la classe, tout comme il faisait avancer l'équipe de rugby, malgré la douleur ou la défaite. Il le faisait presque inconsciemment, prendre les choses en main était dans sa nature.

En fin d'après-midi, les élèves se divisèrent en plusieurs groupes pour leur temps libre. Niels eut l'idée d'organiser un tournoi de volley, ce qui motiva tous les joueurs de rugby et une grande partie de la classe. D'autres lycéens s'étaient réunis pour vadrouiller en ville, faire quelques boutiques et visiter le port. Audric, Chavy et Lola avaient préféré cette option plutôt que le sport sur la plage. Le sable était un peu chaud, mais cela ne dérangeait aucun des rugbymen. Le filet se situait à côté des bois et de la verdure longeait le terrain, lui plus en contrebas. On pouvait s'asseoir sur une petite butte le long du terrain, à l'ombre des arbres, c'était agréable. Les équipes étaient faites, il y en avait trois au total. Ben, Greg et Niels étaient tous dans une équipe différente, pour équilibrer les matchs. Les joueurs se jetaient dans le sable pour rattraper la balle, plusieurs se retrouvaient avec des grains dans la bouche ou dans les yeux, mais l'esprit de compétition prenait le dessus ; il y avait une corvée de récurage en jeu, pour les perdants. Sur le côté, l'équipe au repos encourageait les deux autres qui s'affrontaient de part et d'autre du filet. De la musique habillait l'ambiance d'un air de vacances supplémentaire, et c'était *Indisposed*, de Deluxe, qui motivait à ce moment-là les équipes de Greg et de Niels. Ninon, Abbie, Ben, Théophile et les autres joueurs de la troisième équipe étaient tous assis ou couchés, investis dans la rivalité des deux adversaires. En tournant la tête vers la gauche, Abbie aperçut une extravagante jeune fille s'approcher d'eux. Elle portait une sorte de sarouel à fleurs, un débardeur rouge un peu décoloré et de longs cheveux attachés en un gros chignon pendant.

« Hey, j'peux m'installer ? demanda-t-elle poliment.

– Bien sûr, vient, répondit Abbie, souriante.

– Moi c'est Faustine, et toi ?

– Abbie.

– Vous êtes des lycéens ? s'interrogeait-elle en scrutant les autres adolescents assis à côté d'Abbie et les deux équipes qui jouaient.

– Oui, on est là pour une semaine de stage de voile.

Faustine continuait d'observer les adolescents, elle avait l'air vive d'esprit et franche dans la parole.

– Ah, c'est bien cool, ça ! Sympa les voyages scolaires !

– Oui, on a de la chance ! rit-elle, puis ici, c'est magnifique, continua Abbie. Et toi, tu fais quoi ?

– Oh... moi, je vagabonde un peu, je me laisse porter par le vent, tu sais.
– Je vois ça, remarqua Abbie en désignant le gros sac de randonnée de Faustine.
– Hé oui ! Je suis plus âgée, moi, je pense que t'as remarqué. J'ai vingt-trois et ça fait quelques mois... quatre, je pense maintenant, réfléchit-elle, que j'ai bougé de chez mes parents. Ils m'ont un peu jeté, mais j'étais pas mécontente de partir », fit-elle avec un petit sourire.

Elle avait une voix un peu grinçante, un peu cassée, un joint sur l'oreille et un petit anneau plaqué sur une des narines. Elle avait une peau mate, un visage embelli de taches de rousseur, un petit tatouage au-dessus de la cheville droite. Les pieds nus, un pansement sur l'index gauche. Abbie acquiesça en écoutant Faustine, un peu embarrassée.

« Et vous venez d'où ?
– On est tous du même lycée, c'est dans une ville pas très grande à l'autre bout du pays, tu ne dois sûrement pas connaître.
– Non, effectivement, moi je suis du coin. Enfin, j'habitais à un peu plus de deux cents bornes d'ici, je voyage en solo, en stop, à pieds. Je me laisse porter. Ce matin je suis arrivée ici, j'ai vu le centre de loisirs pas loin, ça a l'air d'être un chouette endroit !
– Oui, ça a l'air ! Et la plage est publique, alors tant mieux.
– Ça fait du bien de voir la mer, pas vrai ?
– Oui, c'est chouette. L'air marin, j'aime beaucoup, mais mon amie Ninon, elle aime moins. Les algues, les vagues, tout ça, ce n'est pas trop sa passion ! rit-elle.
– Ça ne peut pas plaire à tout le monde, c'est sûr ! sourit Faustine. Ça te dérange si j'allume mon...
– Non, pas du tout », sourit Abbie.

Faustine sortit son briquet de sa poche et s'alluma son pétard, en ruminant qu'il ne faut « jamais se mettre à fumer cette merde ». Abbie trouvait toujours ce genre de réflexions un peu ridicule. À part Chavy, elle ne connaissait personne heureux de fumer, s'en vanter ou le recommander aux autres.

Comme si chaque personne qu'elle voyait fumer semblait souffrir de ça ou ne pas entièrement apprécier. Elle ne comprenait pas vraiment ce comportement, mais elle ne disait rien.

« Eh, dis-moi, le mec, là-bas, c'est ton gars ? questionna Faustine, discrètement.

– Qui ça ?

– Lui, là-bas ! Le beau gosse avec le short orange, enfin orange fluo, là.

– Ah oui, le blond ? C'est Greg.

– Ouai, Greg, c'est ton bail ?

– Mon bail ?

– Oui, ton bail ! Enfin, ton gars ou le mec avec qui tu flirtes, je ne sais pas moi !

– Euh... alors bail, oui, on n'est pas ensemble, répondit Abbie, gênée.

– D'accord... c'est bien ce que je me disais, se parlait Faustine fièrement.

– Pourquoi tu me dis ça ? réclama Abbie en riant.

– Ah bah ma cocotte, ça se voit, pardi ! Dès qu'il se retourne, il tourne le regard vers toi, il te regarde sans arrêt ! Enfin, c'est l'impression que j'ai, puis j'suis même pas sûre qu'il m'ait déjà remarquée !

– Ah ouai ?! s'exclama Abbie l'air gêné, un peu surprise. La remarque de Faustine lui fit un petit quelque chose au fond d'elle, ravie d'apprendre que Greg ne l'oubliait pas même pendant son match de volley.

– C'est qui qui fume un... s'interrogea Ninon en tournant la tête vers Abbie et Faustine, intriguée et surprise de voir l'inconnue assise à côté de son amie.

– C'est moi, s'amusa Faustine. Salut, au fait, je suis Faustine, ça ne dérange pas le joint ?

– Ah, euh... bah salut Faustine, moi c'est Ninon. Oh t'inquiètes pas, non, ça ne gêne pas !

– Tant mieux alors, merci !

– C'est vrai qu'il me regarde, remarquait Abbie.

– Encore heureux, c'est ton bail !

– C'est vrai, s'égaya Abbie. »

À cet instant, sans choc ni brutalité, Abbie saisit l'ampleur de la situation, comme si elle venait de se rendre compte que Greg serait son petit-ami, dans un futur plus ou moins proche. Jusqu'à présent ne lui demeuraient en tête que leur baiser du nouvel an, leurs quelques discussions en soirée, plutôt floues dans ses souvenirs puisque souvent, elles ont lieu en fin de soirée ou un peu éméchés. Aussi, elle avait du mal à voir plus loin que le simple flirt, sans doute par peur d'être déçue d'un amour non réciproque et parce que souvent, leur attraction se cache sous la gêne qui les distancie, quand ils se retrouvent seuls tous les deux, bloqués par un silence parfois assourdissant et assommant. Dans ces moments-là, tous les deux se sentent bêtes de ne rien se dire alors qu'ils auraient des milliers d'histoires à se raconter. Mais elle n'avait jamais imaginé un avenir plus sérieux avec lui aussi clairement qu'à cet instant-là, au moment où Faustine lui fit remarquer que Greg, malgré tout, restait le seul garçon de qui Abbie pourrait tomber amoureuse, ces prochains temps. Qu'il était le seul qui, comme un chat têtu, se retournait vers elle quand il le pouvait. Il était le seul garçon que Faustine avait remarqué, le seul à qui Abbie pensait quand elle espérait un amour encore sincère.

Faustine écrasa son mégot dans une petite boite en aluminium qu'elle gardait dans son sac pour ne pas le jeter par terre, puis se leva et salua Abbie et Ninon avant de repartir par les bois pour trouver un endroit où camper ou un canapé à occuper, chez un habitant généreux. Cette rencontre la bouscula un petit peu et sans directement le remarquer, Abbie regardait Greg d'un œil différent. Celui de l'admiration, de l'attirance, de la confiance. Un regard qui fait battre le cœur plus fort quand on croise celui de la personne qu'on aime.

La semaine fut marquée par certains petits moments de tension ou de craquage entre camarades, mais jamais rien de dramatique. Cela faisait partie de la vie en groupe ; garder sa liberté, accepter la différence, ne pas tolérer certains comportements. Les adolescents découvraient combien la communication était importante, que ce soit pour le vivre ensemble ou pendant les jeux et les activités. Sans communication, il n'y a ni esprit de groupe, ni solidarité, ni réussite. C'est une clé pour avancer et les élèves le comprenaient d'eux-mêmes, quand ce n'était pas rappelé par les instructeurs. L'entraide, la tolérance, le partage ; ce stage permettait aux lycéens de se dépenser physiquement, de développer leurs aptitudes et de braver leurs peurs, mais il leur apprenait aussi des valeurs de la vie d'une belle et débonnaire manière.

Cette semaine était un réel moment de détente, chaque jour rempli de joie. Aucun ne se souciait encore du lycée. Les examens passés, les soucis loin d'eux, ils prenaient le temps de profiter d'être entre amis. Ceux qui n'avaient pas l'habitude de passer du temps ensemble apprenaient à se connaître et on voyait comment chacun se comportait. Des groupes se relayaient pour nettoyer les douches et les toilettes, dont le sol était sans arrêt trempé et le carrelage caché par le sable que les lycéens ramenaient en rentrant de la plage. Des désaccords avaient lieu de temps en temps mais dans la majeure partie des cas, les tâches étaient effectuées dans une ambiance détendue. Ce n'était pas grand-chose, ils lavaient les éviers, les cuvettes, les sols en jouant avec raclette, jet d'eau et balais. Une fois la corvée achevée, ils profitaient mieux du moment de détente qui suivait. Ils se retrouvaient sur le terrain pour s'affronter dans des matchs de rugby, se lançaient frisbees et balles, faisaient voler diabolos et cerfs-volants, inventaient des chorégraphies, s'asseyaient dans l'herbe avec bouquin et musique, s'allumaient des cigarettes en cachette, visitaient la ville et le port situés non loin de leur centre de loisirs ou restaient couchés au frais dans leur chambre. On leur laissait une certaine liberté tout de même et chaque lycéen en profitait à sa manière ; Niels et Greg en se dépensant encore, jamais loin du terrain et du ballon de rugby, Audric, Lola et Fanny préférant se reposer à l'ombre, au calme, à sentir l'air frais contre le visage et faisant tournoyer les pages de leurs livres. Ninon et Chavy avaient choisi de braver des interdits. Ils s'allumaient des cigarettes hors de la portée des professeurs, partaient en ville ou en forêt avec Norton et Abbie, juste histoire de goûter encore un peu à la sensation de défier la permission, d'être là où ils n'avaient pas le droit de se rendre, d'oser le défendu.

Le dernier jour du stage, la déception à l'idée de rentrer et de quitter la plage se mélangeait à l'excitation de la soirée en préparation. En effet, Niels et Chavy démarchèrent pour organiser une sorte de boum pour le dernier jour du stage. Ils réservèrent la salle dans laquelle avaient quotidiennement lieu les cours de gymnastique et de danse et négocièrent avec les professeurs pour aller acheter de la nourriture et des boissons. Ben et Théophile se mirent d'accord avec Julia et des amies à elle pour rassembler l'alcool que les élèves avaient ramené et pour compléter leur stock s'il le fallait en se rendant rapidement en ville acheter le nécessaire. La matinée fut dédiée, une dernière fois, à la balade en catamaran et l'après-midi consacrée au temps libre, au rangement et au nettoyage, puis à l'organisation de la soirée. Un des élèves avait préparé des tours de magie en animation, mais Jason installa aussi de quoi faire un karaoké.

Quelques ballons décoraient les murs et les tables. La musique résonnait dans la salle, les gobelets, boissons et biscuits apéritifs étaient éparpillés un peu partout. Arno, leur camarade magicien, entama des tours de cartes et de passe-passe qui impressionnèrent tous les élèves, et sous les applaudissements, il eut toute la reconnaissance et le respect qu'il méritait. Niels et Chavy firent un discours juste après celui des professeurs et des animateurs, heureux et émus de leur semaine passée avec les lycéens. Les allocutions achevées, tous se mirent à danser, à discuter, à chanter. Les animateurs rentrèrent chez eux, suivis par les professeurs, qui veillaient dans leur salle de réunion. En toute discrétion, les élèves se faisaient passer l'alcool. Chavy s'alluma un joint avec d'autres lycéens et lycéennes. Pour beaucoup, l'alcool commençait à monter. Les adolescents naviguaient entre l'intérieur de la salle, chaud, bruyant, bondé d'ambiance et le patio, à l'extérieur, vers lequel les jeunes riaient et sortaient pour fumer. Greg et Abbie se rapprochaient un peu, mais elle se montrait encore réservée. Il ne forçait pas, restait avec Norton, elle avec Ninon et la fête n'était gâchée pour personne. Au bout d'un moment, Niels s'éclipsa avec Julia, montant tous les deux secrètement dans une des chambres. Ils étaient saouls, pas inconscients et s'installèrent pour parler d'eux deux. Leur relation ne ressemblait pas à celle de Greg et d'Abbie, ni à celle de Ninon et Élodie ou encore de Lola et Ben. Tout allait bien plus vite pour eux, les sentiments n'avaient pas encore eu le temps de s'installer, ni de réellement se montrer. Il n'y avait que de l'attirance, qu'ils habillaient tous les deux d'une romance inventée, de termes romancés. Assis sur le bord du lit, il se mirent à discuter. Niels prit la main de Julia, en lui serrant les doigts, sentant la peau douce de son pouce glisser sur le côté de sa main. Il semblait entendre battre son cœur. Des silences entrecoupaient leurs mots, l'effet de l'alcool masquait la peur et quelconque gêne. Ils se regardaient de temps en temps puis s'embrassèrent, naturellement. Ils n'attendaient que ça, finalement. Leurs lèvres ne se décollaient plus. Niels leva instinctivement sa main contre la joue de Julia et la glissa jusqu'à sentir le grain de sa nuque. Ils se couchèrent, l'un sur l'autre, sur le matelas. Leur cœur raffolait d'envie, armant les corps de chaleur et d'excitation. Le garçon montrait de la passion, elle retira son haut et le pouls de Niels s'accéléra encore. Elle sourit et continua de l'embrasser. Couchée sur le dos, elle s'accrochait à la nuque du garçon de ses deux mains. Les corps étaient lourds d'une stimulation sensuelle criante, sans doute exagérée par l'effet de l'alcool. Il avait ôté son t-shirt et perdait son souffle tandis que les mains délicates de Julia glissaient sur son dos costaud. Quelques fois, dans un soupçon de grâce, elle lui attaquait la peau avec les ongles, soigneusement colorés d'un rouge pétant, s'accordant au rouge à lèvres qu'elle portait. La musique bourdonnait dans la salle près du patio, des airs de *Hat Trick*, de Lexie Liu. On entendait les éclats de rires et les chants heureux. Mais eux deux se trouvaient à part, loin des autres, à des kilomètres de tout tracas. Ni Julia ni Niels ne s'attendait à cela, peut-être l'avaient-il chacun naïvement imaginé quelques instants, peut-être même espéré souvent, mais ils ne s'étaient pas douté que cela se passerait comme ça, ici, le dernier soir. Cela arrive, les choses ne s'organisent ou ne se planifient pas toujours et certaines fois, tout semble s'aligner, tout semble aller sans peine et les événements se font sans qu'on ne les attende.

Trois quarts d'heure plus tard, ils sortirent de la chambre et rejoignirent le reste du groupe, en affirmant aux autres qu'ils étaient juste partis s'isoler pour parler. Pour l'instant, ils ne voulaient pas que cela se sache, ils garderaient cela pour eux. Niels n'avait aucune envie de le crier sur tous les toits, il n'était pas un garçon comme ça et Julia ne voulait pas passer pour une fille sans principe. C'est ainsi que les adolescents du lycée considéraient ce genre de situation, en désignant le garçon comme un brave vainqueur et la fille en fautive, en fille facile. Les mauvaises langues ne se gênaient jamais pour critiquer et insulter, Abbie le savait, elle-même en avait déjà payé les frais. Julia voulait éviter cela ; à défaut de pouvoir changer la mentalité de certains, elle évitait au moins de se mettre dans une mauvaise posture.

Chavy était un peu déchiré, d'autres beaucoup plus. Une de ses amies réagissait mal au joint que lui avait passé le garçon et nageait en plein bad trip. Des camarades l'allongèrent dans un lit, une bassine à côté de sa tête et une serviette humide sur le front. Pour les autres, la fête continuait. Ben et Norton se baladaient partout, les deux se tenant le bras par-dessus l'épaule et chantaient sans s'arrêter le refrain de *Lithium*, de Nirvana, à tue-tête au visage de tout le monde. Abbie, avec Ninon, Lola, Audric et quelques-uns de leurs camarades faisaient un jeu d'alcool, assis dans l'herbe près du terrain. Audric avait posé son téléphone sur le sol, la lampe torche allumée pour éclairer le groupe et la bouteille qui tournait au centre. Ils faisaient des jeux sur le téléphone aussi, avec secrets à avouer, des actions à faire, des défis à relever sous peine de quelques gorgées de boisson alcoolisée. Certains du groupe partaient, d'autres jeunes les rejoignaient, ça venait et ça allait sans cesse. Sur la piste, près des enceintes, Théophile s'essaya au slow avec une des filles rencontrées pendant le stage. Il savourait l'instant comme on croque dans une pomme onctueuse et ne faisait pas attention aux regards rivés sur lui et son amie. Sa soirée était embellie, il avait osé lui proposer de danser avec lui et il avait appréhendé ce moment depuis le début de la soirée. Mais désormais son angoisse s'en était allée. Il sentait que son amie n'avait pas l'habitude de ça non plus. Sans doute avait-elle aussi appréhendé ce moment et elle se sentait un peu ridicule au milieu de la salle, maladroite et serrée contre lui. Mais elle voyait que lui s'en fichait des autres, alors elle se sentait mieux. Ces moments sont délicats, surtout quand on découvre ces choses-là. On ne maîtrise pas grand-chose, certains détails déstabilisent et d'autres réjouissent le cœur, on réfléchit à tout et tout se mélange un peu, on n'a l'habitude de rien. Et d'ailleurs, pour des moments pareils, il n'existe pas vraiment d'habitude. Tout est question de sensibilité et de ressenti ; tout dépend du moment, de la personne avec qui l'on se trouve, de ce qu'on a en tête, de ce qu'elle nous procure comme idéal et comme envie. Il y a le rêve, le bonheur, l'euphorie ; la réalité ne vient qu'après. Et pour l'instant, elle et Théophile vivaient un réel moment de tendresse. Au fond, ils se trouvaient au même stade que Niels et Julia, ils ne savaient pas de quoi le lendemain serait fait, ils ne savaient pas si cette soirée avait allumé une flamme étincelante ou bien si elle n'avait que soufflé trop fort dessus.

Le lendemain matin, les élèves firent leurs adieux aux moniteurs du centre et prirent place à nouveau dans le car pour le trajet du retour. Malgré l'abandon des chambres, de la plage et des catamarans, l'ambiance n'était pas maussade. Ils n'avaient pas beaucoup dormi, mais le départ en bus leur redonna un peu d'énergie. Chavy mit à nouveau de la musique sur son enceinte et les lycéens assis sur la banquette du fond et les quelques sièges autour chantaient ensemble. Niels et Julia ne s'étaient pas installés à côté, ils ne s'étaient d'ailleurs presque pas parlé depuis la veille. Avait-elle honte ? Regrettait-elle ? Niels, lui, avait aimé leur soirée et ne regrettait pour rien au monde. Il espérait une suite à leur histoire, mais pour le moment le garçon nageait dans le flou et se disait que Julia peut-être aussi. Mais ils en discuteraient plus tard, Niels ne voulait pas se gâcher le trajet pour autant. La classe roula toute la journée à travers le pays, le conducteur marquait des pauses de moins en moins régulières et roulait parfois quatre heures d'affilée. Les élèves ne le remarquaient pas, eux dormaient, chantaient, jouaient. Ils continuaient leurs jeux d'actions et de vérités, faisaient des courses et des mini-jeux en ligne, regardaient leur série, échangeaient leur place, faisaient des défis. Dans ces sorties et ces voyages scolaires, le trajet fait partie du périple et parfois, c'est même la meilleure portion. À l'avant, les plus calmes étaient fatigués du bazar que mettaient les plus turbulents du fond, aucun n'arrivait à dormir, dérangés par les rires trop brusques et la musique trop forte. Mais à part ça, tous arrivèrent sains, saufs et exténués au lycée.

XX

Le bal du lycée

Les examens étaient passés et au retour de leur voyage, les lycéens n'attendaient plus que leurs notes. Ninon et Chavy ne s'en souciaient pas tellement, ils espéraient juste avoir la moyenne sans chercher ni mention ni félicitations. Abbie, Lola, Audric en revanche étaient plus concernés par les notes qu'ils obtiendraient. Ils n'étaient pas en concurrence, juste pressés de connaître leurs résultats. En moyenne, il y avait toujours une bonne réussite aux examens de fin d'année ; seuls ceux qui ne travaillaient vraiment pas échouaient et les tricheurs étaient punis sans état d'âme. Mais rares étaient ceux qui cachaient leur cours dans leurs affaires et ces élèves-là avaient l'habitude de tricher tout le long de l'année déjà, alors ils se trouvaient dans le viseur des professeurs et plus surveillés que tous les autres lors des examens.

La semaine de stage à la mer pour les soixante élèves du lycée leur avait fait oublier pendant quelques jours l'attente et l'appréhension des résultats. Pour beaucoup malgré tout, peu de doute régnait. En revanche, Chavy et Norton étaient moins confiants et les cancres comme Marc ne s'attendaient à aucune franche réussite. Lui n'était pas doué pour les cours, tout le monde l'avait compris. Il était meilleur dans les travaux manuels et pensait s'orienter vers une voie plus professionnelle. Rester assis sur une chaise à écrire des cours et écouter un professeur parler, ce n'est pas fait pour tout le monde, tout comme travailler sur un mur, repeindre un bâtiment ou s'efforcer de travailler sous un soleil de plomb n'est pas du ressort de tous. Chacun est doué pour certaines choses et au lycée, il était venu le temps de se poser ces questions-là. Que faire ? En quoi suis-je doué ? Pourquoi apprendre cela ? Comment intégrer cette branche ? Tant de questions taraudaient l'esprit des étudiants. Certains, comme William, pensaient se laisser guider par le temps et les aventures. Il ne savait pas quel métier il voulait faire. Mais il savait autre chose ; il savait qu'il n'aimait pas cette question. Le jeune homme disait souvent qu'on ne choisit pas un métier pour plus tard, pour toute sa vie. Qu'on a tous une vocation, on a tous des idées, on a tous un certain bagage qui nous permet de faire certaines choses et qui ne nous permet pas – ou pas encore – d'en faire d'autres. Il voulait bâtir avec ce qu'il croiserait, ce qu'il rencontrerait, ce qu'il saurait, ce qu'il apprendrait à travers le hasard, les opportunités, les envies. Selon lui, il fallait simplement être conscient de ce que l'on sait faire et en sachant ce que l'on sait faire, on s'ouvre une infime fenêtre qui nous offre un aperçu de ce dont on serait capable plus tard. Voilà ce qu'il avait tendance à répondre à ceux qui le questionnaient sur son avenir. Audric, lui, voulait travailler avec de jeunes enfants atteints de handicap. Sa sensibilité était un réel plus pour exercer cette profession, pensait-il. Les voies étaient diverses et variées, les adolescents avaient des rêves et des vocations plus ou moins précises, les laboratoires, la politique, les bureaux, l'enseignement, l'économie, l'éducation, la santé, le sport et bien d'autres domaines encore. Chavy était déterminé à s'engager en politique. Il faisait déjà partie de plusieurs associations de lutte, d'aide aux démunis, de solidarité. Il privilégiait l'humain à l'argent, « tant pis si je ne gagne pas le salaire d'un cadre, si j'ai le sentiment d'aider en faisant de bonnes actions, alors je serai heureux », répétait-il souvent. Il avait un cœur immense, c'était notamment pour cela que ses camarades le respectaient tant.

Tous prendraient sans trop tarder des chemins différents dans un an ou deux. Mais pour l'instant, c'était le temps de l'insouciance, celui de la jeunesse libre et sans loi. Le bal du lycée approchait, on mettait de côté le tracas des études et on faisait place à l'ivresse de l'été à venir. Ils avaient encore tous le temps de découvrir la vie, d'apprendre à connaître, à savourer, à être déçu et à se quitter, comme Audric quittait Mme Garnierre. Le jeune garçon savait que cette année fut pour sa professeure la dernière qu'elle passait à enseigner et c'est en larmes qu'il la quitta. Ils garderaient contact, bien évidemment, mais quitter une personne que l'on aime, c'est un peu l'abandonner contre son gré, la trahir sans le vouloir, mais c'est ainsi que parfois la vie se présente et les événements s'enchaînent.

Ninon s'était juchée sur son rocher, en haut de la ville. Elle avait ses écouteurs dans les oreilles, et écoutait *Fuck U*, d'Archive. Elle, était heureuse que l'année se finisse enfin. Toutes ces têtes qu'elle ne verrait plus, bon débarras. Elle regrettait cependant de ne pas avoir fait connaissance avec toutes celles et ceux dont elle ne savait rien et se promit d'essayer de se rapprocher d'elles si l'occasion se présentait. Elle avait ses quelques amis, ses meilleurs amis, avec qui elle resterait proche quoi qu'il arrive. Puis elle avait Élodie, qui lui permettait de s'évader, de se sentir aimée et comprise et qu'elle aimait et comprenait en retour. Elle était contente de ne plus voir tous ces adolescents qu'elle trouvait, pour la trop grande majorité, encore immatures et puérils. Elle trouvait insupportables trop de comportements « de gamin », comme elle les appelait. Les filles comme Amel et Julia qui ne faisaient rien d'autre en classe que de parler et faire les intéressantes. Ninon répétait que si elles ne voulaient pas travailler, c'était leur problème, mais elles n'avaient pas à déranger la classe entière pour ça, ni à manquer de respect au professeur, surtout quand celui-ci leur reprochait leur turbulence. Elle ne concevait pas que ces filles-là puissent tant manquer de respect à l'enseignant, en l'insultant, en le provoquant ou en le menaçant de régler le problème avec leurs parents, comme elles avaient déjà pu le faire. Aussi, Ninon en avait marre de côtoyer dans les couloirs les jeunes lycéens qui n'ont, selon elle, aucune personnalité, qui se ressemblent tous et qui se comportent tous comme des moutons. Elle en avait marre de ceux qui ne faisaient que suivre le mouvement, qui ne réfléchissaient pas d'eux-mêmes ni n'arrivaient à se faire leur propre opinion. Elle en avait marre de voir les plus jeunes générations scotchées sur leur téléphone portable, à s'envoyer des photos et des vidéos de tout et n'importe quoi plus rapidement que n'importe quelle information constructive. Elle avait peur de ce que ça serait dans quelques années. Elle ne supportait pas celles et ceux qui prennent en photo ou affichent d'autres personnes à leur insu. Ceux qui regardent et critiquent celle ou celui qui est « différent » dans sa manière de s'habiller, de se comporter, d'agir. Les moqueries, la haine, la discrimination, l'injustice, les rumeurs, l'humiliation. Si seulement elle pouvait effacer tout ce mal ; consoler les plus faibles, soutenir les plus courageux. Elle faisait partie de cette génération, alors au fond d'elle, elle se sentait responsable, presque coupable, mais cela la renforçait dans l'idée de faire quelque chose pour changer la donne. Bousculer les mentalités. Condamner les comportements. Puis elle souffla un bon coup, assise sur son rocher.

Voilà pourquoi elle aimait tant s'y installer, seule. Elle cogitait beaucoup, elle refaisait le monde, les écouteurs dans les oreilles et la mèche de ses courts cheveux recouvrant son front. Le soleil était encore assez haut dans le ciel, il fallait bientôt qu'elle redescende pour se préparer. Ce soir, il y avait le bal du lycée. Les immeubles du Nouveau Centre qu'elle apercevait au loin ne lui paraissaient plus si récents qu'ils avaient pu l'être l'été dernier. La façade du bowling se tenait toujours au même endroit et elle se remémorait les nombreuses soirées qu'elle y avait passées avec ses amis. Elle entendait encore les rires d'Audric et revoyait les lancés ratés de Chavy. Un couple de jeunes adolescents était assis sur le banc d'à côté, mais elle ne faisait pas attention à eux. Elle se rendait ici comme une habituelle thérapie, la musique comme caféine en observant le monde. Elle portait son vieux t-shirt des Red Hots Chili

Peppers, toujours trop grand et toujours trop large pour son petit corps. Elle n'avait encore aucune idée de la tenue qu'elle mettrait pour le bal. Elle improviserait, comme d'habitude. Elle était impatiente d'entendre le groupe de Greg jouer devant les élèves du lycée. Niels et Chavy se donneraient à fond et Ninon appréciait déjà de les revoir jouer. Alors elle sauta du rocher, tapota ses fesses pour enlever la poussière comme elle le faisait à chaque fois et emprunta le petit sentier qui descendait jusqu'à l'arrêt du tramway, plus bas en ville.

Un vieux miroir cassé était fixé à l'intérieur d'une des portes de l'armoire de sa chambre, sur lequel étaient inscrits au marqueur noir quelques mots ou différents symboles. Devant la glace, elle essaya plusieurs tenues, sur *Apocalypse*, de Cigarettes After Sex, pour l'ambiance. Elle voulait trouver la tenue dans laquelle elle se sentirait le mieux tout en ne paraissant pas trop excentrique aux yeux des autres. Elle opta pour un polo bleu marine, le même qu'elle portait sur la photo collée au-dessus de son lit, avec Abbie. C'était pour tous les élèves le moment de se préparer. La soirée approchait et tous étaient excités d'entamer le bal de fin d'année.

Ben retrouva Lola chez elle. Lui était prêt déjà et patientait tranquillement sur le lit de sa petite-amie en la conseillant sur sa tenue. Il la regardait se maquiller, s'habiller, faire ses ongles et tombait seconde par seconde un peu plus fou d'elle. Devant le miroir de la salle de bain, le garçon se chargea de lui lisser les cheveux. Il ne l'avait jamais fait auparavant, c'était une première pour lui, mais il accomplit la tâche avec brio. Ils se taquinaient, s'embêtaient, faisaient les pitres devant la glace, sur le lit. Euphoriques, ils vivaient ce qu'était certainement leur plus belle histoire d'amour et elle ne faisait que commencer. Lola le recoiffa un peu, et maladroit comme il était, lui remit son nœud papillon correctement. Il était beau, elle était ravissante. Les deux se trouvaient aussi somptueux l'un que l'autre.

Audric se préparait tranquillement dans sa chambre aussi, aux côtés de son petit-ami. Il n'appréhendait pas de le présenter aux autres, il était heureux de l'avoir rencontré et de l'emmener au bal. Les deux garçons se comblaient de bonheur, ils formaient un couple comme tous les autres de leur génération. Ils cherchaient à découvrir les choses, le monde, à vivre un bonheur, à rêver d'un idéal, à savourer la présence d'une personne qui aime en retour ; ils voulaient atteindre et connaître l'enchantement que les couples de leur âge cherchaient simplement à vivre. Fanny et Lucas, Audric et son copain, Ninon et Élodie formaient des couples qui témoignaient d'un amour réel et sincère, plus authentique et véritable que celui de certains « couples modèles », comme les désignaient Ninon, ceux de « la belle blonde et du beau brun, trop cliché », disait-elle. Les deux garçons adoraient les vêtements. Ils étaient passionnés de mode et portaient un franc intérêt à l'esthétisme de leur tenue, qui d'ailleurs s'accordaient pour l'occasion. Une chemise à fleurs, qu'Audric fermait en bas d'un nœud ralliant le côté droit et le côté gauche et que son copain avait rentrée d'un côté dans le pantalon et laissé pendre de l'autre, en fermant les deux premiers boutons du bas. En-dessous, Audric avait mis un t-shirt blanc et portait un short rouge bordeaux. Son copain, lui, avait opté pour un t-shirt saumon et un pantalon bleu marine. Ils étaient élégants tous les deux et Audric était déjà pressé de parler de mode avec Shannon, son amie qui rêvait d'être une grande styliste et couturière, présente au bal elle aussi.

Greg savait que Lola, Ben, Fanny et Lucas venaient en couple et qu'Audric avait convié son petit-ami. Dans une tourmente dérisoire, Greg ne savait pas vraiment quoi faire avec Abbie. Il hésitait durement à lui proposer de l'accompagner au bal. Même s'ils n'étaient pas encore ensemble, au moins venir à ses côtés. Il en débattait avec Norton, qui appréhendait autant que Greg la réponse d'Abbie. Pour Norton, si la demande de Greg paraissait trop brusque pour Abbie, alors ça lui ferait peur, la freinerait même dans leur éventuelle relation. Mais Greg était confiant malgré tout. Il interrogea Ninon et Audric et les deux ne savaient pas trop. Ils pensaient que c'était tout de même une belle idée, mais qu'il fallait le faire d'une façon très pudique, sans l'obliger ; soumettre une proposition plutôt que d'imposer un ultimatum. Et c'est ce que Greg fit. Quelques jours avant, le jeune homme prit son courage d'une poigne féroce et moite et appela Abbie. Il stressait énormément, il n'y avait pas grand-chose qui l'effrayait, mais parler à la fille dont il était dingue le rendait fébrile et désorienté. Il tournait en rond dans sa chambre, s'appuyait contre son armoire, regardait par la fenêtre pour s'imaginer son visage quand elle lui parlait, montait sur le lit puis redescendait... il faisait toutes ces choses idiotes que l'on fait pour masquer le stress et faire fuir la peur. Avec ses mots, il proposa à Abbie de se rendre au bal avec lui. Il disait qu'il serait le plus heureux et que son cœur battait fort au moment où il lui parlait, qu'il n'avait jamais fait ça auparavant et qu'il « flippait à mort de lui demander une chose pareille » et surtout, que si elle ne voulait pas, il n'y aurait aucun mal, qu'il comprendrait et qu'il serait un peu déçu, mais pas énervé. Abbie riait au téléphone, il ne savait pas ce que cela signifiait, sûrement qu'il la faisait rire ou qu'elle était embarrassée de la situation. Mais elle lui dit qu'elle trouvait ça « super gentil », qu'elle ne s'y attendait pas et qu'elle acceptait sa demande avec plaisir. Elle était couchée sur son lit, le ventre contre le matelas et tenait son gros ours en peluche dans les bras. Elle gigotait un peu sur elle-même, surprise et ravie de cet appel. Elle ne s'y attendait pas du tout et la voix tremblante de Greg la faisait rire. Elle ne l'avait jamais entendu comme ça, aussi angoissé et ça la flattait presque. Elle trouvait ça « si mignon », mais n'avait pas de mot pour décrire son bonheur. Elle aussi avait le cœur qui battait fort. Jusque-là, Abbie avait peur d'entamer une nouvelle relation. Pour elle, l'amour n'était qu'entaché par la peine, la déception, la trahison. Mais désormais, la jeune femme était prête, prête à faire confiance à l'inconnu, au destin, au bonheur futur et certain. Elle voyait maintenant plus clairement le garçon qui la rassurait, celui qui tremblait un peu quand il avouait son béguin. Ensemble, ils seraient meilleurs amis, roi et reine et s'aimeraient sans aucun doute d'un amour probe et inébranlable.

Il avait mis une chemise bleu ciel et un pantalon noir, avec un nœud papillon de la même couleur. Abbie avait choisi elle aussi un pantalon noir, dans laquelle elle avait rentré un léger chemisier blanc. Elle portait de somptueux talons noirs et un long veston beige. Avant le bal, ils s'étaient mis d'accord pour se retrouver devant chez elle. Greg était venu la chercher et l'attendait devant la porte de son allée. Il avait pris quelques fleurs, n'ayant aucune idée de la façon dont elle les trouverait. Il se sentait ridicule mais tellement heureux de se rendre au bal avec elle. Puis elle ouvrit la porte et descendit les quelques longues et larges marches qui menaient à son portillon, devant lequel patientait Greg. Il n'avait pas de mot pour dire combien elle était ravissante. Il n'avait jamais vu ses cheveux coiffés d'une telle manière et le sourire qu'elle fit quand elle aperçut les fleurs le rendit complètement fou. Il lui tendit le bouquet, elle le remercia d'un baiser sur la joue et le prit rapidement dans ses bras. Elle ramena le bouquet chez elle. Greg distingua la mère d'Abbie s'écrier de joie et sourit de bonheur en retour. Il était sur un petit nuage.

Ce bal marquait la fin de l'année, la fin des examens et des cours au lycée. Il annonçait aussi un été à nouveau riche en aventures, en soirées à vivre. La bande d'amis avait encore tant de bonheur à se partager et de souvenirs à se créer. Quand on est jeune, à cet âge-là, le temps à combler de rires et d'insouciance semble être la chose la plus importante. Se laisser aller dans l'ivresse et l'euphorie, abandonner les peurs et les malheurs, se découvrir des passions, apprendre des autres et acquérir les valeurs de la vie, tel est le temps de la jeunesse et de la frivolité qu'elle apporte. Ce soir-là, au bal, ni alcool à cacher, ni drogue à fumer. Tous étaient beaux, ravissants. Presque sages. Des tables et des chaises étaient installées dans la cour et dans le gymnase. La chaleur de la soirée permettait d'occuper l'espace extérieur sans gêne. En se voyant les uns les autres, chacun visualisait un peu à quoi ils ressemblaient, à l'intérieur de ce lycée. Il y avait ce qu'ils étaient chacun chez soi, ce qu'ils étaient entre eux et ce qu'ils étaient entre les murs de l'école. Des adolescents, apprenant à jongler avec ce que la vie leur faisait vivre, essayant de comprendre comment les choses fonctionnent, comment les autres réfléchissent. Il y avait ceux qui se prenaient pour des rois, ceux trop timides, trop peureux, trop fragiles pour s'affirmer, il y avait ceux qui donnaient l'exemple, ceux qui suivaient le mouvement, ceux que l'on écoutait et ceux qui effrayaient, ceux qui ne dérangeaient personne, ceux qui créaient la foule, les rumeurs, les problèmes, ceux qui aimaient cela et ceux qui s'y opposaient. Il y avait les élèves modèles, les cancres, les futurs médecins, les toujours heureux. Les sportifs, les scientifiques, les optimistes et ceux qui se sentaient perdus, exclus, oubliés. Il y avait les talents, les leaders, les influenceurs des réseaux sociaux, les artistes inconnus. Il y avait les textes engagés, les journaux intimes, les chansons murmurées dans le coin de la chambre, les secrets bien gardés. Il y avait ceux que l'on écoutait, ceux pour qui le système ne convenait pas, ceux que l'on prenait pour exemple ou que l'on pointait pour cible. Il y avait les réussites, les échecs, les matchs de volley, de rugby, de basket, les concours d'écriture et les expositions. Les copies de dissertation et les feuilles froissées, les dessins sur les murs et les gravures sur les tables, les craies sur les tableaux, les sommeils à rattraper, les histoires de cœur et les déceptions de l'amour. La douleur des peines, les rires des légèretés, l'extase de l'enchantement, la douceur des larmes.

À cet âge-là, il y a les souvenirs que l'on veut revivre et ceux que l'on veut oublier. La candeur de la cour d'école que l'on remplace par les fracas de l'adolescence. On ne sait pas l'adulte que l'on sera, on se rappelle parfois l'enfant qu'on a été. À cet âge-là, tout paraît bien loin, certains prennent les choses à cœur, d'autres se laissent porter par les événements. Il y a ce que l'on vit, ce dont on rêve, ce qui nous tombe dessus. Il y a ceux qui nous accompagneront toujours et il y a ceux que l'on oubliera. Ceux qu'on ne recroisa jamais, ou qu'une fois. Ceux dont on connaîtra tout, avec qui l'on partagera mille souvenirs, ceux qui donnent de la force et qui permettent d'avancer puis ceux qui nous ralentissent, de qui l'on se détache. Il y a les journées de béatitude dont on ne se souvient que d'une seconde, il y a ces scènes, ces soirées, ces moments que l'on se remémore avec délice, dont on pourrait parler des heures durant. Les bières qui se renversent, les photos de groupe, les vadrouilles dans les prés, les heures sur les bancs, les balades sur les chemins, les bracelets sur les poignets, les acteurs que l'on rêve d'être, les parfums dans les cous, les musiques que l'on découvre, les plaisirs auxquels on goûte, l'idéal que l'on veut atteindre, les projets que l'on prévoit, les instants que l'on savoure, les personnes que l'on n'aime pas et celles auxquelles on s'attache, les guitares sur les plages, les mégots dans les bouteilles, les vidéos que l'on regarde cent fois, les regards qui se croisent qui veulent dire tant de choses ou qui restent insignifiants, les discussions tard dans la nuit et les étoiles que l'on fixe, les feux de camp, les bouteilles d'alcool qui se vident, les cailloux que l'on lance, les délires sans queue ni tête, les couvertures dans l'herbe, les carnets que l'on remplit, les exutoires de nos pensées, les bouquins que l'on termine fièrement, ceux que l'on veut relire trois fois encore, ceux dans lesquels on trouve de quoi combler l'obscurité qui nous tracasse, ceux qui embrassent notre vision du monde, ceux qui nous font sentir que l'on n'est ni seul, ni fou, ni perdu, ni abandonné. Il y a ces jeux auxquels on joue pour la première fois, ce que l'on oublie de faire, ce que l'on ne sait pas dire, ce qu'on comprend subitement, ce qui nous trotte solidement dans la tête, ces montagnes que l'on veut gravir, ces pages que l'on veut écrire, ces cris que l'on veut libérer.

Voilà ce qu'ils voyaient, quand ils se regardaient, là, dans le gymnase, tous magnifiques. Ils n'étaient pas que beaux de tenues et de maquillage. Ils étaient beaux de leur insouciance, de leur vécu, de ce qu'ils s'apprêtaient à vivre, de ce qu'ils avaient compris et de ce qu'ils n'avaient pas encore acquis, de ce à quoi ils ne s'attendaient pas, du temps qui passe, de ce qui leur tenait à cœur, de ce qu'ils avaient et auraient encore à surmonter.

    Le disc-jockey diffusait *Iron Sky*, de Paolo Nutini. Lola s'était blottie contre Ben et ils dansaient ensemble, passionnément, à leur rythme. À côté, Audric et son copain et Fanny et Lucas faisaient pareil. Niels était assis plus loin, avec Théophile et d'autres garçons. Avec Julia, il n'y aurait plus rien. Elle le lui fit comprendre clairement et le garçon encaissa la chose non sans déception. Mais il surmonterait cela rapidement. C'est comme ça, tout ne va pas toujours comme on le souhaiterait. Chavy, Ninon et Greg se levèrent pour aller danser aussi. Ninon et Chavy faisaient le duo, Greg, lui, devait chercher Abbie. Il ne savait pas où elle se trouvait, alors il naviguait entre les autres élèves à sa recherche. Elle n'était ni près des tables du côté des baies vitrées, non plus vers les toilettes. Mais en tournant la tête après quelques pas hasardeux, il l'aperçut, plus rayonnante que toute autre personne présente dans la salle. Elle discutait avec sa professeure de piano. Le cœur de Greg battait fort. Elle avait enlevé son manteau beige et légèrement retroussé les manches de son chemisier blanc. Elle était plus belle que jamais et sans hésiter, Greg la chercha en demandant timidement et amusément l'accord de la professeure avec laquelle elle était en train de discuter, qui accepta en riant, toute ravie. En souriant, Abbie tendit sa main à Greg, qui la saisit fougueusement, puis, ensemble, ils rejoignirent les autres sur la piste. Chavy dansait n'importe comment et Ninon se tordait de rire, sous le regard amusé de Ben et Lola. Abbie avait joint ses mains autour de la nuque de Greg, qui avait les siennes sur chacune des hanches de la fille. Ils tournaient sur le rythme de la musique, aucun ne savait vraiment danser et ils étaient encore timides tous les deux. Greg était le plus heureux, Abbie semblait l'être encore plus. Ensemble, ils prendraient leur temps mais construiraient quelque chose de beau, ils en étaient certains. Tous concluaient l'année sur une note positive et plein d'enthousiasme. Lola s'était détachée de Julia et Amel et n'avait aucun regret, tout comme Ben n'en avait vis-à-vis de Marc. Lui demeurait un garçon qui n'avait que la haine et la violence au bout de la langue et des doigts. Alors Ben était heureux d'être devenu quelqu'un de meilleur. Il se sentait idiot d'avoir été comme Marc, mais se sentait fort d'avoir changé. D'avoir acquis des valeurs nouvelles, une raison plus sage, d'avoir compris ce que lui transmettait son groupe d'amis, Ninon, Lola, Audric, Norton, Chavy, Abbie. Qu'un étranger n'est ni différent, ni dangereux, que deux garçons ou deux filles pouvaient être heureux ensemble et surtout, qu'ils avaient le droit de l'être. Quand on grandit avec certains idéaux en tête, qu'on apprend les choses de cette manière, alors on conçoit le monde de cette même façon et il est dur de s'en défaire. Mais ceux qui changent d'avis témoignent toujours d'un courage et d'une maturité remarquables. Ils décident d'ouvrir leur cœur et leur esprit à des idées nouvelles, à des valeurs qui leurs sont encore inconnues ; on ne peut qu'avoir de la peine, dans le plus généreux des cas, pour celui qui s'enferme à garder ses idéaux haineux et égoïstes comme principes souverains. Ben était de ceux qui avaient réussi un tel changement et il en a reçu toute la gratitude de Chavy et des autres. Ninon, elle, avait trouvé la bonne personne. Élodie était à la fois protectrice et guide pour sa petite-amie. Elles partageaient les mêmes envies, les mêmes valeurs et n'avaient plus à chercher ailleurs. C'était pareil pour Audric et son petit-copain. Lui avait une force de plus que Ninon, c'était sa mère. Audric n'avait jamais eu de conflit avec sa maman, pour aucune raison. Eux deux étaient fusionnels, se disaient tout et elle n'avait même pas accepté l'homosexualité de son fils, elle l'avait comprise, simplement. Pour elle, il n'y avait pas de côté à choisir, d'avis à avoir, de condition à remplir. Elle savait bien que la sexualité était un sujet vaste et complexe et qu'on ne décide jamais de tout. Elle ne voulait pas être un frein à son fils, ne voulait pas lui poser de problème ni lui imposer de gouffre à éviter. Chez eux, aucun sujet n'était tabou et la communication était importante, cruciale. Mais au-delà de ça, Ninon, Élodie, Audric et son copain vivaient le même bonheur et c'était l'essentiel. Puis Ninon considérait la mère d'Audric comme une véritable maman. Elle lui adoucissait ses peines quand ça n'allait pas, elle était la seule personne devant qui Ninon se sentait parfois faible, nue, déconcertée. Heureusement qu'elle était là. Le fait de se savoir compris peut combler le manque que l'on peut ressentir au fond de soi et toutes ces préoccupations anxieuses. Greg, lui, avait surmonté ses peurs et finalement, Abbie avait fait pareil. L'adolescence se dessine souvent par toutes ces appréhensions auxquelles on fait face, les angoisses que l'on affronte. C'est aussi comme ça que l'on se construit, que l'on façonne son cœur. Toutes ces épreuves rencontrées et vécues ne sont ni ridicules ni insignifiantes. Au contraire, elles ne font que bâtir l'adulte de plus tard. Chavy, Niels, Ninon, Lola montraient que derrière les étiquettes que certains collaient sur les adolescents, « fainéants, impolis, bornés ou asociaux », ces jeunes vivent, découvrent, traversent, endurent tout ce à quoi la vie ne les a pas préparés.

Le lendemain, la bande d'amis décida de veiller en haut de la colline, au-dessus du rocher sur lequel Ninon et Ben avaient l'habitude d'aller. Sur l'air de *Waves*, de Dean Lewis, ils se retrouvèrent dans le quartier d'Abbie, là où l'atmosphère était calme et la vie paisible. La fin d'après-midi était passée, le soleil ne tardait pas à se perdre derrière l'horizon et les immeubles du Nouveau Centre. Les copains avaient investi la rue et toute la largeur de la route, ivres de joie, emplis d'insouciance. Niels avait pris une vieille trottinette qui vibrait fortement sur la route, il était comme un géant sur un vaisseau de glace et Ninon et Audric zigzaguaient en skateboard. Tous étaient heureux et riaient comme des gamins se perdant dans une piscine à balles. Il faisait presque nuit et sous la mélodie des lampadaires qui habillaient la rue, ils couraient, souriaient, dansaient. En fait, ils brillaient d'innocence et débordaient de rêves, et ça se voyait dans leurs yeux, dans leur sourire. Lola marchait avec Ben quelques mètres derrière le reste du groupe, à leur rythme et dans leur monde. Chavy tenait tant bien que mal sur son vélo minuscule, bien trop petit et ridicule pour lui, tout comme celui de Greg, les pneus quasiment tous dégonflés et les chaînes qui grinçaient. Norton tenait en équilibre sur le guidon de Chavy. Ils étaient heureux. Heureux de vivre, d'être là, ensemble, heureux d'être jeunes et d'être libres. Fanny avait pris les rollers et s'agrippait à Lucas pour rester debout et intacte et d'une certaine façon, tous les amis ce soir-là avaient pris leur bonheur et décidé de s'y agripper, sans doute aussi pour rester debout face aux déboires de la vie. Les adolescents savaient qu'ils vivaient et connaîtraient encore des années d'insouciance, d'ivresse, de découvertes. Ils apprenaient à écouter un peu leur cœur sans trop d'importance ; le goût des libertés, la douceur des larmes et le poids des mots. Les rues du quartier étaient silencieuses, pas encore endormies, mais la bande d'amis les rendait vivantes, au moins le temps de quelques instants, vous savez, le temps d'un éclat de rire et d'oser une folie.

À quand on riait aux éclats
Que nos rires, c'était l'innocence
Quand on parlait, qu'on ne dormait pas
Que ça n'avait pas d'importance

Les heures à lire dans les étoiles
Et quand on pleurait pour un rien
Puis qu'on aimait à tours de bras
Frôlant nos peaux, serrant nos doigts

À tous ceux qu'on a aimé
Qu'on voulait prendre dans nos bras
Puis ceux à qui on n'a jamais parlé
Qu'on était loin, qu'on n'osait pas

Aux nuits d'amours, aux soirs d'été
À serrer l'autre contre soi,
Heureux, couchés dessous la lune
Qu'on était bien, qu'on ne bougeait pas

Ce qu'on s'est dit, ce qu'on a vécu
Toutes ces choses qu'on n'oublie pas
Nos pleurs de joie et nos heures perdues,
À ces âmes et ces cris qui ne mourront pas

Et à se perdre dans l'infini
Puis à courir, fous, dans les rues
Pour y crier, dessus les toits
Que c'est bon d'être jeune, d'être libres et rois.

Table des matières

I – Un été se termine	7
II – De peine et de réflexion	33
III – Capuccino	45
IV – Orage au gymnase	51
V – Rencontres	59
VI – Une journée grise et vertigineuse	65
VII – Lola	81
VIII – Le temps d'une cigarette	95
IX – Et un monde s'écroule	105
X – Enfouir les peines	113
XI – Jeunesse et leçons	123
XII – Ravivons les cœurs	143
XIII – Discret demeure le joyau de l'âme	161
XIV – La nouvelle année	169
XV – Derby	181
XVI – Et l'on se bâtit	189
XVII – Trouver sa place	197
XVIII – Les cœurs se libèrent	211
XIX – Une semaine à la mer	227
XX – Le bal du lycée	253